大鱼

有爱的青春陪伴者

春山落雪，灼灼芳华

槿华 著
JIN HUA WORKS

黑龙江美术出版社
Heilongjiang Fine Arts Publishing House
http://www.hljmscbs.com

图书在版编目（CIP）数据

春山落雪，灼灼芳华 / 槿华著 . -- 哈尔滨 : 黑龙江美术出版社 , 2019.9

ISBN 978-7-5593-5603-1

Ⅰ . ①春… Ⅱ . ①槿… Ⅲ . ①长篇小说 – 中国 – 当代 Ⅳ . ① I247.5

中国版本图书馆CIP数据核字(2019)第185172号

chun shan luo xue, zhuo zhuo fang hua

春山落雪，灼灼芳华

出 品 人 / 周　巍
著　　 / 槿　华
特约策划 / 迟　暮
责任编辑 / 李　旭　张泽群
封面设计 / Insect
内页设计 / 西　楼
封面绘制 / 小　夏
出版发行 / 黑龙江美术出版社
地　　址 / 哈尔滨市道里区安定街 225 号
邮政编码 / 150016
发行电话 / （0451） 84270524
网　　址 / www.hljmscbs.com
经　　销 / 全国新华书店
印　　刷 / 长沙鸿发印务实业有限公司
开　　本 / 880mm×1230mm　1/32
印　　张 / 9
版　　次 / 2019 年 9 月第 1 版
印　　次 / 2019 年 9 月第 1 次印刷
书　　号 / ISBN 978-7-5593-5603-1
定　　价 / 36.80 元

目录

CHUNSHANLUOXUE
ZHUOZHUOFANGHUA

楔　子 …………………………………… 001

第一章 / 相逢应不识 …………………… 003

第二章 / 谁家欢乐事 …………………… 027

第三章 / 何人忆往昔 …………………… 041

第四章 / 正当少年时 …………………… 055

第五章 / 但求君一信 …………………… 074

第六章 / 无生断往生 …………………… 094

第七章 / 别有事端起 …………………… 111

第八章 / 唯不忘相思 …………………… 128

目录

CHUNSHANLUOXUE,
ZHUOZHUOFANCHUA

第九章 / 天海起疾风 …… 145

第十章 / 花落芳菲尽 …… 162

第十一章 / 不问朝与暮 …… 181

第十二章 / 应许浮生远 …… 197

第十三章 / 与君话情深 …… 212

第十四章 / 曲终人散聚 …… 230

第十五章 / 共老水云间 …… 249

番　外 / 妩澜 …… 279

楔 子

x i e z i

十月的风刮过漠沙族的边境，漫天飞沙打在明晃晃的铠甲上吱吱作响，像是战争一触即发的讯号。

箭在弦上。

女子幽幽道：“本想让她光明正大地给四公主一个交代，眼下看来是没有这个机会了。”

硝烟墨染的天空下亮着一排排刺眼的剑戟，所有妖兵蓄势待发只等银箭射出，便一鼓作气剿灭漠沙族。女子蓄好力，意在放箭时，却被一旁的男子斩断了弦丝。

早知他会如此，女子笑了笑：“帝君打算如何？今日是妖族和漠沙族的事，同神界无关。若要因她而让我们退兵，告诉你，想都别想。大胤王朝等着他们的王上，妖界也渴望安定，月余的准备若因此而功亏一箦，小神并不觉得她能担起这么大的责。”

男子却不动声色地叹道：“你是天宫帝后，是我的妻，你为妖界平反，怎会与神界无关？”

他的妻……

别样的滋味绕上心头，而男子深沉的眸子却落在漠沙族祭台上用天旋锁吊起的赤帝女身上。

女子再次幻化出一把晶莹剔透的长弓，这一次，她将弓箭递给了男子：“你不是说要给我一个交代？”

不是逼迫，而是平静地嘲讽。

男子沉默良久，终才动了动唇齿，吐息沉稳，道：“我以为，你一直在生气。”顿了顿，“你变了。”

三千年说长不长，说短不短，可她终于熬过这三千年，他却道：你变了。

她扯扯嘴角，带着满腔的酸涩，浅浅一笑：“苍天垂怜，让我从无生崖捡了一条命回来，自然不能似从前那般懵懂无知，任人欺凌。”

这句话像是触碰到了古曦心底的柔弦，良久，才开口：“我以为你只想要个答案，但你要的还有她的命……”

女子失笑：“帝君莫不是以为是小神故意安排？”

她扯扯嘴角，带着满腔的酸涩，叹笑道：“当初你说立我为后，是因爱我，可你从不曾信我，又谈什么爱我？”

语毕，一支布满寒气的冰箭蓄力而出，直直飞向被天旋锁吊起的女子……

第一章

相 逢 应 不 识

镜竹雪岭地处天海以南，是南方天宫境下一至寒至静之处。地如其名，竹成岭，雪如镜。

修澜站在冰湖边，伸手结了个阵，平静的水面便慢慢浮出了冰凌。那冰凌不断延伸，勾画着屋的椽、房的甍，不一会儿，一座壮美的冰宫便立于水面。

神鸟渡渡张开手，满脸享受："沾主子的福，有幸去了那么多好地方，却还是觉得咱们镜竹雪岭是最好的地儿。"

修澜踏着湖水，荡漾的湖水霎时凝结成冰，渡渡小碎步跟在后面，主仆二人一前一后地走进了殿中。

这座宫殿是她花了整整一百年打造的，里面清明如镜，在里头看四周，景象一览无余。

修澜将在人界得来的画挂在冰墙上，渡渡没见过修澜收藏过画，更没见过她给这宫殿置办任何装饰，所以这幅画显得尤为特别。

“主子，这画何处得来的？方才在人界没见着主子去买画啊？”

修澜语气颇为平淡：“抢的。”

渡渡哑然。

画挂好后，她四下打量一番，道：“总觉得这家中还少些生气，你改日去找找有什么能开在寒水里的花，拿来种在这冰湖里，以作装点。”

“可咱们不是一向以素雅为美吗？”渡渡问道。

思考一会儿后，她笑看着修澜：“莫不是主子在那繁荣的人界待得久了，也喜欢起花里胡哨的东西来？”

修澜轻“啧”一声，拿出玉笛摩挲着。渡渡立刻识趣，咧嘴一笑：“我现在就去。”

神界入夜，修澜躺在寒冰之上看着天海的星辰在空中游动，拖着明亮璀璨的光线勾勒着变化万千的图像，百余年来，那些图像似乎从未重叠过。

曾有人跟她说，比起天宫游动的星辰，人界静止的星河才是最好看的。可她看了三千年，还是觉得天宫的星河比人界的好看得多。

想来又觉着好笑，不过是一场处心积虑的骗局，连这样一句随口的话也不过是个谎言，她却偏偏记得这么清楚。

晨曦乍现，修澜刚醒，渡渡便焦急地跪在地上，酝酿了半天的情绪才道：“我昨晚本想寻些花草栽种，结果迷了路，承蒙一个男子相助。后来在祇檀山寻月寒花时，我发现他是一个十分帅气的神仙，便动了情，又怕他不依我，我只好一棒将他打晕了，扛回了镜竹雪岭藏在了我的床底下。此刻，他怕是，怕是……要醒了。”

难怪她闻着这冰宫里有生气；以为是渡渡带回来的花草乱了她的嗅觉，却没想到向来胆小的渡渡，这次竟有如此作为。

她顺顺头绪，问：“那你知道他是什么身份吗？”

渡渡撇着嘴，摇了摇头。

“你就这么把人家给扛回来了，不怕他讨厌你？”

渡渡水汪汪的眼睛巴巴地望着修澜，一副要哭的架势：“我……我也没有想那么多，只是喜欢，就……就带回来了。”

仙兽犯错，难辞其咎的自然是管教不严的主子。

可这主子还未来得及开口，便又听这胆大妄为的神兽低头咬着食指无辜地补充道：“除了这个……”渡渡心虚地抬头瞄了一眼修澜尚算平和的脸色，“我还擅自给他种了同心锁……”

“嗯？”修澜错愕。

同心锁是内丹精元所凝的法器，算是渡渡鸟一族的独门绝技，但渡渡鸟一生只认定一个配偶，故这同心锁只能许给自己的配偶，以示彼此的忠贞。

修澜干巴巴地盯了渡渡好半晌，才扶额认命道：“罢了，带我去看看，我给你想想法子。”

渡渡喜出望外，立刻将困在她床下的男子拉了出来。

男子一身凤羽织成的衣裳鲜艳却不俗气，五官端好，肤白细腻，很配得上渡渡那“十分帅气”的夸赞。

修澜用神力探了探他的底，发现他的原身竟是上古九头凤凰，身上还带着她熟悉的木兰香。

修澜心头一颤。

这样看来，他长得的确很像古曦的坐骑子捷。这想法刚从脑海中冒出来，湖岸刮来淡淡清风，带着一丝灵气。

修澜追溯片刻，道：“他主子来寻他了。”

“那……如何是好？主子，渡渡跟了你两百年，这是头一次红鸾星动，你可得帮帮我。”

“我先看看是谁。”

修澜说完，闭上眼睛用仙术细探来者。怎奈来者灵气浑厚，修澜连朦胧的意象也看不见，看来是个大麻烦。

正谋划着带渡渡逃时，眼前缭缭绕绕的仙雾中浮现一支紫金发髻，影影绰绰的身影肃然立于湖边。

她猛地睁开眼睛，那灵气中与生俱来的木兰花香扑面而来。

果然是他！

昨夜子时，子捷被帝君古曦传唤。

他记得不久前横空冒出个藐视神威，欲反上三十六重的东陵族。东陵族来势汹汹，族人善战，皆非等闲之辈，一时间，天宫陷入恐慌。

可他家主上也只是坐在后院呷了一口茶淡淡道：“野族而已。”

次日辰时，东陵族全军覆没。

在子捷心里，他的主上就该是这般云淡风轻、操控全局的人。

可昨夜他急躁而担忧的神情，子捷记不得有多少个年头不曾见。

古曦急切道：“随我去一趟祇檀山。”

来到祇檀山，他们兵分两路。

夜里的祇檀山十分险恶，自盘古开天辟地以来，这儿一直人烟罕至。

四下漆黑，天海的星辰被衬托得更加明亮，耳边虫鸣不断，有些奇异硕大的花朵散着腐蚀般的恶臭。

找了两个时辰，终于叫子捷找到了大晚上害他遭此磨难的罪魁祸首。

这罪魁祸首蹲在一棵古树下，看到子捷时竟毫无忏悔之意，天真烂漫道：“哥哥，你是这儿的土地仙吗？我迷了路，本想借贵地躺一觉，不知哥哥可是来带我出去的？”

子捷仔细打量着“罪魁祸首”，原来是一个修为尚浅的渡渡鸟所化的女孩儿。

她与自己同为上古神兽，只不过渡渡鸟一族不会飞，迷路这种事于他们而言算是家常便饭。羽族一直觉得渡渡鸟一族当算走禽，可他们偏生长了一对漂亮的羽翼，硬是强行算入羽族之列，倒是有“宁做凤尾不做鸡头”的觉悟。

然，有双羽翼却只做摆设，算得上羽族的奇耻大辱。

子捷冷淡道：“祇檀山夜间险恶，你无心闯入，我带你出去便是。”

“可是哥哥，我还没找到我要的东西。”

“找什么？”

“一种能开在寒水里的花。”

“月寒花？”

“月寒花可以开在寒水里吗？”

“你不知所寻何物就敢只身前来？”子捷叹了口气，复又摇了摇头，“真不知该不该夸你胆识过人！”

渡渡扬扬得意：“哥哥过誉！”

语毕，看着夜下挺拔的身姿一怔，她不再言语，气氛霎时有些尴尬。

渡渡低头看着脚尖：“本以为祇檀山奇花异草姹紫嫣红，大饱眼福，哪晓得奇花食人，殷红致幻，要是事先晓得这么恐怖，给我一匣子东海明珠我都不来的。”

子捷语气颇有些无奈：“罢了，正好祇檀山出口长满了月寒花，我带你去。”

“罪魁祸首”惊喜到跳起：“真的吗？谢谢你，你真是个好神仙。”

再后来，子捷也记不清发生了什么，只知道他带着她走到了祇檀山的出口。突然一道晃眼的强光闪过，脑后被人重重一击便不省人事。

想来他子捷跟着古曦帝君历来风光，几时落到这般被人暗算的地步了。

他脑子昏沉空白，迷迷糊糊睁开眼看见一位裙摆鲜红，周身自下而上渐变至素白的女子，听得女子语气郁愤道：“渡渡，你不惹事便罢，一惹就惹上了中央天宫的古曦帝君，真不知该如何说你。”

渡渡惊叫一声，震耳欲聋：“啊！主子，他好像醒来了。”

女子回过头，模样落在子捷眼中，很是熟悉。

女子凑近，子捷正欲好好端详，可见女子手里的玉笛一挥，他便再度沉睡过去。

修澜戳了戳昏死的子捷道：“把他拖到床下，待会儿古曦问你时，你便说渡渡鸟一族但凡被异性触碰，便算有了肌肤之亲，是要以身相许的。但若看不上这异性，就只有将他打晕了放在床下一夜去去霉头。不管那古曦帝君信不信，看在你与九头凤凰皆为上古神兽这一层，也不会难为你。”

渡渡嗫嚅道：“若我这样说了，是不是与他再无缘分了？”

修澜用玉笛敲了敲她的头：“都这时候了，还想什么缘分！还有，我现在要去趟人界。”

其实并不是需要去趟人界，而是去一个他不会见到自己的地方即可。

明明自己无罪，如今也无须再躲，可经历了这漫长的三千年，连修澜自己都搞不清为什么要躲，或许她只是将逃避当成了习惯，又或许只是不愿见到他。

“主子，你留我一个人我害怕，那万一古曦帝君要将我问罪，等你回来，我估计就剩一堆白骨了。”

“你打晕子捷的时候胆子不是很大吗？你按我说的做，不会有事。”她继续道，“可万一我让古曦帝君发现了，他非要命我回天宫任个职，我可就再没办法带你过逍遥日子了。”

渡渡恍然大悟，半晌，正了正身子道：“原来主子不是怯于帝君威名弃我，而是恐去神界任职？如此我便没有顾虑了，我渡渡鸟一族为情而生，红鸾既动，死又何惧？”

听到渡渡此番言论，修澜顿时对自己亲手养大的仙兽大为改观，一向惜命的渡渡竟能为一个只见了一面的小凤凰道出“死又何惧”四字，世间情字，委实令人费解！

修澜挑眉瞧了瞧渡渡，正色道：“古曦帝君剑指之处，狼藉白骨。你私自拘了他心腹，你以为向来杀伐果断的帝君会因动情之说饶你性命？”

渡渡愣住。

修澜神色有异，瞳孔镀上了一层淡淡的凄凉之色：“帝君怕是早已不知情为何物。”她顿了顿，复问，“你执意不用我说的计策？”

渡渡难得坚定：“此计虽能脱身，但若要和子捷断了缘分，我做不到！”

修澜沉思须臾，说：“你我主仆两百多年，我总不得任由你赴死，你同我一起去人界，惹不起，就躲。”

渡渡盯着昏睡的子捷踌躇半天不舍道：“可是我……”

修澜拉起她：“别可是了，来日方长。”说完便拿出玉笛，轻声吹起，婉转音光从脚跟生出，从裙尾的红色旋进上身的素白，最后笼罩二人，霎时消失于神界。

神殿高悬的圣灵珠一片清澈，以示天地盛平安宁。按例举行的朝会上众神无事上奏，如此，便早早地结束了朝会。赤帝病情越发严重，本就无心打理朝事，便由着他们去。

仙雾缭绕的回廊上，终于等到下朝的神仙们争先恐后地透过云镜观赏人界一年一度的花灯节。人界花灯节也是仙界牛郎织女相会之日，就此事而言，很是无聊的神仙们倒是把观众一职当得尽职尽责。

人界已经入夜，明明灭灭的花灯笼罩着整片国土。大胤王朝是人界第一大国，此时在成千上万盏花灯的映照下，大街小巷光怪陆离热闹非凡。

向来喜欢云游四方的荒鳍真君捻须道：“本君走遍六界，还是觉得人界的花灯节最让人流连忘返，如今少有机会再去，幸得东海龙王送天宫的这一面云镜，让我等还能在此观看。”

过来凑热闹的一个小仙雀司道：“说起东海，前些日子，我随师父去了一趟，见到一只青鸟衔石填海，已然将龙宫数座宫宇填平，那东海龙王央我师父在赤帝面前求个情，不知各位可知他要求的是个什么情？倘若是只无事生非的鸟，捉了它便是。”

旁边一位长须飘然的神仙立刻捂住了他的嘴：“小仙友，这话可不能乱讲，那青鸟不是随随便便能捉的，更不是我等能议论的。”

雀司扒开老神的手更加好奇：“哦？莫不是那青鸟大有来头？”

每每提到青鸟填海就不得不牵扯到南方天宫的一桩旧事，这桩旧事发生在三千年前，细枝末节早已被时光磨灭，如今想来也只是模糊的梗概。

那青鸟本是南方天宫的四公主女娃，深得赤帝喜爱，与中央天宫的古曦帝君本有一桩美好姻缘，却不料被心生妒忌的仙婢所害，溺死于东海化作青鸟。

古曦帝君大怒，将那仙婢放尽血后扔下了无生崖，可赤帝却因为痛失爱女落下病根。

雀司大惊，却只问：“传闻古曦帝君三世真元之身不重情爱，却对这四公主如此上心，莫不是情窦开了？不知四公主是何等风姿，比起两百年前的那位女天神，如何？”

说起两百年前的那位女天神，又是神界的另一个传奇了。但凡是天宫的神仙，无论老少都知道两百年前出了一位旷世奇才，仅三千年的修为就升了天神，此事超今冠古，被六界称为一段传奇。

这位天神在中央天宫与洪荒凶兽对阵之时，神界大小神仙皆去凑了个热闹，把中央天宫围得是水泄不通，场面之热闹堪比当年鸿钧老祖的寿宴。

本以为会是个男神，却不承想是个身缚渐红长裙、亭亭玉立的女子，只见那女子在云彩中身姿翩翩，对战千万凶兽更是从容自若，看得一旁众神连连叫好。

可从那以后，便再未听闻有关于那位女天神的半分消息，有传言说她心性高雅，归隐在了某处福地。

虽是匆匆一面，众神回忆起来，那场景却还历历在目。

这其中就数爱凑热闹的东芝上君印象最为深刻，这厢东芝上君摸了摸下巴沉吟道：“论起她与四公主的风姿，倒比不出个所以然来，一是两者性格不同，找不出可供对比之处；二来嘛，惭愧，我与诸位一样，只见过那位天神的身姿，样貌未曾看得真切。”

小雀司闻言不免有些失落，便噤声同众神一道看云镜里各色各状的花灯或随着湖水浮浮沉沉，或带着人们美好的祈愿随风腾起。

花灯上有人写“愿修成神”，可云镜前却有神想做一世人。

大胤王朝占据九州交通要塞，是人界的经商大国，王朝几代皇帝用了几百年才迎来如今这太平盛世，百姓生活富足和睦，好学之风兴盛，其他国家的小孩尚不懂什么是方程术和大衍求一术时，大胤王朝的小孩却早已精通算学。

对此，修澜深有体会。因出来匆忙没带金珠，她瞧上两盏花灯便从渡渡头上取下支珍珠钗换取。

渡渡堂堂神兽却惜财得很，百般不情愿，胖乎乎的脸皱得如同包子一般。

卖家是个六岁的小孩，他一副大人模样将珍珠仔细考量后，不多时就把两盏花灯和找零的金珠交在了修澜手里，分毫不差。

所谓的花灯节无非是痴男怨女诉诉衷肠，许许诺言，再以祈愿的名义给天上单身了几万年的神仙秀上一把恩爱罢了。

渡渡学着别人的样子握笔在花灯上写了几个歪歪扭扭的字，她看了看修澜，问道：“主子，你怎还不动笔？灯油耗尽了，可就飞不起来了。”

修澜思忖了一会儿，饶是她在这天地混迹了三千余年，虽说不上无欲无求，但其实她也只求过一件事。

三千年前她卑微地跪在太阳神殿上求他信她，可那时他倜傥而立，眉峰上扬：“信之一字，我既给了你一次，便不会再有第二次。”

时过境迁，这件事已久远得像是别人的故事。

修澜放开手，目送花灯摇摇摆摆扶风而起：“我倒真不知该祈个什么愿，何况你我本就为神，这个愿又能向谁祈呢？”

渡渡闻之有理，把好不容易写明白的几个字又给画了。

周围的人无论是身着华服，还是粗布裹身皆朝着花灯升起的方向虔诚祈愿。

密密麻麻的人中有个素衣女子，一对细眉锁着满脸的忧愁。修澜对她颇有些好奇，施法瞧了瞧她花灯上祈的愿才知，她所求的是见一面远在边境捍卫国土的心上人。

人界交通不便，写信寄相思的感情若能长久委实不易，想来她心上人那方或许也升起了一盏愿景相同的花灯。

十里加急的马蹄声将宁静的月夜撕破一道长长的口子，骑马的男子筋疲力尽，瘫软在马背上，只有挥鞭右手不断抬高落下。

男子吃力地抬起头看到山的尽头处有一方被灯火照亮的城池，带着满目血丝，他露出一丝笑容。

终于要到了。

他喃喃道，松了一口气，闭上眼睛，身体重重地摔在地上。

马在耳边嘶鸣，可他太累了，他想休息。

两个月的奔波，从边境到都城，他们守住的这大胤江山竟如此辽阔。

渡渡拿着金珠又去那小孩那里买来了几盏灯，还言之凿凿：“我们虽然不祈愿，但难得遇到人界的花灯节，不多放几盏就可惜了。”

渡渡修成人形不过两百年，玩心甚大，修澜时常懊恼自己升天神时为何动了恻隐之心，将渡渡从中央天宫的数万头洪荒凶兽里捡了回来，本来以为白得一仙兽，后来才发现是自己养了个娃。

修澜只得无奈道：“这花灯节，你也玩过十来回了，真不知你这新鲜感如何来的。”

渡渡咧开嘴冲她乐呵一笑，想起昨夜子捷在祇檀山默默跟在她旁边保护她的样子心里就忽然涌起一阵暖意，从未觉得如此安心过，这与当年主子将她从洪荒凶兽中抱出时的安心又是截然不同的。

渡渡问道：“主子，咱俩就这样在帝君眼皮子底下跑了，当真没事儿？”

修澜不以为意：“跑都跑了。”

“那主子有何办法，总不能一直不回镜竹雪岭吧？其实渡渡没事的，大不了见过子捷后以死明志，就怕拖累了主子。”

“兵来将挡，水来土掩。记住一句话，以死明志乃愚人之见，并不可取，能屈能伸，积蓄力量才是明智之举。”她顿了顿，“我也曾死过一次，算是过来人的经验之谈。”

渡渡扑哧一声道：“主子别唬我，凭你的神力，还有谁能伤得了你？”

夜水微凉，明薄如镜，修澜看着自己在水中的倒影带着一丝嘲讽的笑意。

她确实死过，三千年前，在令六界闻风丧胆的无生崖前，她毫不犹豫地纵身跳下。当年的她何其狼狈，诛天嗜灵的无生崖历来又放过哪一个生灵？

修澜想不通为何自己毫发无损，兴许真是上天垂怜？那时虽体肤无伤，可那颗心确是死得彻底。

修澜伸手想去摸水里自己那副清冷的眉目，指尖尚未及水，便被渡渡慌忙握住：“主子，你忘啦！你触水成冰，要是冻了这片水，可要吓坏了河畔上这些郎情妾意的男女了。”

修澜回神过来，信口道：“水胜明镜，忍不住想拨乱了去。”

渡渡扯扯嘴角：“主子倒是起童心了。”

修澜掩饰一笑，看着水面上漂浮的以及水里倒映着的星空中层层叠叠的花灯不再言语。

她伫立良久，忽见一抹紫红的影子在升起的花灯上游走，那影子稍纵即逝，紧接着就听有人在喊：“花灯落了！花灯落了！”

众人抬头看见零零散散的花灯慢慢降落，很是不祥，便哀叹道：“今年的愿望怕是要落空了。”

渡渡一脸天真：“但愿落下的有我们的吧。”

修澜从腰际拿出玉笛敲了敲渡渡的脑门：“很好，心善是为仙之道。”她指尖浅浅地摩挲着玉笛，“不过，这只怕是有妖邪作祟。”

花灯上紫红的魅影怀揣着古铜色的法器东闪西跳，身后穷追不舍的一众妖灵也仅剩一个难缠的蛇妖。

蛇妖幻化万千，二者在花灯上肆无忌惮地斗法，紫红魅影显然有些体力透支了，蛇妖占得上风，便得意道：“小小魔人，也敢偷我妖界幻渊坤，意欲何为？”

魅影将幻渊坤在怀里放好，擦了擦嘴角墨黑的血：“幻渊坤是上古法器，六界共有。当年鸿钧老祖不过是将其暂放你妖界，如何就成你妖界之物了。现如今我家尊上要用，我奉命来取，怎么就算是偷了？”

幻渊坤是妖界世代供养之物，被他如此轻巧一说，多少觉得有些轻蔑侮辱之意。

蛇妖脸色乍变，手里运功：“如今这世道，小偷都敢这样强词夺理，横行霸道了吗？”

本欲致命一击却不料被身负重伤的魔人接下了，魔人轻笑：“方才拿着幻渊坤不便施法，倒真以为我打不过你？”

花灯一盏一盏地落下，渐渐已有上百盏。人群开始有些慌乱，那成片的灯火落下势必会酿成大祸。

闹城之上，星月之下，一魔一妖正斗得火热，突然耳边响起了一个声音，这声音柔若春风，却掷地有声：“今夜霁风朗月，小神本不愿扰了二位斗法的雅兴，但下面乃是人界繁足之地，若误伤六界之本，届时，怕来提点二位的就不是小神了。”

两人闻声望去，看见女子脚尖轻点花灯，朵朵梅花萦绕。光色弥漫，只瞧得清在如豆的灯火中扬起的细纱，那周身仙气已然天神姿态。

蛇妖俨然一副看见救兵的架势，激动地向修澜求助：“天神明断，我乃妖族蛇妖，此番是为六界大事而非纠缠斗法，事起缘由只因他魔界之灵不遵五宫之旨，偷夺我妖族幻……”

话到此处便戛然而止，舌头被另一端的魔人施了法无法出声。

蛇妖一个眼神瞪过去，那魔人反应倒是很快，接过话头怒斥道：“我与你并非同族，你执意缠着叫我娶你，我自是万万不能。你便是要杀我，也得讲讲理吧？如此小事，又怎能劳烦天神，也罢！我便陪你去郊外再痛痛快快打一场，算是为这段孽缘做个了结。”

蛇妖说话太重礼数，修澜反而听了个无头无尾，不知所云，倒是魔人让修澜听懂了个中缘由。既是跨族的感情纠纷，修澜便不好插手，只由着魔人将蛇妖强行带走。

此刻，大胤都城的西郊已有民房燃起了熊熊大火，民心越发躁动。

人潮拥挤，一个小孩被掉下的油火烫伤，连同他的亲娘一起哭得惊天动地。

修澜捏个咒从云端上下来，渡渡便殷勤地奉上一杯水。修澜将渡渡上下打量一遍才道：“我从不饮水，你不是不知道。”

渡渡自顾自地将修澜的手指牵起放进杯中：“我是看那被烫伤的小孩挺可怜的，找你讨块冰给他敷敷。”

正说着，杯中之水因修澜指尖的触碰，顷刻凝结成冰。

修澜看着渡渡行云流水的动作：“我瞧着渡渡你越发大胆了！”

渡渡完事后捧着寒冰冲她吐了吐舌头，答非所问：“得天神的寒冰，那孩子因祸得福呢！”

此番对修澜的恭维，修澜很受用。她曾一度自责自己触水成冰的本事，若非如此，一切断断不会变成今日这种境地。

“方才是何方妖孽作祟啊？”渡渡问道。

修澜无奈摇头：“妖、魔两族的一对怨偶罢了。”

渡渡若有所思：“苦了这帮凡人了。”

满天摇曳的花灯，颤颤巍巍带着明火缓缓降落。修澜拿起玉笛，手指轻挑，袅袅笛音如同万壑生风，悦耳笛音化成微风，把将要坠落的花灯悉数托起。

不同于人界灯火，魔界幽冷阴暗，迷雾重重，浓雾中藏着两个隐约的影子——一个披着披风飘然而立，一个跪在地上满脸笑意。

“东西拿到了？”

“回尊上，东西到手了，一切顺利。”

“护守幻渊坤的妖灵呢？”

“尊上放心，都已处理干净。”

魔尊池溟满意地点了点头，语气却露出一丝杀气：“做得很好，但你忘了处理你自己。”

语毕，跪着的人刹那间化为齑粉，消失在重重迷雾中。

池溟审视着手里的幻渊坤，寻了七百年的上古法器，终于还是叫他找来了。幻渊坤在手，大局已定，他满意一笑，笑声凌厉，令人毛骨悚然。

大胤都城的人由不安地聒噪因再度腾飞的花灯安静下来，修澜收了笛子正想功成身退，可一转身就迎上一位翩翩风度的蓝衣公子。

蓝衣公子合上折扇拱手一笑：“小生冒昧，方才听姑娘一曲笛音洗尽尘俗，特来拜会。”

此人着装儒雅，样式简单用的却是上好绸缎，说话的语气拿捏有度也不唐突，秀气的眉目更是气宇轩昂。

修澜掐指一算，才发现他哪里是什么小生，原来是大胤王朝的小皇帝赵楚贞。她回敬一礼：“过奖！”

身为国主，赵楚贞架子不大，一口一个小生格外谦虚：“小生听见笛音，遂作了一幅画想赠予姑娘，还望姑娘莫要嫌弃。”

说着，旁边躬着身的随从就双手奉上一卷画纸。

大胤王朝重商贸，文风却不怎么盛行，可不承想这大胤皇帝竟还懂曲擅画。

修澜接过画卷，只见上面明霜白雪，一株梅花傲然立于冰雪之上，朵朵娇花不惧严寒，开得极美。画旁是一行题诗，字迹清秀，笔锋有力，却像刀子一样扎进她的心里。

记忆里，那人一袭白衣半靠在床头，手里握着竹简，露出完美的侧颜：“我在人界听来一句好诗‘取次丛花懒回头，半缘修道半缘君’，他嘴角微微上扬，“此后，你便叫修澜。”

修澜摸了摸画上墨迹尚新的题诗，念道：“取次丛花懒回头，半缘修道半缘君。公子佳作，栩栩如生。”

“姑娘谬赞，糙纸淡墨谈不上‘佳作’二字。”

两人一番客套后，人群中匆匆跑来个佩剑军士，压低声调附在赵楚贞耳边说话。

修澜终究是天神，即便低声耳语也一字不落地传入她的耳中：“国公大人言‘蒙女妖艳，不利少主’，欲将蒙月婕许给幽州的荣王，属下担心其中有诈，不知皇上能否回宫速夺此事。”

蒙月婕被誉为大胤第一美人，按理说，皇庭就是这第一美人最好的归属。可她父亲是大胤最大的商贾，虽没有官位，但势力却不容小觑。

国公担心蒙月婕入宫会让赵楚贞获得蒙家助力，逐渐独揽大权，此举无非是仍想架空皇权的势力。

可赵楚贞心里明白，荣王绝非不忮不求之人，这一点国公比他清楚又怎会真的将蒙月婕许给荣王。

赵楚贞对修澜拱了拱手无奈道："本想再向姑娘讨教一曲，可眼下家中有事，有缘再见，告辞。"

修澜笑应道："公子请便。"

人界常说有缘再见，但"缘"这个东西上界既然安排了八十八个文墨司君执笔安排，有缘无缘全看执笔者的心情，不过修澜对白得的这幅画倒有些兴趣，便将它随身带着待他日挂回镜竹雪岭。

大胤王宫的一处琼楼玉殿中，门外的宫女看见赵楚贞匆匆而来，立刻放下手中之物端端正正行礼。

宫女刚想通传时，却被制止了。

赵楚贞在外徘徊良久，终究没有敲开那扇紧闭的殿门。

正欲走时，里面的蒙月婕停止抽噎，走了出来："王上，奴是被您选进王宫的，若是要将我打发去幽州嫁与他人，便求王上赐青灯一盏，让奴常伴古佛。"

蒙月婕自小被人盛赞，性子高傲。大胤百姓私下断言她定是王后的不二人选，可国公宋梓霖区区一句话就想改了她的命运，叫她又如何服气？

赵楚贞旋了旋拇指上的扳指，沉默片刻后，走了。

回到书房，洪公公操着尖细嗓音问道："王上，您当真要将蒙小姐许给荣王？"

赵楚贞翻了一页书，带着笑：“嫁，也不嫁。”

“王上的意思是？”

赵楚贞露出个高深的笑容：“此处到幽州两个月车程有余，期间时日够那些人做多少文章？现下整个大胤的人都知道此事是他宋梓霖的意思，中途我若是做个顺水人情给蒙月婕的父亲，即便是他女儿不能嫁入大胤王宫，至少也会卖我不少面子。”

听完这席话，洪公公诧异地瞧着坐在书案前的少年皇帝，还是一如既往的温文尔雅。可这温里多了几分锋利，雅里添了几许稳重，似是成熟了不少。

修澜与渡渡在人界逗留数月之久，主仆二人头一次晓得了有家不能归是个什么滋味。修澜迫于无奈，将渡渡置于人界，孤身回去探了探风声。

此刻的镜竹雪岭被八名镇天将守着，古曦帝君此番大动干戈，看起来是不拿下渡渡不罢休了，坐骑无故被人绑走，这口气咽不下也是情理之中。

思及此，但见天边一道紫色微光闪过，修澜立即施法离开。因走得急促，回神过来时修澜已经挂在了树上，枝丫咔嚓一声，施法是来不及了，修澜深深吸了一口气认命地扑向大地。

但最终还是没摔着。

耳边有马在嘶鸣，修澜被垫背之人身上黑铁做的铠甲冷了一个激灵，屈着手探了探那人的鼻息，还好还活着，不然要去找阎王讨个人情了。

修澜打量眼前昏迷的将士，正欲叫醒他时，男子突然动了动干裂的唇，反反复复地喊着：“水，给我水……”

这可真是为难修澜了，她触水成冰如何喂得了他。正发愁时，一个女子背着筐禾雀花路过，修澜仔细一看，巧得很，是花灯节见过的素衣女子。

修澜远远喊道：“姑娘，能否过来帮个忙？”

那女子回过头，见地上躺着人，放下背篓三步并作两步地跑过来，待走近些了，看清楚地上躺着的男子时手里的东西“吧嗒”掉在地上。

女子扑在将士身上，撕心裂肺地喊了一声：“顾郎！”

如此看来这天上的神仙倒还真实现了他们的祈愿，成千上万的花灯，成千上万的愿望，修澜突然感慨，幸好自己修成天神后就潜逃了，不然得累成什么样啊。

修澜扶了扶泣不成声的女子：“他无大碍，只是渴水。”

修澜思考片刻，索性把手藏在身后悄悄施了个法变出一竹筒水，递给女子。

将士抿了几口水，沾了尘泥的睫毛颤了几颤，悠悠然地醒了过来。

有情人互诉了几句衷肠，男子才想起要事：“边疆发了瘟疫，幽州荣王置百姓于水火中，致使疫情越发严重。快扶我起来，我要赶去王宫速报此事。”

人界大疫，修澜估摸着这天宫的神仙跟这冥府的鬼差可有得忙了。好在自己两袖清风，乐得清闲，听完两位有情人哭诉后，她便找了一静僻处席地而眠，盘算着睡足后再回镜竹雪岭。

这一觉睡得甚沉，竟还做了个梦。在梦中她还是一株尚未修成人形的幼苗，是一个小少年把她种植在装满冰雪的花盆中时刻不离手，她乖乖地待在里面扇动着两片翠绿的叶子和小少年玩耍。

某日，一位秀丽端庄的女子指着两个刚出世的女娃娃问小少年：“吾儿，你忻姑姑生了两个漂亮的女娃娃呢！你来瞧瞧，更欢喜哪个？”

小少年端详一番，最终把目光落在怀中：“都不及老祖送我的梅灵讨喜，你看她会扇叶子呢！”

修澜配合着他更用力地扇着刚展开的两片嫩叶。小少年笑了，笑起来的样子就如他的掌心一样温暖。

梦境又转到了一座寒风凛冽的冰川上，小少年把她取出花盆安置在冰雪上，不一会儿就有凶兽嗅着味道围了过来，龇牙咧嘴，面相狰狞。

修澜看到凶兽在小少年身上撕裂出一道又一道的伤口，鲜红的血染尽皑皑白雪，寒风拂过凝结成漂亮的冰晶。

一声野兽低沉的嘶鸣，修澜惊醒，这时人界已黑得彻底。

她翻个身蓦地看见一个庞然大物睁着蓝幽幽的眼睛死死地瞪着自己，思绪还在梦中的她见到此状竟惶恐起身向后踉跄几步。

庞然大物锋利而巨大的前爪在地上刨了三刨，怒吼一声张着血盆大口朝修澜扑来，修澜一个踉跄向前一头栽去，恍然间好像看见梦里的小少年被数十头凶兽虎视眈眈的样子。

修澜霎时茫然，脑中全是梦境之事，梦境里好像飘着红色的大雪，染红着冰山雪水……

她鬼使神差地想随梦中的小少年一起成为野兽的果腹之物时，只听见凶残的野兽痛苦一吟闷沉倒下，腰间一双修长有力的手将她轻轻揽过纵身跃上树梢，躲过那野兽汩汩喷出的血液。

此时人界星光依稀，天边散射下来的几缕清冷月光笼罩着山林，雅白的禾雀花在冷月中开得格外烂漫，浓郁的香气盈满薄雾缭绕的山林，亦盈满古曦抱着她的双袖。

“修澜……”他的声音低沉，短短两个字却拖了极长的尾音。

三千年后初次重逢，就像书里那些英雄救美的段子一样，她被深山野兽袭击，而他不偏不倚地接住了她。

修澜知道一旦他踏入镜竹雪岭，就一定会有今天，可她却没想到他来得这样快。

山林寂静，古曦的眉目染上山间淡淡的凉意，他吐息沉重，温热的气流缓缓淌过修澜的耳畔，像是积蓄了千百年的伤感：“适才我以为是我感知错了，可看到那一幅画，我就笃定是你，你既然活着又为何避着我……”

曾经明明是他弃的她，如今又摆出这般深情模样作甚？

修澜看着手背上早已没有血液流淌的经络，感慨自己从令六界重犯闻风丧胆的无生崖活过来，还真是个奇迹。

修澜从他怀里挣脱出来，盈盈一拜，行的是君臣之礼：“小神家中的仙兽莽撞，绑了帝君的坐骑，还请帝君看她年幼懵懂的份上宽恕她。”拱着的手压得更低，端出满腔的诚意，“小神愿替她受过。”

因低着头，修澜看不见他的脸色，入眼的只有支离破碎的月光落满他玄青的衣衫，裾缘几株紫色木兰的纹理栩栩如生。

一双银丝线勾的长靴僵硬地向她迈了一步，他说：“你知道我找你不是为了这个，修澜，三千年前……”

“三千年前小神不懂规矩，冒犯了帝君，还犯下大错险些误了帝君的宏图大业。但当年该受的罪罚我已受完，如今两清，帝君莫再提及。”修澜接过他的话头，脸上平淡如水。

古曦的衣摆被树间穿梭的夜风扯得发响，她以为兜兜转转的只有那三千年，可被命运捉弄的却是他古曦的一生，而这一生换来的竟是她如此淡漠的一句：两清。

良久，他在凄凉的风声中找到自己沉寂而轻寥的声音：“两清？我们欠彼此的怕是再难两清了。”

修澜抬头看他，明晃晃的冷月散着孤寂的光线笼罩在他肩上：“放下了，自然两清，若事事记在心上，未免太累了。”

正说着，古曦漆黑的眸子深不见底，他将她揖着的手用力一带，没给她任何反抗的机会：“我不想两清，也不会放下。”

虽然两清是修澜自己这样说，可是她知道，有些事是她想忘却永远忘不掉的。

那是他们欠她的，那些事比她修人形时，枝叶脉络分裂又重组，重组又分裂给她带来的痛，还要强千万倍。

她怎能忘记，又如何放下？

修澜欲抽回自己的手时，晴朗的夜空乍现数道血红雷电，遮天乌云滚滚而来，狂风骤起。

修澜一愣，古曦顺势再次把她搂在怀里，淡淡的木兰香将她锁得死死的。

古曦看了看云层翻涌的夜空：“他这一病病了三千年，怕是要羽化了。”

修澜自然知道古曦口中的他指的是南方天宫的赤帝。

自女娃死后，赤帝一蹶不振，日渐憔悴，久久不见好转，越发沉疴。

即便修澜不问神界之事，可这些年对此事也略有耳闻。修澜知道，他这病根与自己和古曦都脱不了干系。

可她看着古曦泰然自若的神情，仿佛当年之事由始至终他都仅是一个旁观者。

暗里运筹帷幄，明里置身度外，好一个旁观者！

惊雷震响，飞禽走兽满林乱窜。修澜想从他怀里再次挣脱出来，可这次他却不放。

修澜无奈，只得开口道：“请帝君自重，若逼小神祭出法器与帝君斗法，可怪不得我冒犯。”

古曦挑眉，竟带了一丝笑意：“哦？你现在有这等厉害的本事了，不再是那个修完形，还须得本帝分你半张案桌疗伤的小丫头了？”

时过境迁，修澜没想到他会如此风轻云淡地叙起这件事，眼里闪过一丝尴尬，心中更是五味杂陈。抬头看见鸣闪的雷电中有一光点，拖着长长的尾由远及近，耀眼的光芒令修澜有些恍惚。

古曦所言的事，还要从三千年前五荒兽惹的祸事说起。

世人皆知北冥寒界万丈冰雪，养有九头五荒兽，一般生灵靠近不得，却不知这五荒兽一直守护着一株灵梅，便是修澜。

那时修澜无族无故，无名无姓，不过是一株幼苗，并不叫修澜。

三千年前那一日天象也并没什么异常，北冥寒界虽是酷寒之地，但日光却是格外迤逦，她一如往常撑着两片叶子看着五荒兽在冰原上驰骋。

五荒兽是六界神力最强也最凶狠的神兽，一边受着万灵的敬仰，一边又被万灵畏惧，所以空有一颗独孤求败的心，只能偶尔露出獠牙嘶吼两嗓子彼此较量，磨磨戾气。

那时，她埋在寒冰之下的根须遽然传来一种微妙的痛感，那种痛感慢慢灌进茎叶，逐渐加深。

她此生第一次有这样的感知，却不等她反应，那痛感越发猛烈甚至遍布全身，痛到难以忍受。

她渐渐拔根而起接着直冲云霄，四周霎时腾起一阵疾风，方圆几里的冰雪也随之迸裂。

那便是修形。

所谓修形，就是枝叶经络粉碎了又重组，重组了又粉碎，反反复复。

待一切平息后，修澜早已不堪疼痛昏死过去。她半昏半醒之际一阵微香弥漫开来，好像有一双手拂在自己的脸上，掌心比这无垠寒冰上的冷阳温暖许多。

她便歪着头往掌心蹭了蹭，再蹭了蹭。本还想蹭蹭，掌心的主人却发话了，宛似一声叹息："我知北冥寒界乃修仙圣地，殊不知来晚了一步。"

这句话她听得迷迷糊糊，不知所云。

待睁开眼，映入眼帘的是古曦十分凉薄的嘴唇，和那绣着两朵紫色木兰的玄青口襟，而自己正以轻浮的姿态抵着他的脸颊。

羞愧这种东西好像与生俱来，她猛地起身推开了他。古曦自是无甚大碍，反而是她自己一个跟头栽在了冰湖边。

悠悠湖水倒映着她精致的脸，她有些呆滞，一时反复蹂躏着头饰衣裙，一时又细细端详，万里皑皑白雪显得她一身翠绿罗裙格外楚楚动人。

古曦捋捋被修澜弄皱了的袖子，笑道："好个倔强丫头，我渡真气为你疗伤，你可倒好，恩将仇报？"说罢，又朝她靠近一步，极其温柔地摸了摸她的头，"小家伙，你要何时才能开花？"

她往后退了一步，警惕地望着他，抿嘴无语。

他举起的手搁在空中僵持片刻，忽地一笑："我要是真动你，你往后再撤一百步，结局也是一样的。"

这一笑让她晃了好一会儿神。

或许是常年与狷狂龇牙的兽为伴的缘故，修澜一直以为自己是天地间长得最特别的生灵，只有几片翠绿的叶子，简直娇小又可爱。

可直到遇见他，她才知道原来生灵还有这般好看模样，她着实打心眼里将自己的眼界狠狠鄙夷了一番。

如此相貌实在令人神往心醉，遂她修成人形对他开口说的第一句话便是："我属草木，我见过五荒兽乃属神兽，我还见过雪斑属昆虫，我见阁下模样端好……"

她顿了顿，过了一遍存货不多的脑子方才缓缓吐出四个字："莫属禽兽？"

闻言，他好看的俊脸突然蓄起深不可测的表情，修澜怯生生地环顾了一下荒凉的四周，发现平常有只雪斑从自己身边飞过都无比紧张的五荒兽，此刻却不知踪迹。

没有五荒兽护佑，她只能生死由命，便心一横，放下警惕，做出一副要杀要剐请随意的模样。

他上下打量修澜良久，竟是一笑："随我去天宫吧，刚修的人形，浑身是伤，还需好好养养。"

自修澜有记忆起便没出过北冥寒界，而今这番我为鱼肉的境地只得任由那模样甚好的“禽兽”将自己后襟一拎，拎上了三十六重天。

上了天宫，修澜才知道这“禽兽”便是中央天宫的古曦帝君。

回忆到此处，云霄中那一光点已硕大无比，金黄的光芒灵巧地躲过一道道闪雷朝他们所在方位俯冲而来。

子捷的羽毛散着金灿灿的光，照亮了在狂风中摇曳着的禾雀花。

渡渡眼光倒是不错，这子捷不光人形的模样好，真身在羽族中也算得上是出类拔萃。

被金光迷了眼，修澜缓过神绪才发现古曦的手已覆在自己眼前，修澜拿出玉笛一挡，身子微倾：“帝君日理万机，小神告退。”

他身子一颤，片刻之后，才收回手失笑道：“是有些政务要处理，等我回来找你。”说罢，玄青袖袍随风一扬，骑上凤凰随着一道金光稍纵即逝。

第二章

谁 家 欢 乐 事

修澜看着整个世界只剩满林扑腾的惊鸟和血红的电雷，以及树下四肢渐渐僵硬的野兽。

她摸了摸自己的眉额还留着古曦指尖的余温，低下头的刹那间竟有些失落。

她转身施法却不知去往何处，恰恰闻到云雾中一股烈酒的香气便顺着这香味儿腾去。诚如古曦所言，这些年，她长了些本事，特别是这品酒的本事。

修澜悄然立在屋瓦之上，屋瓦下面的地窖有几坛上好的果酿，她卸下瓦片打算窥一窥里面的情况。

屋里灯火阑珊，看似华贵的男子负手而立：“再过几日将那些村落烧个干净，准备扩城。”

男子旁边的人恭恭敬敬地站着：“荣王殿下，这事若是让朝廷知道了，只怕是……且今夜这雷来得蹊跷，怕是有什么变故。”

荣王？修澜心道，莫不是自己到了幽州城？

这荣王眼角修长，天生带着几分狠气，眯起眼来就显得越发狠厉："怕什么，我那窝囊弟弟管不到这儿，要是管的话他早过来了，哪里需要枉死那么多人命。"

"可朝廷那边给您选了一个王妃，此时都在路上了，若是送亲的人马过来怕是就露馅了。"

"蒙天策之女蒙月婕？"荣王嗤笑，"宋梓霖这个老东西不让她进王宫，却偏偏要送到我这儿，你以为是为了什么？这路途遥远，蒙月婕能否平安怕是还得两说。你随我出生入死这么多年，闻不到这一路上的杀气吗？"

"王爷，您当真不争取一下吗？蒙天策可是翻身的一个好筹码。"

荣王伸手挑了挑如豆的烛火，缓缓道："翻身？皇帝之位处处受制，哪有我幽州城的王来得自在舒坦。"

修澜皱了皱眉，边境早已是哀鸿遍野，青烟四起，满地横尸惨烈至极。

荣王一道王令下来立即封锁了城门，严禁难民进关。幽州城外整日整夜传来的都是凄凉的哀号声和无止息的撞击声，荣王甩手不管，府邸依旧夜夜笙歌。

突发的鼠疫雪上加霜，短短几日就侵入各个村落，百姓难得救助，只得听天由命。

想来如今这为王座争得头破血流的世道还有甘心做一只井底蛙的皇子，倒是稀罕，就是可恨了一些。

这荣王是好酒之人，酒窖满满百余坛佳酿能与修澜多年前在月宫中吃的桂花酒相媲美。

偷他荣王府几坛酒算得上是拿了他半块心头宝，如此惩戒方式修澜甚是喜欢。

天色黑得深沉，一道道血雷越发触目惊心，幽州城外的百姓敲着锣举着火把高喊着：“血雷惊世，上苍开眼，大胤的报应来了……”

官兵奉命处置传谣之人，一时间，又是一片哀号。

修澜倚着城里巍然耸立的清月楼，就着酒看着一场一场无畏的闹剧，只觉得人命这样轻贱，也这样沉重。

酩酊大醉了不知多少时日，醉酒初醒时恍惚看见一个蓝衣少女，圆溜溜的眼盯着自己转了好几圈，修澜不以为意，翻个身撑着昏沉的脑袋想再去同周公下盘棋。

蓝衣少女却是不依了，死死攥着她的胳膊使出浑身解数企图拉她起来，嘴里不停念叨着：“主子，你让渡渡好找。你怎的又将自己灌得这样醉？你不是说你是一个悟性极高的天神，不再学凡人借酒消愁吗？主子，究竟是什么不开心的事纠缠你这么久？你就不能同渡渡说说吗？你这样子，渡渡好心疼……”

时而清醒时而迷糊的修澜听着她断断续续没完没了的唠叨声有些闹心，睁开眼，忽见天色大好，晴空万里，高高隆起的苍穹仿佛一面明镜映照着万物，完全瞧不见前些日子腥风血雨的痕迹。

见修澜醒来，渡渡立马就扑了上去：“主子，你终于醒过来了，渡渡守了一个晚上了，你看渡渡都瘦了。”

修澜瞟了瞟扣在自己胳膊上那圆润如藕节的十指，叹笑了一声，复才将其一根根扳开：“今天什么日子，天公如此作美？”

渡渡道：“主子怕是不知道，今日神界有一桩大喜事，今日古曦帝君一统中央、南方两大天宫。对了，届时主子还需去趟中央天宫的星命阁，重新入个神籍。”

修澜不以为然：“哦？古曦，竟一统两宫了吗？”

渡渡立刻噤声道：“主子，你久不经事怕是不知道，帝君的名讳直呼不得，传闻一千年前，东方天宫有一位骁勇善战的将军就因直呼青帝的名讳，当场就被青帝给打至神形俱灭。”说着又抬头看了看天，露出向往之情，“这趟去神界说不定能见着天宫的三公主和古曦帝君呢，传闻两人是未婚夫妻，不知是否是郎才女貌的登对模样！”

三千年来头一次听到有人同时说起古曦与赤帝女，修澜心中思绪万千，想来这时光易逝，他们这些故人倒是阴魂不散。

修澜不着边际地回了一句：“你瞧，那鼠疫马上就要席卷幽州城了，这城主本想安安分分做一个安逸小王，怎奈造化弄人，这高位还能坐得住吗？”

渡渡有些听不懂修澜指的何意，匆匆拉着她去了神界。

神界星命阁群英荟萃，修澜许久不曾见过这般盛况了，难得心情好，挑了处地方坐下边品着酒，边听着周边的神仙八卦兮兮地聊着古曦帝君的琐碎事儿。

一说：“当年女娲分娩时八荒六合皆出现了奇光，那光的色彩如蓝如赤是这天地间从未出现的颜色。将近应劫之期的鸿钧老祖亲自前来探望，仰头看了看熠熠的奇光，便给新生的帝君取了古曦之名，是古无今虹，明而如曦之意。不过说起来，帝君名扬四海倒还不是因为此事，而是他从神胎出来便贵为天神。于是他年幼便继伏羲大帝之位掌管中央天宫，赤帝本就膝下无子，留下的三公主又生得端庄贤淑，早有母仪风范，这两人当真是天作之合。”

二说：“我之前听前辈们说起上古末时的一桩旧事，不知是真是假。说这听祈帝后与女娲帝后当年同怀神胎，两宫帝君闻之大喜，指腹为婚。谁知后来听祈帝后生了双胞胎，便是赤帝女和女娃。原先是说将女娃许给古曦帝君，不料女娃三千年前出了那档子事……”

三说：“我还听说帝君寝宫供着一支竹笛，百余年前赤帝女随赤帝来时因为好奇碰了那支竹笛，被帝君不留情面地教训了一番，大家都以为他们并没有什么情愫。现又说他们今日所着之服是三公主用霞蚕丝一针一线做出来的，这霞蚕丝做一件衣服少说也要几千年，如此这二人之间的种种倒真是叫我们猜不到想不明。”

他们刚说到兴头上，只听紫岩门前十八只神兽齐鸣，大家便立刻施法到了紫岩门，方才还沸沸扬扬的星命阁瞬间阒无人声。

看着众神消失的方向，渡渡扯扯修澜的衣角小声道：“主子，咱们也去看看吧？”

修澜问道：“这天宫人多眼杂，不怕遇到那九头凤凰？”

渡渡得意道：“我早打听好了，古曦帝君命他今日去西方提法器去了。”话罢，又谄媚地攀上修澜的肩，“这几天走到哪儿都能听到传闻，说古曦帝君是何等何等气派，还有那三公主又是何等何等风姿，就方才这些神仙口里说的，难道主子你就不好奇吗？”

“传闻本是些寻常东西，经人们口口相传后就变得扑朔迷离，有什么可好奇的？”修澜又突然想起渡渡终归经世才两百年，对这些好奇实乃常事，便话锋一转，“罢了，瞧你这不安分的样子，强行留你陪着我，你估计是委屈了些。去吧！天宫禁律多，仔细着点……”

话音未落，渡渡就绽开笑颜，本欲雀跃地围着修澜转一圈，却不慎被裙摆绊倒，一跤摔在琉璃地上，且摔得十分结实。便是如此，又焉能阻她观礼之心，她起身后哼着小曲欢快离去。

原本星命阁从耀耀的云端一直到修澜现在所处的桥廊之间一千零二十八步阶梯皆排满了来挂神籍的仙人，可紫岩门神兽一鸣这些仙人便立刻放弃了那好不容易排来的位置匆匆前去参拜帝君了。

如此，甚合修澜的意。

淡红却素雅的柔袖在斑驳的云霞中一扬，她轻身跃过天梯直达掌籍司君面前。

掌籍司君刚收好天书，看到突然出现的修澜显然吃了一惊，抚了抚心口才端起司君之职例行公事地问道：“府邸何处，阶级几品，仙根何物，芳龄几许？”

仙根？修澜想来虽然自己是株血梅，可血梅这一族早在上古就消失了，如今世人哪里还记得血梅一族。更何况，自己一身仙血早在三千年前就被抽得干干净净，又哪里配得上“血梅”二字。

她顿了顿才一一回答。掌籍司君一边记载，一边又忍不住多瞟了她一眼，大抵是觉得这三千岁的天神委实太过年幼，太过稀罕，更何况还是这般风华。

入籍后，修澜正欲离开，一个清澈如水的男音从云阶传来：“仙友留步！我见仙友周身灵气红而高雅，甚是熟悉，可是相识的故友？”

修澜细细回想了一番，似乎从未听过如此清澈的声音。还没等她回过头，那人已大步流星地走到她面前。

身着月白服饰的男子欣喜地指着修澜：“果然是你！”

眼前的男子笑起来十分养眼，却不是修澜认识的人，修澜声音客气平淡：“我从未见过你。”

男子低头一笑：“你确实没见过我，但当年你在中央天宫与洪荒凶兽大战时，我可是去捧了场的。那时你英姿飒爽，让人过目不忘。”

两百年前的事竟还有人惦记着，修澜礼貌地点头客气道：“仙友好记性。”

他靠近修澜一步，调侃道：“你升了天神便消失了，如今，怎么舍得出来了？”

修澜虚笑道：“这不是没有官位，日子难过嘛！”

他上下打量她半天，扑哧一声笑了出来，说道：“你真是有趣得很！”

碰巧此时看到月老杵着根手杖摇摇晃晃地过来，他低声说道：“还烦请帮我个忙。”

还不等修澜答应，他就过去揪起月老的胡子将人提到修澜面前：“月老我问你，我的红线是不是你家女童学女红的时候给使了？”

说着他又牵起修澜的手一副小家子气的模样：“喏，自己看着办，你是让你家女童把我的红线还回去呢，还是重新为我做一根？”

月老叹息一声，一脸无奈：“擎瑜仙君，这天海你守了数万年，这姻缘老朽也替你算了十数次，可这孤寂一生的姻缘线是天定的命数……”

说罢，他看了看修澜：“罢了罢了，就算老朽欠你的，让我看看此女……”

修澜任由月老用灵力探查着自己，正想听他接下来要说什么，却只见他目光一震，向修澜鞠了一个大礼，转身便慌慌张张地走了。

修澜虽为天神，但毕竟资历尚浅，月老怎么也是天宫大多神仙见了都要拱手称前辈的神者，他这一礼拜得修澜有些茫然。

倒是擎瑜瞅着月老的背影自说自话道：“想来，他肯定是急着为我找红线去了。”

修澜：“……”

今日天宫宾客如云，蜂屯蚁聚，免不得有纰漏之处，这处纰漏说大不大，说小也不小，正是几千年也不曾有人打理的神魔之井。

神魔之井是古曦继位后的第三天，他亲自带兵开凿出的一条可通人界的隧道。

上古之时，人界的天象尚由逴龙掌控。

逴龙者，睁目为日，闭眸为夜，其神力不可估量，然它却非造福万灵之兽。

那时神仙每每跑一趟凡界就得被天镜处的逴龙狠命地刁难一番，导致下凡之路凶险未卜，眼瞅着这下界颇具仙根的凡人无法飞升成神，神亦无法下界救苦救难，然而就在这一筹莫展之时，古曦建成了这天地通途的神魔之井，并率诸神里应外合封印了逴龙。

故而古曦当年建造这井时便坐实了这天纵奇才之称，也稳固了这帝君之位。

但到如今，历经千万年的时光，井口曾经威风凛凛的石兽也已经千疮百孔，萎如塑泥。

这荒废多年的神魔之井，今日不知吹了什么风，竟迎来了妖魔两族的统领。

妖皇拉着魔尊池溟小声道："我妖族世代守护的法器幻渊坤前些日子无故失踪，守护法器的妖灵也下落不明！我想着趁今日五宫帝君皆在，或许该将这事禀明各位帝君？"

幻渊坤的下落，池溟最清楚不过。他佯装惊讶，表情变化拿捏得甚好："此事甚大，帝君知晓断不会轻易饶恕你，还需慎重啊，不妨先再找找？"

妖皇一身栗色，额上三双假眼一对黑角，摇起头来甚是庄严："我三千妖兵苦寻多日无果，怕是找不回来了。此番找你是有一事相求，你我交好数万年，六界之中关系甚笃，若是我因此丢了性命，还请你替我照拂我的女儿漠沁。她年幼不懂事，四处作乐闯祸，以后要劳烦你多费心了。"

说完他按照妖界之礼向池溟行了一拜。池溟没有扶妖皇起来的意思，幻渊坤丢失，他以为妖皇贪生怕死断不敢上报天宫，却不承想妖皇这般果决。

万年之交又如何，倘若天宫插手此事，必有麻烦，这妖皇自然留不得了。

池溟嘴角勾出浅浅的弧度，有些阴狠的意味："你是执意将此事上报天宫了？"

"既是我失职，我当负这个责。"

池溟闻言，不禁失声大笑，继而拿出怀里的幻渊坤，悠然地在妖皇面前晃了几晃，笑道："天宫你怕是去不成了。"

妖皇看到幻渊坤，蓦地起身，煞白的脸上写满震怒："幻渊坤为何在你手上？我以为我们是生死之交，可你却干出这种不齿之事。夺我妖族圣物，你莫非想反？”

神魔之井常年刮着疾风，扯得池溟的衣袍猎猎作响，池溟猖狂一笑：“反又如何？”

妖皇没想到他有如此野心，妖、魔同神族的确不若看上去这样和谐，可数万年下有几个有本事反上天？他冷冷一哼，不屑道：“你拿到幻渊坤又能怎样，想反上三十六重天，简直痴心妄想！”

池溟啧啧摇头：“有东陵族血淋淋的教训，我不至于那样傻。”

他把玩着手里的幻渊坤继续道：“不妨告诉你，三千年前我无意间得了一本书，上面记载了一个古老的秘辛，说混沌初开，天降血梅一族，这血梅与天海之水相克，又与天海之心相生。我用这幻渊坤将我魔界众魔幻化，安插在六界各族中，我就不信找不到鸿钧老祖当年留下的那株血梅。待我拿到天海之心，六界都是我的。只是可惜，你今生是无法亲眼见到那恢宏的场面了。”

妖皇虽不知血梅是何物，但天海之心却无人不晓。那是盘古心脏所化，是六界的禁地。若池溟口中的血梅当真与自带净术的天海之水相克，那对六界而言，将是一场前所未有的浩劫。

“世间万物，妖界典籍均有着墨，便是寥寥几笔的记载，我亦是倒背如流，从未听说有什么血梅一物……”妖皇看着池溟笑眼里的踌躇满志，声音也越发没有底气，“这天地间不会有这样的东西……”

池溟看着妖皇开始忐忑不定的模样很是开心，他轻轻扭动幻渊坤，笑得鬼魅万分。

妖皇这才惊恐万分，幻渊坤祭出，几重势不可当的力量形成透明的铜墙铁壁将他层层围住，叠嶂之内的戾气将其慢慢撕裂，慢慢粉碎。

渡渡是误打误撞进到这神魔之井的，她看见有人被困在仙障之内便一腔热血想扑上去营救，却不想被幻渊坤外围戾气所伤。

渡渡的法力渐渐被戾气削弱，她甚至能感知到自己的魂魄正一点一点挣脱自己身体而发生的细微变化，撕裂般的疼痛由内至外。

修澜察觉到渡渡的险境，扔下还在与她套近乎的擎瑜匆匆赶来。可终究是迟了一步，待她到时只看见渡渡同那层层围绕的瘴气一同消散成了云烟。

再抬头看见飘然立于黑风之上施法的魔尊，修澜怒意陡生，她扬起袖子，花朵瓣瓣堪比利箭朝池溟飞去。

幻渊坤已收，池溟看着来人，心生杀意。他转过身，一身墨色披风刚好做了盾牌，随即震了震内气，磅礴气流从四面而来，修澜借助那萎缩的石兽像登上高空，石兽像在刹那间化为粉末。

气流顷刻凝聚，顷刻消散，修澜足尖尚未落地，池溟一柄利剑夺喉而来。修澜后滑数米弯身右避，同时化出一把冰剑向他后背刺去，明明刺中了，可剑尖感应到的却是空落落的，她错愕片刻，池溟忽然转身一掌朝她心口劈来。她见招拆招，对掌生出的气流将二人悬于高空，片片花瓣在阵阵黑风中上下浮动。

两人法力相当，皆受了重伤，若修澜还有血，怕也是同池溟一样一口一口吐得骇人。

修澜撑着身子站起来，眼里全是杀气："你将我仙兽如何了？"

池溟凶神恶煞的头颅以下是一件拖地的披风，披风里面空空荡荡，乌烟缕缕。

难怪修澜那一剑刺去毫无感知。

池溟用内力压住伤口，自知来了个不好对付的主，只能智取。他脸色一变完全不似方才的凶狠，只是笑起来越发狰狞："天神误会了，方才我惩处魔界叛徒，谁知您的仙兽误闯了阵法，被旁气所伤，应当只是流落到六界了。"

清修多年的修澜久不曾怒，此番素平流水的眸子里闪过一丝利光，便叫人望而生寒。

池溟自知不能泄露幻渊坤的半点风声，他龇嘴舔了舔唇边溢出的血泽，看着似乎毫发无损的修澜。毋庸置疑，此女绝非泛泛之辈。

池溟参到这一点，便做惶恐状道：“天神莫急，那阵法未曾伤及仙兽性命，只是流落六界免不得遇到什么不测，为今之计还是得尽快找到她才能保她周全。”

可修澜此时感受不到渡渡的任何灵气，仿佛她彻底消失了一般，这样得找到何时？

蓦然想起渡渡种在子捷身上的同心锁，眼下唯有这个是最快的方法。

修澜施法将池溟封于寒冰之中便朝紫岩门飞去。

她匆匆过去，便见齐齐一排神兽领路，后面跟着不计其数的仙婢侍卫将一人浩浩荡荡地迎进中央天宫，其他珠光神器则由太阳神车载着压轴出场。

三千年过去了，她没想到是这样再见到赤帝女的。

紫岩门通透剔亮的玉石以及四周浮动着的白云皆被红绫绸缎映得绯红，此番笙歌鼎沸，盛况空前绝非古曦一统两宫该有的排场。

只听旁边一群小仙啧啧称叹，却不过反反复复几句恭贺之语：“愿帝君与三公主沧海桑田，此心不变；福泽天地，情同天长。”

修澜委实没有想到渡渡先前未说完的喜事竟是古曦与赤帝女喜结连理，难怪今日的众神茶后歇语口口不离他俩之事，所以古曦所言的政事便也是此事吗？

心口突然如同撕裂一般生疼，铺天盖地的喜气令她有些窒息，可想来他俩会成亲是自己早在三千年前就知道的事情，此刻这痛来得根本毫无道理。

最前面的就是古曦，熙熙攘攘中，他一眼便看见了修澜。

他们之间隔着许多人，遥远的凝视穿透众人，这一眼仿佛百转千回。

她转身欲走，却一头撞进了前一刻还高高在上的古曦怀中。

一众观礼的神仙都沸腾了！

传闻中三世真元之身的古曦帝君从来喜怒不形于色，能见到他大婚已经是不敢想的事情了，没想到还能撞上帝君在大婚之时将另一名神女拥在了怀里。

刺激！太刺激！

只见古曦拥着神女时嘴角漾开一抹浅笑，便是阅男无数的花神见着了，春心也不由得荡了一荡。

连着这三幕戏，众神霎时安静，目光纷纷落在了修澜和古曦身上。

天空鹊鸟飞过，留下的五彩痕迹一点一点晕染开来，像横亘在天海下的云河。

古曦搂着她，臂弯稳沉，他张了张口，却不知该说什么。

修澜木讷半晌，只觉千万束目光之中有一束来得格外炽烈，她回头望去，对上身着霞帔的赤帝女尖锐的目光，赤帝女精致的妆容下表情隐隐崩坏。

三千年前修澜遍体鳞伤地瘫在刑牢里时，赤帝女曾弯着眉目对她说："枉费了你对他一往情深，到头来不过是一颗棋子，你放心，我与他大婚之日定会上无生崖敬你一杯喜酒。"

时光辗转，却不想在今日遇上。

赤帝女瞧着修澜周身仙气央红袅袅，若说她曾经的美是小家碧玉，现在却是担得起"风华绝代"四个字。

修澜推开古曦，从小仙侍那儿拿了一盏酒朝赤帝女走去："三公主别来无恙！这一杯喜酒就不劳公主亲自送到无生崖了，小神还是自己前来讨了比较好。"

修澜说完，将酒一饮而尽，瓷杯摔碎在古曦脚边，四分五裂。

古曦一怔，脸上笑意渐退，面色如灰。

赤帝女确认没听错，修澜自谦是小神。在神界，只有天神才能自谦小神，其余散神只能自称小仙，她赤帝女也不过自称本公主，去掉公主身份，也就是个小仙。

本该睥睨众神的帝妃这一刻脸色乍青，纤手攥着喜服，指尖勒出淡淡的红印，一对天生妩媚的眼睛满是茫然，说起话来也颠三倒四：“你为何……还活着，这不可能，你不可能从无生崖活过来！”

修澜没有再给她说话的机会，她瞅了瞅身后沉默不语的古曦，又看了看这热闹的喜宴，笑道：“想来有趣，凡人丧父尚知守孝三年，而神却可翌日出阁，果然还是神界开放一些。”

见赤帝女面色不豫，修澜继续道：“也是！据说你这喜服都做了几千年了，是该着急。不过三公主当真神机妙算，这紫色龙纹绣得活灵活现，最适合你与帝君不过。”

她挑起漂亮的细眉：“可是几千年前四公主尚还在世，三公主又是如何能预料今日之事？”

这番话问得入木三分。

赤帝女的脸色越发白：“你这话何意？三千年前明明是你将我妹妹……”

剩下的话还未说完，修澜就以迅雷不及掩耳之势出现在散着五彩磷光的神兽跟前，那神兽狰訑向来护主，此刻却任由着修澜用玉笛抵住赤帝女细长的脖颈。

不容揣测其中缘由，戏幕此般反转，在场众人的心刹那便提到了嗓子眼，唯有久经沙场的神将拿着法器将修澜里三层外三层地围了起来。

周遭越发寂静以至于不懂事的小仙情不自禁叨咕了一句“这神女颇有两百年前那位女天神的风姿”就显得尤为突出。

众神眼前一亮，云集响应。

修澜没管，直直地逼视着赤帝女：“你还有脸称她一声妹妹？”

赤帝女瑟瑟发抖，瞟了瞟修澜手里的玉笛，玉笛明明顺滑锃亮，此番她却觉得比刀剑还锋利。

修澜瞧她毫无往昔的疾言厉色，又是轻蔑一笑：“我还未提及三千年前之事，你倒先说起了。那好，三千年前的这笔账咱们是得好好算算了。”

第三章

何 人 忆 往 昔

三千年前这笔账，还得从南方天宫的四公主女娃说起，那时古曦将刚修为人形的修澜从北冥寒界带回三十六重天的胥明宫。

胥明宫是南方天宫的一处别院，古曦暂居于此。

彼时修澜刚化为人形，因法术不济，常常走着走着不是脚下生根了，就是头上长叶了，古曦只好让修澜化为原形以冰雪种植在案。

古曦说这一来避了孤男寡女之嫌，二来她也可以好好调养生息提升法力。

修澜缠着问：“避孤男寡女之嫌是什么意思？”

古曦意味深长地看她一眼，并不想回答。但通常来说，只要修澜不依不饶地问上个十来遍，他就一定会细细解释：“形分阴阳两种，即人界说的男女。创世之神将人分为男女，命之交媾孕育后世，使种族得以繁衍，而孤男寡女共处一室……”

修澜打断：“不明白，为什么要男女才能交媾孕育呢？两男或两女不可以吗？”

古曦刚抿了一口茶险些吐了出来，神情复杂：“你有自己的想法固然是好的，但也就只能跟我说说，莫要向旁人提及。”

这胥明宫少有神来，便是来了神，除了四公主女娃又有哪个能进得了古曦的寝宫，如此修澜又能向谁提及呢？

但这女娃这般特立独行，肆无忌惮进出胥明宫也并非占着古曦未婚妻的名分，委实是她不过凡间十五六岁的模样，生得眉清目秀，笑声如铃，本就单纯讨人喜欢得很，并不懂这俗世礼仪。

每次女娃才跑到胥明宫的大门，就开始喊着“曦哥哥”“曦哥哥”，让胥明宫热闹了不少。何况这天地间敢叫中央帝君为曦哥哥的，怕也只有她了。

那日古曦去太阳神殿议事，女娃进来瞧见了案桌上的修澜，盯着它足足转了十圈，然后才若有所思地问：“你是打哪儿来的小仙儿？这胥明宫千百年都不曾见过花草类的小精灵，快说，哪处来的？”

她见修澜半晌不说话，眼珠一转：“不说？很好！”然后伸手就变出一壶热水，邪魅地扯出一个笑，“你不说，信不信本公主把这水浇进你这冰盆里？”

修澜从古曦那里听了许多故事，例如五百年前西方天宫出了位战无不胜的大将军，但最后敌方一个激将法，他竟当着十万神将的面自刎了。死前他说自己灵魂能永绕不周山，维系山林和平，可最后依然同其他孤魂一般化为游丝，不复存在，所以逞强并没有什么善果。修澜为自己的胆小找了一个好借口，两叶一合瞬间缩入寒冰之中。

女娃如银铃的笑声从冰块的罅隙传来：“我骗你的，曦哥哥从不喜欢旁的生灵进这胥明宫，如今他不仅用这寒冰玉盆将你好生照料着，还允你待在案桌上，看来视你为要紧之物。”

她又敲敲冰块：“你快出来吧！不然曦哥哥回来了，还以为我欺负了你，喂！小精灵，出来好不好？”

修澜自是懒得理她。本是女娃捉弄自己在先，那自己现在也吓一吓她，算是报仇了。想着，她便睡起了大觉。

女娃瞧修澜像是真的生气了，把水壶放在旁边便溜之大吉。

修澜这一觉好似躺在了水里，这水令她惊奇，无枝无桠，无藤无蔓，却缠人得很，竟教她使不出一丁点力气来。

她醒过来，依然是在冰雪里，古曦已经回来了，正在案前看着竹简。晨起时他穿的绛紫衣裳，现下却是件玄青衣衫，不过他穿上这玄青色更加英气受看。

“醒了？”他问着，目光依然停留在竹简上。

修澜把身体伸展出来，两叶来回扭了几圈，撑了个懒腰算是回答。

门窗外一个身影弯腰：“帝君，三公主求见。”

古曦放下竹简走了出去，修澜也跟着悄悄地移到了门边。

屋外的声音娇柔细腻，仿佛一股甘冽泉水：“赤帝女拜见帝君。”

赤帝女？女娃的孪生姐妹？好奇的修澜把耳朵贴在门上，只听古曦不紧不慢地吐出两个字：“何事？”

赤帝女徐徐道：“女娃自幼被宠惯了，行事恣意任性，以后我会多提醒她注意分寸，还望帝君多担待。”

这是修澜第一次听见赤帝女的声音，寥寥几句便让人觉得这南方天宫的三公主大方得体，堪称典范。与女娃随心散漫的做派大相径庭。

约莫古曦也如此认为，他说道：“你与女娃一胞而生，倒是有几分姐姐的样子。”

赤帝女盈盈笑道：“打小帝父就教导我，做姐姐的要更懂事些。”

说罢，她突然想起什么，接着道：“昨日小妹慌慌张张到桑华宫寻我，说闯了大祸，为难了您亲养的一株灵梅，所以我特意从不周山顶取来了五彩泥，用来种植花花草草最好不过。”

听到提及自己，修澜恨不得全身贴在门上。

须臾后，传来茶杯落盖之声，接着就是古曦听不出什么起伏的语气：“这株梅刁得很，只认冰雪不认泥，若无其他事，你便回去吧。”

只听三公主一句“可是”拖了长长的尾音，再无下文。

修澜以为他们还要说些什么，可这时门突然一开，修澜连同玉盆被弹了老远。

古曦一脸无奈，将她安置在窗边：“在这儿偷听声音大些。”

修澜不甘，捏个咒语化为人形开口道：“这神仙说了半天就是想送礼讨好你罢了，非要带上一个冠冕堂皇的理由。”想了想又觉得不对，“可她为什么用我来讨好你呢？”

彼时古曦已执竹简半靠床头，笑而不答，任由她胡乱猜测。

修澜乍眼一看，见古曦手里的竹简平淡朴素，不似神界之物，问道：“这是人界的东西？人界的状告都上达天听了？”

古曦将她拉到身旁坐下：“这是人界的诗篇。”思索片刻，又道，“我在人界听来一首好诗：取次花丛懒回顾，半缘修道半缘君。”

他看着她：“此后你便叫修澜吧。”

“修澜……”她碎碎念了一声，却被从胥明宫门传来的声音给打断。

修澜听见“曦哥哥”几个字便立刻化为幼苗，准备缩进冰雪时却被古曦拦住了：“她来赔礼的，这等便宜你不捡？”

修澜一听，甚有道理，当即直起了身子，等着捡便宜。

女娃跌跌撞撞地跑进来就说：“曦哥哥，听说你去北冥寒界取碎冰，可……”

女娃还没说完就看见这木金房里唯一的一抹绿色像问罪般朝着她。可她并未觉着愧疚，反而喜笑颜开地跑过来打算抱起修澜，可修澜根下的这玉盆却突然悬空而起停留在半空，叫女娃扑了个空，撞了一鼻子墨。

她委屈地看着古曦，跺跺脚：“曦哥哥……”

修澜悬在房梁下，自知是古曦施了法，不过女娃这一声曦哥哥害她从根酥到了叶，险些没从房梁上摔下来。若非对面是古曦，要换作其他神仙，怕是千年修来的仙骨都散了架。

古曦神色有些严肃：“昨日是你将这热水壶搁在她旁边的？”

女娃不假思索：“是啊，我是准备吓唬它，但我知道你养它必有重用，所以没做什么，真的！”

古曦面色依旧严肃：“昨日盆中不过是普通冰块，你把热水壶放在旁边化了冰，可知险些害死了她？如今我虽给她换了北冥寒界的碎冰，但日后，也不许你碰她半分。”

修澜在玉盆里一脸茫然，这一觉难不成还真在水里蹚了一遭？

女娃无辜道：“曦哥哥，那北冥寒界的碎冰能与火抗衡，你还怕我融了它不成？”

古曦不再说话，伸手将修澜重新放在桌案上，坐下来继续看着竹简。

女娃捂脸欲哭，少见地委屈。

修澜苦等半天，也没捡着便宜，于是就努力地向古曦扇动叶子，古曦非常默契地喊了声：“女娃。”

继而，他悠悠道：“既然做错了事，自然是要道歉的。”

修澜在玉盆里傲娇地扭了扭叶子，而女娃哭得更大声了……

三十五重天的霄明宫是个养精蓄锐的好地方，不过一百年，修澜修为精进许多，可以自由转化人形，便央着古曦给她一个奖励。

古曦带她去了观星池，观星池坐落于南方天宫与中央天宫接壤之处，由一颗大石托着一池水悬浮于空中，虽然不大却能目揽整个天海，一到夜里，游星拖着尾巴，一条一条金丝银线纵横交错，格外好看。

每当这时修澜都会变得格外享受，虽然某神君总是吓唬她，可修澜就喜欢这里移动的星河，以及星河下古曦威胁她时的那副宠溺样子。

古曦一袭玄青长衣靠在石头上，水里扭曲的倒影被巨大的星河笼罩，他眉目幽远，淡淡道：“给你讲个故事吧。”

难得他如此闲情，修澜撑着下巴凑到他近前聆听，他反手摸摸她的头，缓缓道来：“十五万年前，天神盘古开天辟地后，产生了神、魔、仙、人、妖、冥六界，六界不合，相互残杀，致使天地失色，生灵涂炭。后来，鸿钧老祖在机缘巧合下借助天海之心平定六界，此后，其余五界便尊神界为天。那天海之心的擎天楠木乃盘古心脏所化，维持着天地的平稳，鸿钧老祖担心有人觊觎这楠木，便把天海设为禁地，在其中放养了无数的凶猛恶兽，你现下看到的那些移动的星火，便是异兽发出来的光。”

修澜全身一哆嗦，没想到，如此美丽的星火背后竟是群恶兽。

古曦打了个呵欠，继续说道：“你可知，人界所看到的星象和神界的是不同的？人界的星河没有这么长的星尾，星星或明或暗，有的甚至不会发光。”

说完他把一直不老实地玩弄着他头发的修澜一把提到自己跟前来：“我这样说了，你还会觉得那些星星还有什么可欣赏的吗？”

修澜顿时整个人都不好了，恨恨道：“这下好了，唯一可供我消遣的星星，我都提不起兴致了。”

说完，她抬头看着那些游星，脑补出千万头狰狞的猛兽奔跑的模样，登时瑟瑟。

古曦笑道：“你还可以欣赏我。”他顿了顿，“不过翌日，我将同司法文星去趟一重天瑶池，与仙界商榷要事。事关重大，怕是要些时日才能回来，你要在天宫好生待着。”

如今想来，倘若那时修澜听了古曦的话好生待着，或许所有的事情又会是另一个局面，至少能保住女娃的命。

古曦离开的第十三天，修澜便已按捺不住，偷溜出胥明宫找乐子。

胥明宫门外是架在云雾中由素玉装成的仙廊，在仙廊里她看见一处四散着金光的地方，便朝着那个方向走去，打算开开眼。

那光芒看似近，但绕着迂回的仙廊修澜硬是走了大半个时辰才到，修澜仔细一瞧，薄云轻笼中是一座美轮美奂的宫殿，琉璃瓦下嵌着珠光珍石的门牌上正正经经写着几个大字“琼华宫”。

修澜隐约记得这是女娃的地方，便想着进去逛逛。

正犹豫如何混进这琼华宫时，里面一个小仙娥款步姗姗而来：“你可是刚来的仙婢？”

修澜窃喜，端正姿态道：“小仙本在胥明宫办差的，可眼下帝君不在宫中，人手便空了出来，掌籍君司将小仙调遣于此，待帝君回来，小仙再回去。”

此番话自是她好好琢磨后才说的：一来能求个暂时玩乐安居之所，二来古曦回来之后也能名正言顺地脱身。

女娃见到她时，瞧她一身绿色衣裳，道：“三姐说，绿色挑人，少有女仙可以驾驭，但你穿上我却觉得很是养眼呢。以后你就跟在我身边，你觉得怎么样，小绿？”说完又附在修澜耳边小声道，“我觉得你真好看，比我三姐还要美上几分！”

被叫作小绿的修澜对“美”这个字很是模糊，却不禁好奇传闻中极美的三公主赤帝女究竟是何等模样。

修澜第一次真真正正见到赤帝女本尊是随女娃去的。

女娃在玄母天尊那里得来些上好的玉露香膏，便满心欢喜地给赤帝女送去。

女娃对赤帝女的情谊十分深厚，这个原因修澜倒是知晓一二。

原本女娃有三个姐姐，大姐因为不想嫁人抑郁而死，死后被封为云雨之神；二姐为救度人族甘愿化为巫山，留在人界受万代香火。如今仅剩她与赤帝女，所以女娃很是在乎这个姐姐。

赤帝女住天宫北厢的桑华宫，宫门前站着将士婢女排场极大，足以彰显赤帝女地位尊贵。

修澜跟在女娃身后，只见桑华宫中的回廊立着一排红金大柱，柱上由蓝田玉雕刻的各种花木神兽缠绕而上，廊旁是清澈见底的芙蓉池，朵朵芙蓉，灼灼其华。

再转过一道仙廊便可以看见一棵百丈高的桑树，红色的纹理，黄色的花，下至云海，上托房楼。树的周围有鹊鸟飞绕鸣叫，奇美得很。

“四妹来了？”这声音风风韵韵，如空谷幽兰。

女娃开心地嚷嚷着：“三姐，三姐，我给你带好东西来了。”

话音刚落，但见桑楼上拨开一道云门，茂密的叶冠中成群的彩雀有序飞出搭建了一道阶梯蜿蜒而下，美妙至极。

修澜在这天宫住了百余年，最爱干的事情莫过于偷听，遂古曦常言：“术法不精，窥听倒是颇有建树，如此，叫本帝还如何安心在后芳庭沐浴，嗯？”

这句话不是没有根据的，不过偷窥十次有九次被抓了个现行，修澜以为“颇有建树”四个字还有待商榷。

传闻听多了，今日一见，赤帝女果然美得不可方物，就连走起路来袅袅婷婷的姿韵都十分养眼。

女娃囫囵饮了杯茶，拉着赤帝女连忙坐下，双瞳炯炯有神：“三姐，今日玄母天尊将珍藏多年的玉露香膏赠予了我，你也晓得我素来不爱用这些东西，便借花献佛。”说着便将袖兜里弧形样式的玉瓶递了出去。

赤帝女接过玉瓶细细打量一番：“玉露香膏抹上半寸肌肤就可留香百日，这般方便之物你倒说是烦琐？我看啊，你用再合适不过。”

女娃满脸赤诚：“姐姐容貌天成，此物用在你身上才算物有所值。”

修澜瞧着姐妹二人客套只觉好笑，口无遮拦道：“不过一瓶香物，两位公主就要这样推扯许久，若是换了玄母天尊那件天海之水做的战袍，二位公主可是要把这桑华宫掀了不可？”

修澜话毕，气氛安静得有些诡异。

赤帝女的“大胆”二字姗姗来迟，疾言厉色的表情同之前判若两人：“小小仙婢如此放肆无礼。禾城、禾落将她押出去喂雀儿。”

修澜这才意识到这里并非她可为所欲为的胥明宫，眼前之人更不是能百般容忍她的古曦。

她后知后觉地跪在地上，努力回忆着上次胥明宫新来的仙婢忘了禁令打算给自己浇水时被古曦撞见，当时那仙婢是怎么向自己求情来着？修澜依稀想来大致是双眉一耷拉，悔过的表情极其浮夸。

于是修澜赶紧换上那浮夸的样子：“公主恕罪，小婢口无遮拦，粗鄙之身不值得公主动怒。”

赤帝女冷厉的眸子盯着修澜：“粗鄙之身？你倒还算是有些自知之明。”

修澜脸浮喜色，却见赤帝女斜眼睨了睨两名将士：“愣着作甚，还不动手！”

女娃适时求情：“三姐你就饶了她吧，她是我特意从胥明宫借来，待曦哥哥从仙界回来，我还要将她还回去的。”

赤帝女摇着锦扇的玉手停了停，眼里有亮光闪过：“胥明宫的？”

她好似沉思几许，继续道：“既然是服侍古曦帝君的，这么没规矩怕是失了我南方天宫的礼数。罢了，正好我得闲，亲自调教你一番吧。”

女娃听闻此言，想来修澜这条命算是保下了，神情缓和了许多，小碎步地蹭到赤帝女耳边，笑道：“三姐教规矩是个幌子，怕打听曦哥哥才是正事儿吧？”

赤帝女脸色一红，戳了戳女娃的额头：“就你鬼精灵，瞎说什么！”

修澜目送着丢下自己回去的女娃，心有戚戚，复又想起古曦竹简上那些人间的街坊故事，只觉得自己此时是个可怜兮兮的苦情丫头。

赤帝女不急着开口，倒是很有兴致地看着仙宠灵狐在窗台同蝴蝶打闹。

过了好一会儿，她看向修澜，神色比起方才柔和许多：“你在胥明宫侍奉多久了？可知胥明宫的正主喜甚厌甚？”

修澜不知道她这样子是要唱哪出，一头雾水地想了一番她所问之事。

古曦的喜恶？

他好似喜欢借着教自己写字的由头，将自己变成他手里的笔杆；心情烦闷时，也喜欢让自己蔓开枝叶吐纳些新鲜的空气舒缓心境；还喜欢带些五颜六色的果子回来放在自己的寒冰盆里……起初她以为是一群争宠的，郁闷伤心了好长时间，他倒是不以为然，嘴角晕开一抹淡淡的笑意自顾自地就将冰好了的果子一口食之。

至于他最讨厌的也莫过于自己晚上悄悄化作人形后捧着下巴欣赏他的睡颜，每每被发现他都将她掳上床角用丝被将她牢牢禁锢以示惩戒，足以见得厌恶程度。

想到此处，看着三公主殷切的眼神，她遂诚然答道：“帝君喜欢……”话说了一半，修澜脑子转了转，改口道，“帝君鲜让人近身，喜好小婢也不甚清楚，但今后愿为公主多留心一些。”

赤帝女听完，面色不豫许久，一言不发。修澜搓了搓麻木的手想着今日这运势定是宜兴土，宜婚嫁，万事皆宜，单单不宜说话，可别是又要发落了她。

良久，赤帝女抿唇一笑：“那你且记在心上。”

脱身后的修澜狠狠揩了揩额角的汗珠，心道这赤帝女美则美矣，但美中却藏着股狠劲儿，着实吓人，以至于她回琼华宫的步子都轻快很多。

女娃早些年去了一趟昆仑山修道，在上面待了五百年也未学得个皮毛，法术庸至修澜这般不过百年修为的小仙婢也能与之打个平手。

但她也不算一事无成，至少把“逍遥”二字悟得十分通彻。

这日天色极好，南海瀑布自天而来，七彩霓虹贯彻云海，女娃带着修澜等诸多仙婢、将士大摇大摆地去采菩萨竹园里养的七月兰。

不过采一株花，如此兴师动众，修澜大为不解，看女娃正划了一叶扁舟拿着一根长木桨在捯饬着一池春水更是震惊："四公主，这花草不是长在土中吗，怎去水里寻？"

女娃难为情地呵呵一笑，她将木桨递给一旁的将士，指了指岸上某一根笔直长竹吩咐道："我看那竹葱郁得很，你去瞧瞧。"

修澜也不好再多说什么，只问："四公主，这七月兰有何妙用？"

四公主冲修澜神秘一笑："这件事要是成了，我给你记头功，我只告诉你，不许告诉别人。"

修澜连连答应。

女娃这才小声道："七月兰又称断情草，我琢磨着曦哥哥是个招惹桃花的命数，便想让你回去后将此花悄悄兑入他茶水中，以防万一。"

"可公主与帝君，不是早定下了姻缘吗？帝君看起来不像是花心的……"

言到此处，修澜心口微微生疼，似缺了一角。

女娃笑着摇了摇头："想嫁到中央天宫必须修得天神之位方可免受跨越之雷，我仙姿平庸，懒于修法，且也只把曦哥哥当成哥哥。但三姐思慕曦哥哥，她的眼里容不得沙子，我岂能不帮她？"

天神之位修澜常听古曦谈起，说是服下一颗敕梭丹，三个时辰内只要能过东方天宫的烈焰火渊，北方天宫的奇鸢迷障，西方天宫的绝俗瘟毒，南方天宫的夭夭花林，最后战胜中央天宫的洪荒凶兽就能成为天神。

可时至今日，神界的天神除却古曦这种天生神胎的特例，自己修道的便数广寒宫的嫦娥最为年少，但她也有万年之资，遑论四千年不满的三公主。

修澜问道："那四公主你这一守怕是还要守上几千年？"

女娃目光流转："你听说过神力仅次于五荒兽的裂天兕吗？"

"裂天兕？"修澜回顾了一下古曦要她背的《山河社稷图》，那图其实是一门容器，精深得很，其奥妙便在于"变化无端还变化，乾坤颠倒合乾坤"，世间万象皆在其中，十分珍贵。

曾经他那坐骑子捷一度献殷勤，古曦都没给他看，修澜便觉得自己在古曦眼里是与众不同的，故经常把那上面的内容炫耀般地念于凤凰听，念着念着就背得滚瓜烂熟了。

但按照四公主所言这裂天兕这样厉害，上面不可能漏记，但修澜认真回想了几遍好像真的没有任何有关裂天兕的记录。

修澜巴巴地望着四公主，眼底写着"孤陋寡闻"几个字，然后静静期待下文。结果四公主突然蜗行半步地意识到明天古曦要回来这件事的严重性，就急急忙忙丢下了这个话题催促着大伙儿找七月兰了。

修澜无奈，只得强行收了这难得的求学若渴之心跟着大伙儿去薅草。

次日，众神集聚在星越门，星越门乃上古神兽饕餮元灵所化。隔着一斗云的距离就能被那拔地倚天的磅礴气势所撼，四列神将持枪鹄立严阵以待，众神三五成聚言谈间皆是满满的敬佩模样。

譬如距修澜一丈远近的小童僧，小少年老成的姿态，说起话来额间印上的一羽鸾尾也跟着欢蹦乱跳："仙、冥两界积怨万年之久，互看不顺眼，怎奈没有正当理由开战，将将前些时候冥界使女玄姬偏巧不巧死在玉帝跟前，死因众说纷纭暂且不论，可两国交战不杀来使，况且这鬼女玄姬是冥界上尊之位，冥界借此大张旗鼓进军仙界便是打足了报仇的旗号。古曦帝君此趟前去未动一兵一卒竟平定了这场浩劫。可恨本君未亲到现场，可惜！"

同行神仙颇有同感一道惋惜喟叹，片刻便见古曦骑着九头凤凰在众神的注目礼下破云而现。

一刹那，万道金光势如虹，千朵彩霞映辉煌。

修澜同众神一起向他行君臣跪拜大礼，他紫金束发坦然自若地接受着众神膜拜。这样的他，没有披着散发靠着床头给修澜讲故事时的影子，他好像变得很遥远，远得触不可及。

古曦星眸含威，宽大的玄青袖袍微微一扬示意众神起身，继而同赤帝并排行走。

赤帝低头跟他说了什么，他清冽的目光向女娃这边扫过来，稍顿，略略往后一移落在修澜身上。

修澜一怔，想起他曾经说过不让女娃碰自己，便默默地向桑华宫的宾列挨了两步。然后再用询问的眼神问他是否满意这个距离时，他手里已拿了一支竹笛负手而立，双眉斜入天仓，嘴角噙了几分三月春色，好整以暇地看着她。

修澜又往旁边挪了几寸，无奈地回递一个眼色表示桑华宫的宾列已满实在挤不进去。

古曦粲然一笑，朝她走了过去，一双银丝流云纹的长靴最终停在女娃面前，他看着修澜，对女娃道："这不是胥明宫的仙婢吗？既然你喜欢她，那便留她在你琼华宫。"

女娃扭过头看了看修澜："谢谢曦哥哥，小妹很喜欢！"

女娃是喜欢了，但修澜脑里却嗡的一声炸开，旋即沉寂徒留一片错愕。

他这话，是要弃了她？

正待问个明白，古曦却已回到他原来的位置。

女娃小声问道："小绿，你说是什么事值得曦哥哥这么高兴啊？这一百余年来，我还是头一次见着他笑，这笑真好看……"

修澜心不在焉："约莫是事情办得很顺利吧！"

女娃若有所思："可当年曦哥哥收复须弥山南方咸海的四大神州时，也不见他有任何欣慰之色啊。"

修澜依然心不在焉:“是吗？可能真是与仙界的公主情投意合了吧。”

女娃脸色立刻警惕起来愤懑道：“难道这神界越发不如仙界人杰地灵了，孕育的神女个个不如小仙女了？”复又将七月兰熬成的药汁递到修澜手里，“小绿啊，这趟回去责任重大……”

这瓶药递得十分不经脑子，因众神以为好不容易瞧见四公主与古曦帝君有点共结连理的意思，自然皆是放大瞳孔盯着生怕错漏一个两人眉目传情的细节。所以古曦这一走，女娃这一方就自然而然地成了万目之焦。

余光中，赤帝女粉妆玉琢的脸上仿佛一片凝固的夕阳海水，明明淡妆浓抹，却有瞋目微怒的颜色。

女娃倒是不拘小节安如泰山，神情坚定地望着修澜，修澜只好无奈地接下药瓶。

第四章

正　当　少　年　时

古曦回来的第三个夜。

他果然未曾有将修澜接回胥明宫之意，从头至尾连个慰问也没有。

天海的星兽明明灭灭绘着图，清风徐来带着细微的笛音，那音抑扬顿挫，悠悠绕耳，竟有几分熟悉，熟悉到修澜叩在玉栏上的手指能跟着每个音节打起节拍。

修澜幻化为风乘袅袅音律而去，这仙法是与生俱来的，尚未真正使用过，遂驾驭起来不甚稳妥。是以修澜从他房梁上摔下去，不偏不倚地砸在正半靠床头吹笛子的古曦身上也是情理之中的事儿。

四目相对，呼吸相淆。

修澜神志不清，只耳根子先于理智恢复蓦地红了一大片。

正想把目光移开，古曦神情忽地略显慌张，一个侧身使得修澜顺势滚到床的里边，脑袋又翻天覆地地乱了一遭。

古曦坐起来，看着修澜有些不忍直视，故而扶了扶额，有些师门不幸的意味："幻移招式里面学问奥妙颇多，功底必须扎实才能使用，今日你摔在本帝床上，来日你又当摔哪个床上去？"

修澜眼睛一斜，义正词严："我本循音而来，往日在一些戏折子里看到说自古夜里的笛音皆是江岸觅红颜，便以为你即使不是在江岸，也至少是在窗台明月下吧！谁承想中央天宫的帝君如此不解风情，在床头奏笛，啧啧啧……"

"我不解风情？"古曦翻身扣着修澜的双手，烛光的晕影下清浅一笑，"修澜，你可知你躺在一个男人床上告诉这个男人不解风情是什么意思？"

修澜咽了咽唾沫，少顷，文不对题干巴巴地回了句："修澜？这段时日你不在，他们唤我小绿我便已经习惯了，突然听到这个名字竟有些生疏，要不你也同他们一样唤我小绿？"

他听罢扑哧一声笑出了声，起身理了理衣襟："这样的名字即便他们敢取，你也敢要？"

"我以为名字左右不过一个代称，无须那么认真。"

"可我唤着顺口。"他目光如炬直直看向修澜，空气竟旋即凝滞。

修澜耳根越发滚烫了些，本欲扯过被子捂了脸去，却因动作幅度做大了些，一头越过古曦直接栽在床沿，饶是古曦身手再好也没能接住她。

万事可预料，却没预料到有人竟在床上也能摔上一跤，实在空前绝后。

如此，古曦一直隐藏在床底之物便毫无遮掩地暴露在修澜眼底。

是一件血迹斑斑十分醒目的日常中衣。

修澜愣了愣，方才把目光移至古曦。她怎的就没察觉他的唇色明显比星越门那日更加惨白干裂，细细看去他浓眉略略收拢像是浮着浅浅的痛色。她急道："你受伤了？你不过是去平定仙、冥之战，谁有这个本事能将你伤成这样？"

古曦神色没什么起伏，说起话来亦是波澜不惊：“不过是帮着仙界收裂天兕时被溅了一身血罢了，无甚大碍。”

看他那番隐忍的模样，修澜想起曾经做过的一个梦，梦里的小少年以一己之力挑战五荒神兽，明明全身伤痕累累却有气无力地说着：我没事儿。

修澜声音有些苦涩：“若只是溅的血，前日便可处理干净，为何今日还在？”

“裂天兕的血有药理之效……”看着古曦风轻云淡地继续编造，修澜耐不住性子扑过去便要撕扯他的衣襟，尚才撕开一条缝儿便听得有人仅叩了一声门就不经古曦应允擅自推门而入。

有这般胆识的除了九头凤凰又是哪个？

凤凰一身彩衣犹如披星戴月悠悠地走进来，看见自己的主上与修澜这般姿态并未吃惊，面不改色地拾掇好地上的血衣转身便走。

凤凰彼时还是个豆蔻少年，一身稳重的秉性却与他主上几分相像，走至门槛停顿少顷，方头也不回地叮嘱了句：“夜深了，主上，注意身体。”

门外夜色正好，漫天星海灿若金丝琉璃描摹着万象图画，七月的神界有些清冷，丝丝凉风袭来稍稍刺骨了。

修澜保持着要扒古曦衣服的姿势，发现凤凰忘了把门捎带上，遂大声喊道：“唉！凤凰，你倒是把门给我关严实啊……”

古曦随即低沉一笑，修澜不晓得他笑个什么名目，只道：“你这凤凰养得忒傲娇了些。”

古曦应承：“是，十分傲娇。”

修澜又道：“他这脾气跟你如出一辙，这莫非就是话本子里说的‘夫妻相’？”

古曦：“……”

他眉目落下，定在修澜依旧紧紧攥着自己衣襟的双手上，隔着一层中衣，她手心冰凉之感已浸延整个胸膛。

古曦将其反手握了去，双眸如沐十里芳华，言语似春雨暖阳：“你这样，不合礼法。”

修澜以为他生怕自己扒开他的衣服，许是遮掩在里面的伤疤实在有些重。且几番折腾，他连抬眉之间都有些疲惫，遂，她抽回了手道：“既然不合礼法不看也罢。我乏了，先睡了。”

说罢便化为原形潜入一旁书案上的冰雪盆栽里。

待古曦熟睡过去，修澜把枝蔓散开吐纳了些清爽的气息，见古曦蹙紧的眉头舒展开了才安心睡去。

翌日，炎日司君起了个大早赶着炙热的太阳神车从东海尽头匆匆忙忙地朝着西天佛山奔驰。修澜迷迷瞪瞪地醒来发现古曦早已备好了早膳负手立于窗前，逆光而站，画面唯美静好。

修澜化作人形坐到饭桌前欣喜道：“有我爱吃的冰泥！不过，你站那儿作甚？再望一会儿，炎日司君就要将冰泥夺了去。”

古曦转过身，温和一笑：“北冥寒界的冰泥，他姑且夺不去。”复又从床头取了昨晚奏的那支竹笛递于修澜，“中央天宫有些政务需处理，早膳后我便回去。这笛乃亘古玄竹所制，是极好的护身法器，你且拿着。”

竹笛尾端上是古曦亲手雕上的一株梅花，浸了朱砂鲜红欲滴。

修澜接过来好生收藏在衣袖中，嘴里却不屑道：“亘古玄竹？那可是仙界通明神殿的宝贝，玉帝那老儿听说小气得很，怎舍得给你？你莫不是用那竹子做了八支笛子，给仙界七位公主一人送了一支，刚巧多了一支便拿来给我吧？”

古曦哭笑不得：“我想要的东西自然有法子得到。倒是你这番话……”

他舀了一勺云灵羹放入口中挑眉道：“今日这云灵羹怎的如此之酸？”

修澜好奇，也舀了一勺，并无酸涩之味，抬头望向古曦。古曦亦撑了头看向她，今晨阳光绽得甚是明媚，古曦抿嘴一笑仿佛花开遍野。

古曦走时给修澜留了一本《幻移咒》命之细细参详，好好修炼，在他回来之前不得擅施此法。修澜随手翻了两页，上面的字个个认识，凑在一起便不晓得是个什么意思。

诸如："一切有为法，如幻之瞬移。应作如是观，遇物缘是处。"

再如："刹那既永恒，幻亦是顿生。旋收旋散，念由来幻。"

看得修澜实在头疼便扔至一边不再理睬，继续吃那碗云灵羹硬是没吃出酸味儿来。

正巧九头凤凰进来，目不斜视直往案桌走，随即在抽屉里找了个物什又欲离开。

修澜拦住他，将仅剩的一点云灵羹呈于他，谄媚道："要不要尝尝是什么味儿？你家主上最爱吃这个了。"

凤凰嗤之以鼻，不予搭理。

"古曦他伤势怎样？"眼见凤凰就要踏出大门，修澜连忙切入正题，她知道古曦是不会跟她言明伤势，这件事只能问凤凰。

凤凰向来孤傲，提到他主上的伤终于理会她，可侧目一望却见修澜丢弃在饭桌下的《幻移咒》。他脸色霎时暗了，额头暴跳两条青筋，好似愤愤："主上在太虚之境伤得何其之重，却还这样耐着性子陪你，而你竟如此不思进取。他堂堂一代帝君长期住在他人天宫又成什么体统？你却将修法之道弃如敝屣，实在辜负主上良苦用心！"语毕，痛心疾首地拂袖而去。

修澜被向来沉默寡言的凤凰骂了个狗血淋头，半天没缓过劲儿来，待缓过劲儿来依然不晓得古曦究竟伤至哪般。

古曦离开半日不到正逢炎日司君把神车拉至苍穹中央，女娃风风火火只身前来胥明宫询问修澜是否顺利完成重任。

修澜前后掂量一番，答道："已经服用。"

既然古曦压根没动情，这断情草自是服不服用都一样，与其多费口舌为古曦争来清白，不如告知已然服用来得安心。

女娃果然十分宽慰，当即赏赐了修澜金钗一支。

送走女娃后，负责打扫的仙婢们也早早干完活休息了。偌大一个胥明宫又只剩下修澜，她便无聊地坐在云池旁发呆，听宫里的小仙官说这片云池原盛满了若水，养着各种各样的花争奇斗艳尤为漂亮，直到古曦入住后便直接将若水倾下人间救助旱灾了，这云池便干涸得再也开不出花来。

不晓得这人间是个什么模样，古曦说人间的星河是静止的，那静止的星河又是个什么模样？

“仙子可是小绿？”

妩媚娇弱的声音突兀地响起打破了修澜的遐想，修澜站起身来见是身着一袭软烟罗的女子，女子双手交叠在腹前，远黛青颦间有藐蔑之色。

修澜一边打量她，一边回答：“正是，仙子何事？”

“古曦帝君拿了两颗敕梭丹于你，命你携续灵汤立刻赶往中央天宫。事关帝君，不得声张。”

修澜猛地抬头：“续灵汤？帝君现可安好？”

女子凤眼一扬，朝中央天宫所在方向揖了揖手：“帝君之事关乎六界局势动荡，少言多做才是你的本分。”

修澜心系古曦伤势，忧心如焚道：“仙子说得是，那便请仙子将敕梭丹给小婢，小婢立刻前往中央天宫。”

但饮敕梭丹，五宫任尔行。

那个时候修澜哪里晓得续灵汤各方天宫的仙药房比比皆是，何须浪费两颗顶顶珍贵的敕梭丹要她亲自从南方天宫送去。

南方天宫边境观星池处，一垒一垒的晶石托起满池碧水映照着无穷无尽的天海。修澜记得许久以前古曦曾坐在这里，夜风恣意绵绵拂过他玄青色的长袍，他拎起她的后襟，眉梢微怒却全是宠溺，道：“一个时辰后你若再学不来这腾云之术，便将你扔进本帝的天宫去，看你还敢不敢这样马虎了？”

所谓腾云之术无外乎“念若疾现，绝亦非绝，步步虚空”，可修澜反复斟酌，最终也没能悟出精髓一二。当时她不以为意，了了作罢；现下要用此腾云之术，就悔不当初了。

第五次从云头上摔下来，修澜检查了一下续灵汤，幸好自己未雨绸缪，找药仙要了个坚固的瓶子，不然这几跤怕是要洒得一滴不剩。

放好药品，修澜继续念咒，但见四周云雾聚合，悠然汇成一团停到自己脚边。修澜踩上去，欣喜若狂，总算是稳当了，便连忙继续上路。不料修澜这厢不过将将跨进中央天宫的边界，身后便涌来一阵旋风又将她生生地拽回了观星池。

修澜一跤摔得头脑恍惚，神志不清，只觉阴暗之物遮天蔽日笼罩下来，再定睛一看竟是裹着黑衣袍凶神恶煞的异魔列了阵形铺面而下，手里的战戟直指她。

修澜哪里见过这般阵仗，大惊失色后，只管往旁边的一坨晶石后面躲，可此晶石脆弱得很，刀光剑影之间便被异魔劈得四分五裂。

异魔刀光所拂之处皆成碎石，清澈见底的池水也被血色瘴气尽数覆盖，阴秽之物顺着石壁爬上来。

魔界与天对立而存，是一个与人界交接却没有白昼的地方。修澜此番怕是刚好遇上空间罅隙，要沦为这些异魔的吃食了。

在那命悬一线之时，修澜只一心想着古曦急需续灵汤，自己万不能有事。

她抓起旁边的一些小碎石朝异魔劈头盖脸砸去，投石之余还使了些乱七八糟的法术，灵不灵她不知道，只是闭着眼睛一通乱划。

诚然，未对异魔构成丝毫威胁，甚至挠痒痒都嫌她力气小。

修澜以为总是能打中一两个，睁眼时，异魔的刀锋却已精准地朝她天灵盖劈来。

她习惯性地用手护住了头，腰间别的竹笛有灵动之气缓缓溢出。此时刀锋入骨一分，灼热之痛遍布全身，接着一团白影自身前扫过，顺了什么东西后转瞬即逝。

修澜傻愣片刻，生命垂危之际还不由得伤春悲秋感慨一番：如今这世道过路的神仙道友路见不平绕道而行也就算了，可趁火打劫欲偷她怀中的续灵汤却是个什么行径？真是世态炎凉！

竹笛许是这才后知后觉地晓得这不堪造就的女子是自己的新晋主子，适才缓缓地大展异彩，将所有异魔瞬息间化之无形，连同那些瘴气一道清理得十分干净。

脱了险，修澜急忙检查续灵汤是否被刚才那个趁火打劫的无耻生灵顺走了，看见续灵汤完好才宽了心。

但竹笛这遭动静闹得忒大，观星池的云被震出惊雷之音，绵延翻涌十尺聚成涛海，神鹤争相嘶鸣，引得天色骤变。

古曦曾教过修澜很多法术，但修澜自认散材不爱习法，又考虑古曦教她习法时也算是尽心竭力，总得给他一个名分不是？

于是修澜就想着拜古曦为师，她将这个想法告知古曦后，古曦当即黑了脸，眉心略略一拢，半晌，神情古怪还带着些失落："在你看来，觉着我像师父？"

当时修澜百思不得解，以为自己堂堂北冥寒界最可爱的生灵给他当徒弟是委屈了他怎的？可今日见着同样出自古曦之手的竹笛竟有翻涌云海的威力，她顿时明白古曦为何不受这份师徒之情，又为何面露失落之色了。

这遭幡然醒悟，猛然觉得自己给他当徒弟有点恩将仇报了，她哪里配得上！

修澜招了几次祥云都没能坚持几里便从云头摔了下来，一次又一次地跌落，伤口已经比之前裂大了整整一圈。

如此几番攀云，又几番坠跌才算望见中央天宫鎏楼玉阙的光影。

修澜御在云端，衣衫大半已经染成深绿，拨开云雾便看见下方立在霞光中的一座瑶台。

瑶台上两排音师对立而座，有琴有瑟。随着一道高亢的和鸣声起，中间的身着华服的女子彩扇飘逸，翩若惊鸿，颦笑间都与泠泠七弦的一捻一挑完美契合。这般尽态极妍的除去南方天宫的三公主赤帝女又有谁能与之比拟。

瑶台四周摆了座席，席上珍馐佳酿，数不胜数。一旁端坐的皆是各方天神和帝家女儿，各色姿态，或骁勇，或纨绔，或娇艳。但对瑶台上的舞姿大多交口赞誉，就个别帝姬白白让人抢了风头，一副怒火攻心的面容在盛宴上也是司空见惯。

古曦坐在虚空的神殿上，修澜一眼便看见了他，一贯的紫金发簪，一贯的玄青长袍，饮酒之间都是一贯的侃然正色，唯独没有那份急着要服用续灵汤的伤痛之色。

修澜将怀里的续灵汤拿出来，有些顾虑。倘若她如此贸然前去，古曦肯定不好收场。毕竟帝君负伤不是小事，可又担忧古曦迟迟不服续灵汤必定旧伤复发……

正思索间，续灵汤突然凭空消失，修澜手心里只剩一撮雪白的绒毛，修澜惊恐之余想到先前与异魔打斗，唔——是被异魔打时，面前晃过的一团白影，像是个白猫妖的形容。修澜正准备转身回去，后方一股强大的法力突然将她从云端袭落，她措手不及，绒毛随风飘远，她从天而降摔在琳琅满目的席宴中央，琴瑟促停，没经过世面的小仙婢吓得一声尖叫后万马齐喑。

修澜身上的伤口裂了个彻底，一片殷红四漾开去，随即一把三叉戟控制了她的脖颈。

持戟的将士朝高居于北端神殿之上的五位帝君请命：“小将是宫境的戍卫，见此女自南方天宫而来道行不高，尊位低微竟能不受天雷之刑，觉得可疑故一路尾随至此，方到上空见其鬼鬼祟祟有做贼之嫌，遂将其拿下。扰了诸神雅兴，实属小将之过，请帝君责罚。”

神殿无根无基孤立其上，却似有横空瀑布，青山远水，隐隐约约间囊括着众生百态。

各帝的龙椅亦镶满着靛蓝珠石仿佛有神光普照，坐在上面便不怒自威。

没等来上面发威，却先听到瑶台上的酥软声音入耳，满满的疼惜与惊异：“这……这不是四妹的仙婢吗？可是唤小……小绿来着？你怎会在此？”

修澜捂着伤口动弹不得，勉强扯出一个笑算是打过招呼。看着周遭物体重影叠叠，她涣散游离的眸子几欲合上，直到看清尊位上的古曦，又打起了些精神，没昏倒去。

古曦眉头紧蹙疾步而来，步履间带着紧张，修澜迷盹间只能看清他裾袍上针针娟秀的紫色木兰仿佛盛怒绽放，朵朵绚丽。

将士正欲开口复述，便被古曦一抹瞋视震开五尺之远，三叉戟自地拔出在空中翻旋几圈后，从将士耳畔电掣风驰地划过，铿锵一声插入琉璃地面。

记得有次去涂山找九尾狐讨魅树叶增灵力，虽然对于吃几片树叶就能增灵力这件事，修澜是持怀疑态度的。毕竟涂山的灵狐个个都是天生尤物，但也只出了九尾狐一位天神之尊，修澜想着他哪里是为了自己，明明就是去欣赏美人的，遂回来时抱着一筐树叶郁郁寡欢，一寡欢就从云头跌落。

当时修澜确实吓坏了，古曦接住她后，她就死死拽着他不敢撒手，万幸落地后，她毫发无伤，只是古曦摔得比较重。

犹然记得当时古曦一脸比她还郁闷的神情望着她，憋了半天憋出一句：“你知道吗？其实我们本不必摔得这么狼狈，只是我施法的时候，你为何非要把我拉在下面垫背呢？”

修澜尴尬地讪讪笑了两声：“呀！魅树叶没了……”

可惜古曦没能领悟到她想转移话题的深远心思，继续补充：“本帝只晓得你没胆，没想到还没心没肺。”

修澜：“……”

修澜一直觉着这种反应其实无关胆小，跟心和肺更扯不上关系。只是个人安危和他人安危的衡量，像她这样长在荒凉寒川上的生灵能修个人形委实不易，她甚至不明白为什么古曦会跟着她跳下来，换位思考她觉得，假如古曦摔下，她肯定只会在云端上挥泪洒别，以表惋惜。

可今日之事，她居然负着重伤还不管不顾地给他送一瓶续灵汤，这不符合自己一向的作风。但修澜看着眼前的古曦，这个美如冠玉的男人刚好长着她喜欢的眉目、喜欢的身姿。

宴席高朋满座，修澜在这一刻发现原来自己在天地间仅有他。

清雅的木兰香轻轻笼罩着修澜，古曦伸出了手却没有触碰她手臂上血肉模糊的伤口，在空中停滞了半刻后又轻轻地收了回去，他转过身向将士迈了一步，庄重而肃穆：“是黑铁之刀。你身为宫境的戍卫，空间出了罅隙没察觉，反而一路尾随无关紧要的仙婢，你这职位担得未免太闲？”

将士闻言，立刻端好姿态匍匐在地：“帝君恕罪，小将确实没发现这空间罅隙，更是没瞧见这异魔的影子……小将这就……”

古曦漠然置之，对第二围席宴吩咐道：“天昊，你去观星池，彻查！”

被称为天昊的将神提着狂歌镗领完旨，带着火虎影腾云而去。

神殿上的北方玄帝颛顼捣鼓着手里的两个乾坤球，悠然道：“空间罅隙天昊将神去了便能处理好，只是这南方天宫区区一个仙婢可是大有来路？这敕梭丹可不是寻常之物。”

这个问题修澜不知如何作答，不能道明是为古曦送续灵汤而来，更何况现下续灵汤也被猫妖偷了。

她最终把难题抛给古曦，古曦不慌不忙：“今日不曾见过南方天宫的四公主，若本帝没记错的话，这仙婢是琼华宫的，许是替她主子来的。”

不愧是做帝君的人，扯起谎来都这样镇定自若。修澜不由得松了一口气，可这一口气还未吐完便看见负责照料赤帝女的仙婢提着裙边慌慌张张地跑上瑶台，结结巴巴道：“公……主，小婢刚才发现您的敕梭丹……被人替换了。上一颗已到三个时辰，这……可如何是好？”

“敕梭丹？”

赤帝女手中一面素白羽扇顷刻落地，声音失色不如之前半分婉转：“本公主将敕梭丹好端端放在你手上，怎的就被替换了？你可知练就一颗敕梭丹有多不易？你可知若没这敕梭丹，本公主又将陷入什么境地？”

世人皆知敕梭丹要待符禺山的神鹿葱聋之角开出红葵时投入荒寂星的造世溶鼎炼化而成，但荒寂星去一次何其艰难，而葱聋之角七千年才盛开一次，造世溶鼎所处之地方圆万里寸土更是沸扬着噬灵戾气。自古就由各界身带滔天罪行又有覆灭山峦神力的重犯在此处炼制丹药，可炼制万余年也才能得来寥寥数颗敕梭丹而已。

越界天雷顺应天地秩序而就，敕梭丹便是逆世间因果一物。本就得来不易，可一颗服下也只能在三个时辰内免受天雷，若时辰一过未返自方天宫将以半倍之刑惩之，可这半倍之刑劈下来天上地上能不动声色受之的神也屈指可数。

诸神听闻敕梭丹丢失一些道行不高的神仙便立刻面露怖骇，失礼不堪地向后撤了几步。

修澜陡然有些不安，总结她孜孜不倦看的那些被古曦认为不能增进灵力的无脑书籍上所写，她以为这一句话来得过于巧合，一股凉意自心底升起浸入骨子里，觉得情况不妙。

紧接着，将士果然冷汗涔涔地继续冒死谏言：“小将斗胆，每颗敕梭丹都十分珍贵，这位仙婢来得蹊跷，或许……”

古曦这次连眉都没动直接将其扔至九幽冥界，末了，拍拍衣袖道：“本帝倒忘了这儿有个擅离职守的戍卫军。”

修澜哑然。

可即便将士后面的话没说出来，在座的诸位长了脑子的都能猜出几分，尤其是护女心切的赤帝。

两位公主是他的掌中宝，哪怕修澜身上的敕梭丹并不属于赤帝女，他拼上一方帝君的颜面也会给修澜强加罪名，再将敕梭丹理所当然地给赤帝女服用。

“女娃固然顽皮也不至于将敕梭丹随随便便给一个仙婢服用，怕是这仙婢胆大妄为偷梁换柱也未可知……”声如洪钟的赤帝刚开口便被后方传来的女娃朗朗轻声打断：“每五百年都要举行的神祭，今年轮到曦哥哥的天宫了，小妹来晚了。”

声音干净得没有一丝杂质，却让古曦身子蓦地僵直。

空气像绷紧在弓上的弦，女娃一蹦一蹦地过来，觉着气氛有些诡异，便迟钝地收了自己不修边幅的走姿，换成矜持的步履缓步踏前。接着看见倒在古曦身后的修澜，她便再也维持不了矜持，大步流星地冲了过去，扶起奄奄一息的修澜。

修澜身上的血融进绿纱，衣裳颜色加深了一些，看着像被水打湿了。女娃扶着她，才发现自己双手沾满了血。

在后面很多年里，修澜一直感谢女娃开口的第一句不是“你怎么在这里”，而是：“小绿，你怎么伤得这样重？曦哥哥宫中的医仙呢？”

虽然女娃这遭来得十分不巧，可在这异宫里，修澜看见明媚得像太阳的女娃，心底滋生的依然是亲切之感。

她一直很喜欢温暖的东西，比如古曦的手，比如女娃的笑。

修澜摇了摇头："公主，我没事儿。"

女娃正欲拿出绢帕笨拙地给修澜包扎伤口，一道炫白电雷凌空一闪，万籁俱静那一刻烟霞缭绕的瑶台上一片凄美的绸缎迎风而扬，赤帝女青丝如墨，在炫目的一道白光中仰倒在地。

女娃一惊，白光还没消散，她的脸却提前燃成了灰烬，撕心裂肺地喊了声"三姐"，却也没能将天雷劈下之势削弱半分。

滚滚天雷，一道比一道刺眼。

空步踏向瑶台的赤帝穿云裂石的声音瞬间苍老了万年之久："还不速速将那仙婢身上的敕梭丹搜出来给三公主服下！"

古曦转过头看修澜，黑白分明的眼睛深不见底，修澜见过他所有喜怒哀乐，却没见过这样冷若冰霜的样子。

似有痛色从他眼角布上眉梢，他向她伸着手，有那么一刻，修澜想把自己的手放上去，蹭着他的温暖，告诉他今天那异魔有多可怕，身上的伤口有多疼。

可她知道，他伸手是找她要敕梭丹。天雷犹如剔骨，赤帝女生来就是舞绸弄扇之人，任谁看了都不由得心生怜悯之情。

修澜用沾满血痕的右手从怀里拿出了最后一颗敕梭丹交到他手上。女娃不明所以，却还惦记着问一句："小绿没了敕梭丹会如何？"

会如何？时辰刚好的话，继三公主之刑罢了。

修澜将敕梭丹放在他手上，他手心冰冷，就跟他双眸一样。

修澜今日才懵懵懂懂晓得他是自己的唯一，是比自己命还重要的存在。可她不知道，他足下有一方天宫，心里有芸芸众生，他踞神界，却志在八荒六合；他一言一行要在洒脱中运筹帷幄，也要在无奈中安抚诸神。

修澜自然不懂那些，她只知道他是生来就不用敕梭丹的神，他虽是帝君，可敕梭丹也不会无缘无故就让他随意拿取两颗。而如今女娃也到场了，所以她手里的或许真的是赤帝女的，可他为何要这样做？

各种问题，各种怀疑，梗在喉咙里咽不下去，也说不出来，她心里思绪万千，只问了两个字：“为何！”

即便那敕梭丹是赤帝女的又怎样？即便所有神都以为是她居心叵测又怎样？即便没了这颗敕梭丹受天雷剔骨之刑又怎样？敕梭丹如何到了她手里，她又如何到了这里，这个中缘由古曦应当心知肚明，可就想问他一句：为何！

古曦没有开口，“无理取闹”四个字是修澜从他冷漠的神情中解读出的唯一答案。

他拿过敕梭丹给赤帝女服下，动作从善如流。

敕梭丹堪入赤帝女仙体，一抹薄柔之物泛着荧波将她护了起来，荧波明明灭灭，最终散去。将下的天雷旋即自空中消失，这一方宫殿恢复了往日流彩熠熠的光色。

恰巧今日赤帝女一身洁白无瑕的凤羽裙，此番看去洁白竟成了大片鲜红之中疏密不均的点缀，布绫裂开处的伤痕像一条条干涸的沟壑横在上面，肉骨可见，怵心刿目，躺在瑶台上几近魂散。

女娃正欲起身往瑶台跑过去，却见天际一片苍茫，拢合万千浩瀚光辉。赤帝祭出九黎壶遮天蔽日收阳凝阴，将天地汇于一色，暮色漫无边际。偏是天海游星刹那被点亮，随着赤帝九黎壶一盅落地将赤帝女稳稳罩住，暮色便更加暗沉，星辰也更加璀璨。

“服用多久了？”

古曦声音一如往常般沉稳冷静，神色却融进无边无垠的夜幕中。修澜看不清，只觉得他身后满天游动的星河，一丝一缕从未交集，好生孤寂落寞，可叹自己这一百余年竟当它是最美的风景：“九黎祭出，万物一色，更午换亥，时辰自然不记得了。”

四公主闻言又折回来，泪迹未干，急道：“小绿，你坚持一下，我让帝父用九黎壶带你回去。”

说着便要去找赤帝，却被古曦拦住：“不过一介仙婢，何劳赤帝。”

修澜失笑，像有钝刀刺在心上，明明刺不穿，可心的每一寸却都同时痛了起来。她站起身，身形略略一晃，向后退了一步，站稳了：“古曦帝君说得是，仙婢而已，何劳帝君费心？多谢四公主关怀。”

“可小绿你伤得这样重怎么回去，万一敕梭丹药效到了……”

修澜倔强地迈着步子，浓绿的裙摆紧紧粘着身子，蓄积的血珠宛如骤雨中逆境而生的五彩泡沫，滴在地上，溅成一朵红莲：“刚刚这一路过来腾云之术也寻出了几分规律，自己便能回去了，公主放心。”

不知道身后的女娃是否捂了嘴，声音压抑而颤抖：“子捷呢？曦哥哥，你让子捷送送她好不好？”

女娃刚说完，一道金色的光耀眼得令人睁不开眼睛，修澜身体突然腾空倒在柔软的羽绒里，那上面还残留着若有似无的木兰香紧紧贴着修澜的鼻息。

修澜蜷缩了身子，声音小得缥缈：“凤凰，你说我每次跟你争东西，他总是帮着我的，今日，他却为何帮了她？”

凤凰沉默了一会儿，道：“因为这里是中央天宫，他是古曦帝君。”

中央天宫的光影在云层中忽现忽隐，最终湮灭。

一路过来，修澜一直保持着要从凤凰身上跳下的准备，担心随时劈下的天雷累及凤凰。好在天有好生之德，越过观星池敕梭丹的药性也未散。

修澜便放松了，趴在凤凰背上睡去了。睡梦里，赤帝女一双通红明亮的大眼睛死死地瞪着她，众神对她指点非议。梦里的她成了众矢之的，被高不可攀的古曦帝君一句话囚进了仙牢。

修澜惊醒，从床头猛地坐起便见着眼前一双细长的丹凤眼惊恐万状地盯着自己，她着实吓得不轻，手顺了竹笛就击去，正中对方脑门。

那人捂着头惨叫一声，一副受尽委屈的小媳妇儿控诉恶毒婆婆的模样：“老朽鞠躬尽瘁，不休不眠地照料你半月之久，你这不识时务的小丫头片子竟如此欺凌老朽，以后老朽还以何颜面面对殿中老弱病残？”

悠闲地坐在桌边品茶的九头凤凰冷不丁地说道：“早说了她没事儿，中了黑铁腐毒还能御云万里，大病初愈就能这般敏捷地敲你一笛，这等命格，黍珩老君不觉得此举实在情理之中？”

被称作黍珩的老君皮肤保养得甚好，眼睛眯成一条线死死瞅着修澜，完全不听凤凰那厢劝解的模样，嘟囔道：“过分，委实过分！如今这神界连星命君这样的老神仙都融入趋炎附势之流了，就只因是帝君的金屋藏娇就可以这样胡来吗？让我等靠救命吃饭的老朽之辈还如何维持生计？”

修澜听着这来龙去脉，徒生愧疚，又被草草安的名头震得哆嗦，搬出阿谀之词汗颜笑道：“我与那柒星阁的阁主星命君实在是攀不上半分关系，更担不起帝君的金屋藏娇这样……高贵的身份，我能好好地从九幽冥界走出来，实乃仰仗君上妙手回春的医术。”

黍珩老君听了眉头散开，复又一本正经地摸了摸长胡须，警惕地睨了一眼正漫不经心捯饬一颗珠子的凤凰：“小九儿，这件事儿万不许告诉你家主上，老朽一世英名不能毁于一旦，听到没有？”

修澜以为这小九后面加的儿化音实在暗藏玄妙，她偷偷拉开床头薄薄的纱帘瞟了一眼傲娇的凤凰，凤凰那细皮嫩肉的脸果然与自己手臂上这一大块黑伤相差无几。

凤凰咬牙切齿道：“这般小事，有甚好说！”

此答复令黍珩老君十分满意，他点了点头把目光放在修澜脸上。修澜咽了咽口水，诚然道：“放心，我绝对守口如瓶，不会把小九儿这个小名说出去！”

凤凰那边传来珠子落地的声音，修澜连忙补救：“我发誓！若我把小九儿这个小名传扬出去……”

还没说完，愤怒的摔门声震得玉帘纺幕晃晃荡荡，修澜冲黍珩老君尴尬地笑道：“真是一只傲娇的凤凰哈。”

“……”

黍珩老君站起身，拍了拍干干净净的袖子道：“你既然醒了，老朽便回去重新给你配药来，黑铁之刀可不是小伤，处理不慎会留下疤，别可惜了你这如花似玉的脸蛋。”

“有劳君上。”

黍珩老君受用地应了声，复又不依不饶地补充道：“今日之事，不可与外人道足。”

“定守口如瓶。”

黍珩老君满意地点点头，缓缓踱步离去，边走边嘀咕：“也不晓得司雨龙神跟古曦帝君结了什么了不起的大梁子，偌大一个胥明宫竟一滴水都没有，真是要活活渴死老朽了……”

时光转眼流逝。

修澜醒来的这段日子，都是向来孤高冷傲的凤凰一言不发地坐在屋里陪着，还有神神道道童心未泯的黍珩老君时时照顾着。

黍珩老君经常给修澜讲这六界大大小小的趣事，但日子久了，他满脑子层出不穷的故事也基本说完了，大多时候三人大眼瞪小眼，百无聊赖。憋不住了的修澜就喜欢跟凤凰扯些四六不着的嘴皮子，扯着扯着，一个月又过去了。

修澜的伤已经痊愈，但自醒来后她就再也没有见过古曦，听说桑华宫那位伤得很重，全身上下没一处地方是好的。

传言说三公主赤帝女面目毁尽，体肉腐烂痛不欲生，古曦帝君用裂天兕的独角炼化了药丹助其恢复。更有甚者，说桑华宫那棵万年葱郁的桑树已枯萎，三公主因毁容后无法面对万千生灵已经和古曦帝君携手禁居桑华宫不问世事了。

凤凰说他已将她伤好之事转达古曦，但古曦为赤帝女疗伤脱不开身，便托凤凰代为照顾。凤凰对修澜婉转地表达了自己接下这个任务的痛苦。当时修澜正梳着黍珩老君的白发，脸色没有起伏，没有惊涛骇浪，有的只是平静地听着自己的心跳，它在一抽一抽地疼。

仅有的一颗敕梭丹他给了赤帝女，如今为了赤帝女，他又把自己晾在霄明宫里不闻不问。修澜时常想他们的关系究竟算什么呢？不像主仆，不像师徒，更莫谈亲属，至于黍珩老君以为的金屋藏娇就更加荒诞了。

看着眼前生无可恋的凤凰，修澜笑了笑，拍拍凤凰的肩，语重情深道：“小九儿啊，你主上只派你在宫中守着我这个黄花闺女，总比去凶险燎原之地收服鬼魔来得安逸吧，这可是头等美差哪！”

凤凰显然并不认同，额头司空之上的朝上纹向下沉了两个弧度，疾首蹙额，一个字一个字地从牙缝里挤出来：“我宁可与凶险的裂海玄龙鲸玉石俱焚。”

第五章

但求君一信

长夜潜曙，万籁无声，天海华灯游离高高隆起宛如巨大的炉盖罩着神界，密不透风让人觉得喘口气都格外沉重。

修澜辗转难眠，望着绚丽的天海嘲讽一笑，起身将窗户关了严实，发现门也没闩好，又过去关门。手刚碰到门闩，门却霍然大开。

南方天宫九月的风是从北冥寒界吹来的，长途跋涉后被削弱得只剩几丝微薄的寒气不徐不燥地游弋。修澜看着推门之人腰间挂着一块润泽透亮的玉玦配着一朵含苞待放的木兰花底纹，典雅和尊贵相辅相成。

修澜拢拢衣袖没再往上看转过身向床沿走去。

古曦愣了片刻，抬脚进去，打量了一下四周紧闭的窗户，声音柔软，道："你何时睡觉连窗户也不开了，你不是最爱看着天海入睡的？"

修澜坐下，整理好被子，放下床帘，不痛不痒道："天色已晚，帝君请回。"

古曦皱了皱眉："子捷说你的伤恢复得很好？让我看看。"

修澜心里堵得慌，像门外的风刮进了胸腔一般：“天色已晚，帝君请回。”

距离两人上次见面好像时隔已久，修澜只记得他的冷峻，几乎快忘了他以前温柔时声音磁性又清朗，就像现在这样：“生气了？观星池不会再有异魔，以后你还想去，可安心去。当然，若你想去中央天宫，跟我说，我亦可带你去。只是这段时间桑华宫……”

“劳烦帝君走时顺带把灯灭了。”修澜扯过被子捂住了头，有温热的液体悄无声息地滑过鼻尖。

一声叹息后，古曦没再说话。

良久，灯火熄灭，世界一片静谧灰暗，修澜听见轻轻的脚步声停在门外，接着又是轻轻的关门声，眼角的不明液体越发滚烫，失落之感霎时漫上心头。她的心里横亘着一堵墙，望之弥高，俯之弥深，过不去，也凿不断。

思索再三，修澜一脚踹开被子：“古曦！我只有一个问题！”

门还未落闩，夜幕浓重，古曦抬头：“什么？”

辉煌星海勾勒着万物深深浅浅的轮廓，修澜使了幻移术在话音落地之前出现在古曦面前。以至于后来修澜一直想自己究竟是怎么把这幻移术练得如此精进，又是怎么在那般灰暗的光线下精确地找到古曦的唇的？

吻上去的那一刻修澜很明显感觉到古曦高大的身子猛地一怔，或许因为自己是北冥寒界长大的生灵，体寒如冰，让她觉得古曦的唇很温暖，觉得世间所有的温暖都汇集在了这里。

所以她的唇覆上去后没敢动，生怕稍稍一动，片刻的温暖便在这沉静中消散。

四周悄然，静到修澜能听到自己心头悸动的声音。

可古曦的神色毫无动容，从始至终都没有给予修澜任何回应，像一根雕刻精致的木头杵在面前。留恋的温度一点一点冰冷，修澜心里那堵墙终于塌陷，她才知道原来墙的对面是无尽的残垣断壁。

她对上他漆黑的瞳孔，一个趔趄向后退了一步离开他的唇，几乎是张皇失措地离开。

她看着他，眼色闪躲：“我只是想确定一件事，现在知道答案了。”

她深吸了一口气，嫣然浅笑：“小婢冒犯，夜深了，帝君请回。”

须臾，古曦伸手抚了抚自己的唇，突然笑比清河：“幻移术学得不错！”

修澜愕然，想过他的千万种答复，譬如：神将何在？将这惑主的贱婢扔进无生崖，或者等不及神将动手就一把将自己扔到九幽冥界……

可她设想的一种情况也没发生，突然不知怎么应对，正欲开口搬出那句万能的“帝君请回”时，就被他倾身压下来的唇封锁在喉咙里，上一个吻不过蜻蜓点水，这一个却从含蓄到疯狂，像是要把她揉进骨子里。

修澜傻了，彻底傻了。

古曦轻轻松松地就启了修澜的唇齿，他手劲很大，掌心很暖，修澜感觉有一簇火苗在心底点燃，比异魔的黑铁之刀还要灼热几分，却烧得她四肢麻木冰凉。

古曦低声道：“你以为本帝这么好打发吗？”

修澜一个“我”字尚才发出半个音节又被强行吞下。

古曦看着修澜不自觉放在自己肩上的手，温热的吐息喷在修澜绯红的面颊上，声音隐隐带笑：“怎么，不让我当师父了？”

修澜不知道该作何反应，端详近在咫尺之人，风流蕴藉，霞姿月韵，暮光下莹莹眼里尽是风情，举手投足皆是倜傥。

那一刻，瑶台之事变得那么微不足道。

修澜望着他，讷讷说：“之前是觉着你对我也算是有养育之情，授业之恩，想给你个名分来着。”

“名分？”他嘴角漾开，堪比星月，“那你对我也算是有百年陪伴之情和眼下这投怀送抱之恩，这个名分我给你。”

修澜想着他这不会真是要收自己为徒？可以前想做师徒是因为自己情窦未开，尚不明朗；如今他是她心尖儿上的人，自然不能再做师徒，遂怯怯地往后撤了一步：“别，我骨骼不精，灵力低微，要拜你为师只是说笑的，莫要当真。”

他继续笑：“我师承鸿钧老祖，你做我徒弟，我恐你有辱师门。”

修澜糊涂了：“不是师徒却是个什么名分？”

他手轻轻放在他头上，揉了揉：“待你升为天神后，我再告诉你。”

这次修澜连扯出的笑容都是怯怯的：“天神？哪怕是要再等上个一两万年……”

“所以才说你要好生修炼，如今裂天兕……罢了。”他顿了顿，“既然魅树叶你不要，我倒是听说镇元子在人间种了一棵千年参，也是上好增灵之物，现下我得了空，带你去讨两根？”

修澜没听过什么镇元子，倒是知道魔界甄氏一脉据说皮囊生得极好，便嗫嚅道：“我也不是不爱吃那叶子，就是，这镇元子是男身女身？”

古曦似笑非笑，饶有兴致地看着她，然后漫不经心地挪开几步，气息悠闲：“这人间静止的星河不晓得今夜亮了几颗……”

一语未毕，修澜就蹿到古曦身边抱着他的手，媚谄道：“女身我也去！”

她这模样实在没志气，古曦本想调侃结果还是忍不住笑了，玄青袖自修澜眼前划过，微风拂面，修澜低头一看自己已是身裹暗色粗衣，木簪束发。

片刻后，修澜又望着同她一般扮相的古曦，古曦解释道：“入乡随俗，人界百姓皆是这般打扮。”

修澜木讷道：“不是啊，我是想说你这模样，倒也风流得很。”

她想到日日穿着斑斓彩衣的凤凰，又道："要是小九儿也去，要他穿这个衣裳，不晓得是个什么形容？"

古曦撑了额，沉思："小九儿？你这么唤他，他没跟你拼命？"

修澜掰出一根手指指了指外室的门："是拼了几场命的，客房那木金做的门就是他摔坏的。"

正指着，那金木门被敲了两下，吱呀一声便被人推开了，来者持了一盏莲花灯，着装和头饰朦朦胧胧看去是个仙婢的身形。

仙婢冒冒失失闯进来，认了半天才瞧出前面花前月下，鄙陋素衣之人是帝君，才连忙跪在地上，胆战心惊："帝君饶命，小婢……小婢不是故意的，帝君饶命！"

古曦放开修澜，负手看她，威仪孔时："所来何事？"

仙婢不敢抬头，伏在地上一腔哭音："三公主伤疾突发，浑身虚汗，痛入骨髓，特来请帝君。"

古曦急道："本帝离开之时不是督促过她按时服用裂天兕凝丹，为何会复发？"

仙婢吓得声儿都快没了："小婢……小婢也不知道……"

短短两句话，古曦神色从庄严到愤怒，再从紧张到恐慌，每一个递变的神情都在混浊的夜幕下清清楚楚地刻在了修澜的心上。

以至于那夜古曦迫不及待地招了朵祥云极速奔向桑华宫的样子成了修澜脑中抹不去忘不掉的画面，像一针一线绣在了心口上的永不褪色的印记。

他忘了要带她去看星河之事，去讨人参之事，他甚至连衣服都尚未来得及变换回来就赶去看赤帝女。

修澜站在原地，她自幼长在寒冥北界生来不畏寒，人间的粗衣有些单薄，抵御不了神界夜风，竟让她头一次感觉到了寒意，凉到心头。

那时候她就在想，古曦对她的情义同对赤帝女的情义，到底哪个重一些？

近来黍珩老君只需煎些简单药材给修澜服用将养身子，一身医学本领无处可施倍感惆怅，唠唠嗑也是五宫近闻，比如广寒宫的嫦娥因毁玉树被贬下凡历劫，阆苑仙境的西王母喜得嫡女取名华林，天海守护神擎瑜造就菩提叠嶂巩固天海桎梏……还有一桩让修澜比较吃惊的是，琼华宫封殿一月之久，赤帝三访五召都不得见。

上次中央天宫之事若非女娃，修澜不能确定古曦是否会允凤凰送她回来，况且赤帝和桑华宫都迟迟没有来找自己秋后算账。别说修澜，即便是偶尔过路听见一些仙婢在墙角讲闲话说到此事都觉得奇怪，南方天宫的三公主被害得险些丧了命，竟无一兵一卒来胥明宫提人？太阳神殿朝会上也无一神一将奏疏此事？修澜想来约莫是女娃为她求了情。

修澜本想跟凤凰商量如何还这个人情，结果凤凰听闻后渐渐冷下眉睫，恨铁不成钢地瞪了她一眼再次拂袖而去。

修澜恍然大悟，想起来凤凰一向不太喜欢女娃，因女娃三番五次扰了他静修。或许准确地来说，他可能是不太喜欢安于现状，不思进取的所有生灵，譬如修澜。

于是，修澜只能自己去琼华宫亲自道谢。

她在琼华宫外斟酌半天竟没瞧见平常值守的护卫半个踪影，十八色玉石镶嵌的宫门外面虽未上锁，但里面却用了法力反锁，根本进不去。

她掂量掂量自己这微薄的灵力，看来翻墙、穿壁、幻移术都行不通，只好试着去敲门。

她连着去敲了几天，都无功而返。实在别无他法了，修澜准备让凤凰冒着双翅一展势必会惊动他家主子这大不韪之过将自己丢进去，想来这个忙凤凰应该十分乐意帮。

正如此盘算着，琼华宫大门奇迹般地裂开了一条缝儿，修澜看着那一细小的缝儿仿佛透着粼粼波光向她招手般。

修澜两三步蹭过去。缝隙里探出一个小小的头，正是守门的娄杰，娄杰往常看见修澜都是喜笑颜开，今日这张脸却像是在苦海里淌过的：“小绿姐姐，你以后还是不要来了，公主不想见你。”

修澜回顾从前，许是瑶台敕梭丹一事，女娃那样爱护赤帝女，赤帝女如今遭罪至此她不愿见自己也是意料之中，能在赤帝面前给自己求情才算是个意料之外。

修澜站在原处，没再往里去，看着神情抑郁的娄杰：“公主她怎么样了？不见我尚可理解，可为什么连大殿都封锁了？”

娄杰一副有苦难言的模样：“小绿姐姐，你莫要再问了，请回吧！”

修澜见他神色不对：“公主定是出事儿了，出什么事儿了？”

“小绿姐姐，这件事实在不能说，你莫要为难我，快回去吧，不然让那几个仙婢看见你，怕是要来跟你讨教仙法……”

修澜吓唬道：“即便真是我偷了三公主的敕梭丹也不该是她们几个来找我麻烦，你若不说我便叫凤凰硬闯了。”

娄杰一听凤凰要来，脸色唰地就变了：“小绿姐姐，这可使不得啊，万万使不得……罢了，本也是因你而起，你该知晓，毕竟解铃还须系铃人，但你万不能说出去。”

娄杰说女娃从小就知晓赤帝女爱慕古曦，只是赤帝女向来矜持腼腆不敢在旁人面前表露心事，女娃也知道上古末时指腹为婚一事，她和赤帝女的同时出生，成了两人之间最大的隔阂。

但女娃只当古曦是哥哥，古曦住进胥明宫后，她为了避嫌也总是称他为曦哥哥，却弄巧成拙反而让赤帝以为女娃与古曦有情，便自作主张拟了一道天旨定下了两人的婚事。

听闻古曦帝君取了裂天兕独角骨，这骨服下可开天眼，拓五识，稍稍运功灵力便突飞猛进，实乃仙丹中的极品，当今众灵能轻易降服裂天兕的怕也只有古曦。

是药三分毒，若无能与这角骨抗衡的灵力助其服用便会被反噬化为灰烬，此为一毒；一旦饮下七七四十九天不可断饮，且每夜寒凉之时受冰火焚身之痛，此为二毒；服用期间灵力尽失同凡人无异，此为三毒。

女娃焦虑，是因为害怕饮了此丹飞升天神便再也躲不过这场联姻。谁知后来赤帝女发生瑶台之事，裂天兕便只能用来给三公主养伤。

有传言说小绿不过一介小小仙婢如何有本领偷天换日拿取赤帝女敕梭丹，便说是女娃惧怕裂天兕三毒便故意纵容仙婢小绿，然则，怎会求古曦帝君借出尊贵的九头凤凰送罪婢回宫？

桑华宫里养了一头灵狐，颇得赤帝女喜爱，灵狐听闻此谣传后，看着床上面目全非的主子，来琼华宫大闹了一场。这只灵狐能洞察主人心中所想，犯下如此大逆不道之过自然是知晓它主子心里也对那传言深信不疑。

赤帝女的性子众所周知，温婉贤淑、知书达理，其灵狐此番作为若是传扬出去自然是要遭受非议。

琼华宫中器皿花瓷零零碎碎也就罢了，只是琼华宫中夭夭六池孔雀花尽数凋谢实在说不过去，只好关了大门保住赤帝女的声誉。

但女娃过分伤心，滴水不沾、不言不语的状态已达月余，宫中的仙婢将士看似都无所事事，其实个个急在心里。

修澜听完，只觉得荒唐至极。

桑华宫外，两排仙婢一如往常般举止娴雅，雾鬓云寰；将士昂藏七尺，顶天立地。

修澜道：“小婢自琼华宫而来，有事求见三公主，望通传。”

最前面的仙婢回施了一礼：“三公主抱恙在身，不见任何人，仙使请回。”

修澜拿出悄悄在凤凰身上拔下来的凤羽：“那请让我见古曦帝君。”

桑冠正如传言那般疏落萧条，甚至有过之而无不及。

原本生机勃勃，奇异百般的红纹黄花青蕾皆成暗沉的枯黄，白鹊几声嘶哑的鸣叫显得这曾经茂盛浓密的桑华宫越发芜秽荒凉。

修澜旁边的仙婢向桑树上的闺阁拜礼：“帝君，这位仙使拿了凤羽前来求见您。”

那个闺阁修澜去过，布局简单，三面窗一张床一桌台而已，古曦就在这样简单的地方寸步不离地陪了赤帝女两个月之久。

修澜没抬头，她发现自己突然很害怕，害怕他的声音会从上面传下来，害怕他又不开口不理睬自己，始料未及的无所适从，不知道第一句话又该怎么开口。

是先询问敕梭丹之事？还是澄清四公主之事？又或是问他为何要将自己带到这三十六重天？

各种问题接踵而至……直到声音自上面潺潺湲湲响来：“帝君躺下了，有什么事本公三代你转达便是。”

这个结果解决了她害怕面对的所有问题，修澜松了一口气，可这一口气却仿若把五脏六腑粉碎成了末，也跟着呼了出来般。

“小婢是来求见公主您的。”

“噢？”上面的声音很虚弱，咳了两声，“小绿，你可知偷换敕梭丹的真凶尚未归案？你身上的嫌疑也尚未洗脱，这个时候你不该来。”

“小婢并非为自己来，是为了四公主，真相未定，敕梭丹不管是不是小婢所偷，但这件事跟四公主绝无半点关系。只是您的灵狐大闹琼华宫，虽未伤着四公主，但四公主为此黯然伤神，消沉月余，其中缘由，三公主应当能猜到几分。”顿了顿，修澜提高了语调，“四公主她心里总是敬着您的，请您也要相信她。”

鹊儿伫立在枝头无精打采，一方阑珊的芙蕖花开而无声，听得上面的男子闷沉一哼像是翻了个身，这个声音于修澜而言烂熟于心。

接着是时光的流淌，闺阁的静默。

少顷，赤帝女的声音又虚弱了不少：“这件事灵狐跟本公主说过，本公主只当它贪玩无心之过，是本公主太宠爱它了，不承想让四妹伤心至此。她一定是误会了，她这个人啊，受了委屈也不来说……是本公主大意了，没往这一层想。”

“三公主没怀疑四公主，小婢便安心了，不知三公主是否方便去开解四公主？”

赤帝女笑了一声，气息微弱但极其甜蜜：“古曦紧张本公主伤势，把本公主照看得像个两三岁小孩儿似的，又不让本公主与外人接触，毕竟瑶台之事真凶未定。但是本公主担心四妹，不若这样，本公主听古曦说东海之滨有一处温泉可缓解伤势，他原本说要陪本公主去，本公主想着终归男女是授受不亲的，不如让四妹明日陪本公主去，正好四妹喜欢游船儿，你看可好？”

句句在理，句句锥心。

便是修澜在有旁人时也不能同她一样把“古曦”二字唤得如此自然。

修澜欠了欠身：“三公主有心了。小婢这便回去转达。”

刚转过身，赤帝女开口的声音有些急切，不过立刻又低下来：“你腰间的竹笛，本公主看着眼熟得很，是……”

“此笛在胥明宫搁着可惜，古曦帝君见小婢灵力低微，赠小婢护身之用。”修澜转过身慢条斯理地答道。

上面的人缥缈地应了一声：“古曦看着肃穆可敬，其实心细得很，对待自己豢养的灵宠亦是这样思虑周全，难怪本公主看着眼熟得紧，你先退下吧。”

豢养的灵宠……

修澜加快脚步离开，袖纱扬起，惊扰一径暗红浅绿。

她想啊，原来竟是如此。

娄杰听闻修澜有了救四公主之法立刻让修澜进了琼华宫，宫内的珠玉璧柱不似往日完美无瑕，狐狸爪印留下的丝丝裂痕，即便用了树脂涂成原色，但黏结的裂口用了法术遮蔽反而欲盖弥彰。

女娃坐在池中亭，周围立了仙婢。云雾不似往常浓稠，恹恹飘忽不定，能清楚地看见她们脸上都浮着戚然疼惜，像六池斑斓的孔雀花只剩残枝败柳无色无艳。

娄杰前去低声说了什么，女娃和众仙婢露出惊喜之色纷纷向修澜看过来，一双双无神的眼睛里突然洋溢着满满的期待。

修澜走进亭中，女娃就迫不及待地拉着她的手，张了张口，好半天才发出沙哑的声音："三姐……三姐同你说什么……她身体好了吗？"

曾经笑声如铃、天真烂漫的女娃这副形容任谁看了都难免心生难过，修澜抚了抚她瘦弱的手背："公主放心，三公主有古曦帝君照料自然无碍。三公主说她还想让你陪她去东海之滨沐药浴呢！"

女娃原本双瞳剪水的眸子笑起来有些干涸，淡淡潋滟："当真？"

修澜真诚地看着她，点了点头："当真，公主先用膳吧，不然三公主瞧见定要心疼。"

女娃点了点头，娄杰一展笑容，应承道："得嘞！公主稍等，佳肴马上到！"

修澜以为瑶台之后恨她最深的会是女娃，可是女娃从未问过她敕梭丹一事，待她还是如从前一般，没有丝毫芥蒂。反而是古曦，在她好不容易确定了自己的心后，他却毫不留情地将之甩在一边，那他吻她又是做什么？

翌日清晨，太阳镀着一圈红光半埋入海水半露出头，光线在皑皑白雾中宛如少女身裹素衣曼妙起舞，纱绸重重叠叠，雾色浓浓淡淡。

云头下东海细波如鳞绵绵无尽，倒映着天际绯云。海上摇摇曳曳荡着一叶扁舟，悠闲惬意，女娃难得露出欣喜之色："你们在上面等我，我去那舟上瞧瞧。”

她一笑起来，胭脂装点的脸终于显出了几分真实的颜色，修澜和众仙婢也跟着释然欣喜，答道：“好，公主小心。”

女娃纵身一跃，一抹倩影划过水镜，碧波悠悠荡漾，她轻轻落在小小的扁舟上朝云头上的仙婢招了招手，然后拿起桨打起一圈又一圈的涟漪，久违的如铃笑声在海面上传开。

旁边的仙婢戳了戳修澜的肩小声问道：“小绿，瑶台之案当真不是你做的？三公主天生貌美，这次听说连皮肉都溃烂了，虽然不知道赤帝为何不追究此事，但这个罪名已经安在了你头上。你昏迷那段时间要不是在胥明宫有子捷君护着，怕早就被唾沫淹死了，话说你怎么会有敕梭丹？还去了中央天宫？”

瑶台之事修澜没做过自然问心无愧，只是赤帝女所言自己在古曦眼中不过是个骄纵的灵宠，若非这次所谓的瑶台之案伤及了赤帝女，他是不是还会一如既往地纵容自己，就像赤帝女纵容她的灵狐一样？

他与女娃之间又是怎样的关系？跟一纸天婚有关？跟裂天兕有关？跟那日午后盛装软烟罗的女子有关？可真是错综复杂啊！修澜想得头疼。

海面水波不兴，女娃摇着轻巧的小舟喜上眉梢，又趴在船舷望了会儿深不可测的海水，竟没瞧见半只鱼儿的踪影。

似乎一切都太过平静了，大家伙儿忧心忡忡这么久今日一松懈就有些过了头，以至于突然掀起的一阵海浪，让很多人在今后的娑娑岁月中想起来还心有余悸。

修澜永远都不会忘记从海底隆起的巨大黑影，大家皆以为是只通灵的大鲲，女娃激动得忘乎所以，可大鲲没等来，却等来一场浩劫。

那团黑影不是什么大鲲，是沉寂在海底的澎湃激浪，激浪野性突发朝天呼啸卷成擎天水柱，悠悠涟漪一眼错漏的工夫便排山倒海，扶摇直上宛如一座座恢宏的银山拔地而起又刹那坍塌，凶残地吞噬着渺小的扁舟，海沟裂谷裹走所有，包括那一阵银铃般的笑声。

一切发生得太快，仙婢和小仙官吓得六神无主，直到看到修澜施法向女娃消失的那片海域飞去，才纷纷反应过来。

修澜在心里祈祷千遍万遍，祈祷自己的法术莫要在这个时候掉链子，可事实上，倘若那个时候她真的法术不精，该有多好。

可是偏偏唯独修澜御行术运用自如，其余仙婢平时法术个个居于修澜之上，此时却状况百出，有的直接扑通摔进海里，有的甚至连御行术这样最基本的术法都使不出，只能在云头干着急。

女娃被海水搅得一片昏沉，从海底挣扎出来，呛了几口水，浮浮沉沉中向修澜伸了手。

看到女娃后，修澜几欲喜极而泣。女娃向来不施粉黛，今早走时气色实在太差担心赤帝女见了会徒增愧疚，便抹了些胭脂水粉。因为没有口脂，仙婢们个个为此焦头烂额忙作一团，她却不慌不忙，直接用齿撕裂了唇皮，一片殷红蔓延散开，衬得整个人姹紫嫣红，瞧不出一丝病态。

如今那些掩饰之物被海水一洗便纷纷褪得干净，她苍白的脸映着晨曦的天色，越发惨淡。

修澜飞过去伸了手拉女娃，可她却没想到自己体质天生寒凉到能触水成冰的程度。

指尖不过轻触水面，方圆十里的海水骤然冰封，朵朵浪花冻结，荡起的海波筑成一垒垒奇形怪状，晶莹且坚固的冰雕，毫无规律地矗立在这一方冰川上。

整个海面旋即沉寂，静得没有丁点儿声音。

修澜找不到女娃，她惊慌失措，以为可以走到冰凌的边缘去找，可是随着她每一步的移动都拓展着冰封海域，这一川寒冰在她足下如一面金刚塑成的镜面，没有丝毫缝隙。

她只能疯了似的敲打三尺寒冰，可终归无济于事。

在云头的仙婢惊恐木讷，发不出声。

天空一声清脆鸣叫，修澜望去看到赴约而来的赤帝女坐在白鹤之上，身后是一轮鲜红如血的太阳，毫不刺眼却硕大无比。

记忆里，那日的赤帝女抱了一只灵狐，灵狐通体雪白，温婉如猫，唯独双耳妖冶，同东海的晨阳一色。

记忆里，她还戴了一顶素色的帷帽，着了一件素色长裙，海风缠着薄绢簌簌飘扬，柔软的长影投在寒冰上影影绰绰。

修澜疾步跑过去，摔在冰上：“三公主，快救救四公主！”

正说着只见这冰雪下面闪现几丈青色光芒，照亮了整个黝黑无底的深海，穿透三尺明镜寒冰，修澜低头全神贯注地盯着那光源，刺得眼睛疼出了泪依然目不转睛。

那光越来越近，越来越刺眼，突然青光携了一柱海水擎天而起，从修澜身旁捅破冰块直冲云霄，修澜被震开十里又冻结一片水域。

修澜欣喜若狂，朝那股海水顶端的青鸟招了招手，喊道：“四公主！”

青鸟没回应修澜，在天海间来回盘旋。

海水再次沉落汇进滚滚东海，破摔的冰块漂移撞击起一大片一大片激昂的水花，也是丁零丁零的声响，在晨曦微弱的天幕下久经不散，却比女娃的笑声还要来得低沉些。

娄杰等人面露绝望悲痛之色，瘫倒在云上，修澜不解，执着地喊“四公主”，而回应她的却是赤帝女。

她的声音还是那么好听，不悲不喜，不急不躁：“大胆仙婢，四妹待你不薄，你却害得她化为元灵，其罪当诛灵剔骨。禾城、禾落，速将其押上坤阳神殿。”

修澜的手僵硬在空中，顿觉五雷轰顶。

第一次上坤阳神殿是女娃带着修澜去的，女娃说坤阳神殿是最接近天海的地方，晚上来这儿看星星比观星台壮美多了。

只是这次堪逢神界早朝，黎明自天际撑开星夜巨大的帷幕，明亮的日光便从扯开的口子蜂拥而入，霍然铺满整个天海。

那样好看的夜怕是再也见不着了。

南方天宫的天地贤才如今是越发少了，新鲜出炉的天神几百年才飞升一位却也都是些胡须飘然的老者。唯一赏心悦目的嫦娥被贬下界后，许多骁勇的镇疆战神也纷纷以公务繁忙为由不上早朝，导致这坤阳神殿一眼望去皆是些资历颇深、仙风道骨动不动就谈经论道的糟老头子。

修澜被将士押着从两排糟老头子暗沉迷惑的目光里向神殿下方走去，赤帝女素雅裙摆在修澜水雾弥漫的视线下一步一步摇曳生风。

到了神殿下方后，赤帝女先是礼数周全地朝上方神殿肃坐之人稽颡膜拜，继而才压抑着悲痛，音色怆怆："帝父，四妹她……她元散成灵，化作了青鸟！"

朝堂里轰然炸开，赤帝猝然站起，脚上仿佛戴了千斤锁，沉重地向前蹒跚迈了一步："你……方才说什么？女娃她，怎么了？"

三公主调整着愤懑悲伤的情绪，帷帽中的肩头棱角清晰地一起一伏："昨日这仙婢小绿说四妹心情抑郁，让女儿带四妹去东海游玩，谁知今日女儿去时，见着四妹失足落海。仙婢小绿见四妹掉入海底后不救也罢，竟落井下石将四妹生生冰封在海底，四妹才化成了元灵。可恨女儿一直服用裂天兕，法力尚未恢复，只能看着四妹在女儿面前死去，无计可施。"

她旁边的仙婢跟着煽风点火："小婢有要事上奏，这小绿原是胥明宫的，小婢听说她对古曦帝君动了情被帝君赶了出来，幸得有四公主收留她，可没想到她心生嫉妒竟起了歹心。"

修澜低着头，任由将士摆布跪在地上。

她无法承受女娃元散成灵的事实，更无法像赤帝女那样看似痛彻心扉之余亦能有条有理地陈述他人罪状。

可她冰封东海致女娃溺死是不争的事实，她对赤帝女的控诉不做争论，也不想解释，甘于接受所有天惩。若非被指罪的是自己，修澜甚至都想与这说得伤心流泪的仙婢同仇敌忾了。

赤帝捂着心口捶胸顿足，急火攻心，换了好几口气，才指着修澜切齿痛恨：“你！又是你！一而再地伤我儿……”

“赤帝莫急，仙体为重。”浑厚又清朗的玉石之音。

修澜从密不透光、令人窒息而凝重的长发中抬起头来。那一刻，光线填满了瞳孔，她像濒死枯木在万顷黄沙里迎来一阵淙淙春雨，于是她情不自禁地喊了声“古曦”，然后将士用力将她又压下一个弧度。

古曦的脸隐在光的阴影里：“先让三清殿的司君去东海，三公主重伤在身，不宜久跪。”

他最先关心的还是赤帝女。

“谢古曦帝君，但四妹对这个仙婢可谓恩重如山，她却下如此狠手，实在天理难容。同行的仙婢皆可做证，帝君提来一审便知。”

赤帝女诚恳地说完便被轻轻扶起，弱柳扶风的身姿摇晃不稳，向修澜的方向偏了一步。

她帷帽里还蒙着一层面纱，修澜看不见她嘴角是否含了笑，但她低头撑额时，眼睛微微眯起，嘴角微微上扬，在修澜这个角度看上去却是几分笑意无疑了。

她脚边依偎着一只灵狐冲修澜做了一个鬼脸，乍看，还有些眼熟。直到上次观星池那只趁火打劫的白猫妖蹿进记忆里，修澜顿然大悟。

倘若续灵汤不是被偷走的，那么灵狐是不是蓄意为之？择东海之滨分明是赤帝女提出，而她为何一口咬定是自己建议的？澹澹东海又怎会瞬息卷起巨浪？众仙婢为何仅自己运术自如又偏逢她法力尽失？若不是巧合……

想到四公主今早出门涂抹胭脂，以血为口脂的场景，一团怒火在体内滋长顷刻便漫上心头，修澜突然挣开将士的桎梏朝赤帝女扑过去，最先反应过来的是那只狐狸，死死咬着修澜的手不放。可修澜只有一个念头，她要将赤帝女虚伪的嘴脸揭开曝在天光之下，曝在众神面前。

修澜铆足了劲儿地撕扯她柔白的绸缎，直到终于将那层薄纱撕开，三公主伤痕累累满是痂痕的脸露了出来，修澜呆住，众神齿间也抽出一丝凉气。

曾经那张白皙无瑕的脸除了对修澜浅露着笑意的眼睛，其余地方烂如深海的浮藻，醒目非常，可怕非常。

赤帝女恐慌不已手足无措地从修澜手里夺回帷帽遮挡，一道精劲的掌风自神殿而来将修澜直接击退数尺之远，就像那日在中央天宫，他撇开那把三叉戟一样，毫不留情。

修澜强压着一口血，从地上撑起来，看着施法的古曦，他冷若冰霜的脸还残留着几分怒气。

仙婢搀扶着赤帝女，微风拂过她袅袅娜娜的纱绸，唯美到了极致，也将惊恐、害怕、伤恸演绎到了极致。可她对着修澜时，眉眼间仍然是得逞的笑意，只是比那狐狸的嚣张来得隐晦。

一旁老者冷哼一声，收回来不及使出的法术：“坤阳神殿上竟敢对三公主动手，三公主虽然法力尽失，但也不是你一介仙婢可以动的！”

“瑶台之案还未定罪，你就又开始兴风作浪，你这般胆大妄为，又有什么是做不出来的？”

“四公主来炼丹房炼制七月兰时，当时就对这仙婢有几分印象，当时觉着这仙婢有天人之貌，却没想到竟是毒蛇心肠。”

“可惜四公主前不久还来揪过本君的胡子，怎么就……”

糟老头子们口若悬河、大义凛然地对修澜指责有加，交头接耳、摸须拍额的样子同修澜前些时日的梦境里所呈现的那场景一般无二。

修澜闻言，有怨恨，有委屈。

那一张张陌生又不可一世的老脸，让修澜压在喉头的那口心头血终于呛了出来。修澜起来用袖子揩了揩嘴角，笑了：“可叹你们个个尊居天神之位，不知真相几何，诋毁之词倒是信手拈来！可叹你们一身无上修为，隔层薄纱就蒙蔽了你们生来的慧眼！可叹你们口口声声将四公主视若珍宝，到头来全是不分黑白不明就里的老朽之辈！”

三声可叹将诸神说得一无是处，诸神怒发冲冠但毕竟罪未落定也说不出一句反驳之言，朝上一时陷入沉静，皆缄默无言。

修澜看着眼前气得脸色铁青的老者，看着那眼睛稍稍瞪大些似乎就能将修澜化为齑粉的赤帝，看着古曦自始至终都一副喜怒莫辨的模样。修澜才知道真相总是那么不足轻重，自己总是那么不自量力，总是后知后觉地反应过来赤帝女是堂堂公主，自己仅是一介仙婢这个事实。

赤帝女有天族的权威，她区区一句话自己就百口莫辩。

可她其实也别无他求，毕竟女娃之死她是有责任的，她只求古曦信她这一次，相信赤帝女不是他眼里那样美好善良，相信赤帝女才是背后操纵一切布局害了女娃的人。

她试探性地喊了声：“古曦……”又强硬生涩地加上了，“帝君？”

古曦并未理她，只吩咐道：“立刻送三公主回桑华宫，让黍珩老君前去查看伤势。”

赤帝女施了礼，然后离开，留给修澜的背影如同初见那般娉婷。

赤帝声音顿挫地开口：“古曦帝君，这仙婢本帝是容不得了！”

古曦从光晕里款款几步移了出来，流水龙纹的石柱上镶着珠宝，珠光洋洋洒洒映在锦缎长袍上，他冷峻的眉镀着一层薄薄的寒憷，冰冻的眉睫也没有了上次半分风情。

他道：“信之一字，我既给了她一次，如今便不会再有第二次，此事，由三清殿主审。”

每一个字都说得很坚定，修澜眼中期盼的涟漪彻底散去，光芒四射的坤阳神殿顿时黯然失色，他终归还是弃了自己……

修澜苦笑：“枉我一颗真心，拿你当我天地间的唯一，可在你眼底我不过是个胡作非为的灵宠。你自始至终从未信过我也罢，甚至还一次又一次地弃我……”

古曦脸上淡愁轻拢，痛润眼梢。他张了张嘴，欲言又止，最终沉默。

瑶台之事，他选择相信赤帝女；今日之事，亦是如此。

他让她知道了什么是温暖，什么是情爱。同时也让她明白了什么是绝望，什么是万念俱灰。

修澜突然觉得，有些累了。

三清殿主执了墨笔书案立在修澜面前。

她不卑不亢，选择认罪。不论个中曲折如何，她触水成冰致使女娃灵散这件事却是不争的事实。欠的人情尚未还清，又欠下女娃一条命，如今心念成灰，她索性一次偿还干净。

三清殿主清了清嗓子：“本君问你，可是你亲自前往桑华宫邀三公主陪四公主赴约东海？”

“是。”

“那四公主落水后，那滔滔东海又可是你亲手冻结？”

“是。”

“方才你以下犯上，中伤三公主在先，出言不逊，扰乱朝纪讪谤诸神在后，上述两条，罪加一等，你可认？”

“认。”

三清殿主向来处理棘手案件，许是万万年来头一遭审理得如此之顺理，遂抬头瞟了一眼修澜，对她有问必答感到颇为欣慰：“很好！最后一个问题，你可是对古曦帝君心存爱慕之情？”

修澜恍惚的眸光一寸一寸地移到神殿上五官轮廓深邃分明的古曦脸上，还真是一张俊美到了极致的脸。

修澜唇沿携了一丝笑，褪尽了颜色，也褪尽了温度。末了，她轻答:“是！”

古曦一颤，扫过来的目光像那淙淙春雨积成一潭静水无波的寒泉，冷冽穿骨。

三清殿主那厢啪的一声合上案宗，遣了小仙官将修澜押入天牢听候发落。

第六章

无 生 断 往 生

天牢建在三十六重天与三十五重天之间的幻虚空间，有数万只的鬒鸦镇守，但凡有逃离者或是误闯者则皮肉被啄食，白骨入煅池，永生永世不可转生。

每间牢房建在矗立的山顶，相邻牢房之间相隔一道深渊，牢里的小仙官过时，便有成群的鬒鸦搭桥。

诏书定罪前，修澜待在这样的地方不仅要彻夜听着阴森哀号声，白日还得受各种酷刑。

刚受完鞭笞之刑，修澜身上新痂覆着旧痂，但只有疼的时候修澜才会觉得原来自己还活着，而不是像在受刑路上遇到的其他罪灵一样如同死尸一般，被拖着去受刑，又被拖回来扔进牢里。

有时痛得麻木了，修澜为了证明自己还活着，就会跟刑牢大哥说话。

她身体虚弱得只剩一口气，但每个字都咬得很清晰：“大哥，今日是受个什么刑？”

刑牢大哥把她的脚链卸下，不耐烦地回道：“火刑！没见过受刑还有你这么充满期盼的。”

没有谁对受刑是充满期待的，她只是怕没有痛来刺激身体，自己就这么稀里糊涂地睡过去再醒不来了。

她再问：“火刑受几时？”

“三个时辰！”

修澜淡淡笑了笑：“一颗敕梭丹的时辰。”

鸦桥下是浓雾稠密暗涌翻滚的无底渊，修澜和刑牢大哥行至中央，两端鬣鸦突然倾巢散去，桥凌空孤立。只见成千上万的鬣鸦密密麻麻、铺天盖地地朝刚逃出来的身影飞扑而去。

逃犯是个黑熊精，五米高的大肉墩子刹那间只剩一堆白得发亮的骨头横七竖八地洒落一地，随后一阵罡风劲动，万千鬣鸦疾速归位，在修澜足下继续搭桥。

刑牢大哥讥笑道：“这天牢哪里是他想逃就能逃得出去的？不自量力！”

放在以前修澜定会被眼前惊心动魄，如亲临战场的一幕吓得目瞪口呆，但现在好像没有什么是比东海激浪更能让她害怕的东西了。

她摇了摇头：“多年牢刑，暗无天日，日夜煎熬，他或许是只求一死。”

刑牢大哥恍悟，立刻将修澜的铁链拴得更紧：“你的罪行可不小，你要是寻了死，我们估计都得陪你……”

修澜打断他，望着对岸的白骨，目光却很空远：“放心吧，罪诏未下，我不会死的。”

没过几天修澜终于等来了罪诏，拿着罪诏的仙官受着狱使们的跪拜，威风八面地宣诏：“奉古曦帝君天旨，罪婢小绿，谋杀四公主一罪，在坤阳神殿中伤三公主二罪，诋毁诸神扰乱朝纪三罪。此三罪皆罪无可恕，当抽尽其血，堕无生崖，以儆效尤，明日辰时执行，不得有误。”

无生崖，无生崖，生命无生，噬灵之崖。上至与鸿钧老祖师弟相称的混鲲祖师，下至神界一代天尊氏珏，没有哪个能逃过无生崖噬灵诛神的戾气。

她熬到尽头，却没想到等来的是他这样一个交代，他这是不留余地地要自己的命？

透过牢房小小的窗口能够看到一片小小的星空，幻虚空间的静谧月夜竟也有微风，拂过伤口，好像已经无所谓痛不痛了。

刑牢的枷锁响了，丁丁零零的琐碎声，修澜以为是刑牢将军来行刑了，她慢慢看过去，见着来人是纱绸裹身的赤帝女，还携了两个身材魁梧的仙官。

赤帝女伸手变出一张红玉座椅，扶着仙官的手轻盈悠然地坐下，裙纱倾泻一地，被风拨起一阵雪白的衣纱浪。

修澜不再看她，继续望着窗外不甚明亮的寥寥星辰："这个窗口正好对着东海的方向。我听说四公主正不辞疲劳地衔石平海，也难为了东海水君，平白无故地蹚这浑水。她那样敬你、爱你，到死都在维护你的声誉，可是你呢？三公主一箭双雕，手段高明之处真是令人佩服！"

赤帝女帷帽中柔里含媚的声音带着嘲讽："你以为你很聪明？可你全错了，你想通这一切的时候，是不是把古曦忘了？"

修澜回头，迎着牢里昏黄的夜火："什么意思？"

赤帝女玩着垂落在腰腹上的长发，漫不经心道："你觉得古曦与你有情，但他可曾给过你任何承诺？你甚至连自己真身是什么都不晓得吧，更莫谈是否问过古曦为何要将你从北冥寒界带回来？"

三个问题针针见血，修澜一时陷入茫然，这些她自己都不知道的事情，赤帝女怎会问得如此轻描淡写宛如对答案了如指掌一般？

修澜只能听她说下去，即便已感觉到赤帝女接下来的每一分吐息都将带着锋利的刃，可是强烈的好奇心驱使着她去触碰那刃的尖锋。

修澜问道：“你知道？”

赤帝女笑出了声：“本公主念你好歹修成了人身，总不能让你白白来这世间一遭，不过能死在无生崖也不算太亏，毕竟不是什么人都有跳无生崖的资格。”

她掩了掩笑意，继续道：“你可知上古血梅？修得人形后触水成冰，这是血梅与生俱来且独一无二的本事。这个事当今六界只有鸿钧老祖的关门弟子古曦知道，他若不愿告诉你，你怎会知晓呢？可他单单告诉了我，他还说血梅不仅能冰封普通河水，甚至连自带净术的天海之水都可冰封。他是帝君，他要的从来都不是美人，是权势。他本想利用你冰封天海拿取天海之心，谁知你对他动了男女之情。他守着我的那两个月说看见你烦心，想着留下你的血冰封天海也是一样，这才有了这一出好戏，万一后世之辈查了起来，总得给你的死冠上一个正当理由不是？而我不过是按他所言照做而已。论手段，谁比得过古曦，在你毫无防备下就将你利用得一干二净，你却全然不知，还天真地当他是你的恩人。”

赤帝女好似在替修澜幽幽长叹：“你不过是他一统六界最好的筹码。”

修澜眉间渐渐蹙起，听到自己像枯叶落尽后光秃秃的树干摇曳的颤抖声：“这里面谁知道你添了几分油，加了几分醋，我自己的身份我自己清楚。是你心生妒忌，不择手段，跟古曦有何关系？非要扯上关系，只是比起我他更在意你罢了。”

赤帝女站起身，惬意的步子分花拂柳，停在修澜前面：“这一点你倒看得很明白，不错，比起你，他更在意我。”

说着，她举止娴雅地拿下帷帽，轻轻取下面纱。

看着修澜木滞的脸，忽明忽暗的光影下赤帝女柳眉弯如深秋的上弦月：“想想敕梭丹一事，想想裂天咒一事，以你的聪明印证我说的是否属实应该不难吧！”

修澜看着她那腮凝新荔，鼻腻鹅脂的脸已是一副俏生生的皎月容貌，而之前所见的那些触目惊心的伤疤已没有丁点痕迹。

修澜醍醐灌顶，赤帝女除去自己和女娃不过出于嫉恨，古曦才是素手翻云。世上之灵只晓得中央天宫的帝君有卓越之能，上能稳天局，下能屠恶灵，且清廉又正直。可这样狼奔豺突的乱世，一个身居如此高位的年轻帝君达到如此境界，谁知道他究竟戴了多少副面具。

甚至自己和女娃的命运都是由着他操纵摆布，任意利用，而史神司君千斤墨笔一挥只会给他冠上重情重义，举世清明的名誉流传六界。

这才是……真相吗？

修澜向后退了一步撑着牢柱，赤帝女再逼近一步，明眸皓齿的嫣嫣笑容里盛气凌人："枉费了你对他的一往情深，到头来不过是他的一颗棋子。你放心，我与他大婚之日定会上无生崖敬你一杯喜酒。"

语毕，她朝仙官挥了挥手："行刑，莫忘了将血亲自呈给古曦帝君。"

小仙官领了命过来撕开修澜腕上破烂的绿绣，在一片红灼的伤痕中找到一小处勉强能辨别红梅之茎的地方，然后将一根藤蔓刺了进去。

血沿着藤蔓源源不断地流进了精巧的琉璃瓶，瓶颈雕着他喜欢的木兰花，修澜看着那花渐渐地被她的血灌满染成了妖艳的红色。

红色的木兰花没有她留恋的味道，扑面而来的只有淡淡的嫩叶馨香。

随着血液一点一点地流失，修澜开始犯晕，眼前景物时而乍白，时而漆黑，昏天黑地之时听到赤帝女难以抑制心中的快意，笑出了很尖锐的声音。

接着耳畔万籁俱寂，四周渐黑，瞬间她就彻底昏厥过去。

修澜能再次醒过来得助于无生崖底蓬起的一阵劲悍煞气。无生崖下迷雾闪电如织，弥漫的混沌大放霞光，仿佛有绞碎云霄摧灭万物之厉势，扬起烈焰飓风压得修澜灵窍欲裂。

修澜不知自己为何还会醒过来，大抵是上苍觉得很久没有生灵敢跳无生崖了，所以要她睁大了眼睛见证自己悲壮的结局吧。

抬着修澜的将士正欲将修澜抛下崖去，身子突然僵如顽石，崖下飓风撕裂，他们甲胄下露出的半片衣角也不带摇摆晃动的。

修澜顿了顿，怎么，上苍还给她一个临死挣扎的机会，让她在生与死的边缘痛不欲生？

她好奇地撑起身，朝四周望去，只见古曦自不远处趋步前来，层层叠叠的黧云雾绕着玄色锦裾浮动，他的声音凝结着化不开的感伤，喑哑地喊了声：“修澜……”

他能来，修澜心底总是带了点欢喜的，想听他说话，听他解释，听他亲口告诉她赤帝女所言皆是胡言乱语，自演自导的。

然而他什么都没有说，比起他不信她，这一刻她更恨他明明有千言万语却缄口不语的模样。

修澜失望地将目光自他身上撇开，她就知道她不该还有这个期待，否则也不至于这片刻时间还要再心痛一次。

她从将士僵硬的手臂中挣出来，面无血色，语气苍凉：“无生崖阴晦，帝君莫沾了些不干净的东西又赖在小婢身上，届时小婢怕是没有命再让帝君消气了。”

修澜的右袖被仙官扯碎，再也流不出血的伤口向外狰狞地翻着，飓风打在上面疼得厉害。修澜咬紧牙关，自腰上拿出那支竹笛往古曦身上一掷，古曦没接，竹笛摔在地上断成两截。

修澜愣了一下，以刻薄掩饰心疼：“如此不经摔，难怪帝君将它赐给小婢。”

凄烈异光闪过，见古曦停在竹笛旁依旧没有要做任何解释的样子，修澜明白自己于他再无所用。

余生很短，几步而已，可她这一生，步步艰难。

良久，古曦终于启口，光色翩跹起伏却照不进他睫下的阴影：“你曾说想做我手里的刀，若你记得，我等你把刃磨利了再回来。”

修澜浓墨长发同褴褛绦带一同在狂风中凌乱飞扬，她弱如扶柳的身体笔直地立在电掣鸣闪间。

她在笑，但没回头，眼泪在脸上留下两道深深浅浅的水痕：“不过是些糊涂话，帝君权当听了个笑话吧。来生？最好是永生不遇。”

不知道是不是错觉，修澜感到身后古曦目光灼热，像要在自己背上烙出一个洞来，可她已经没有再迟疑的理由。

凌渊一步，踏空……

崖下火烧一样的光雷闪过，她像夜里绽放的一簇花火，稍纵即逝。

这世间怕是没有比她活得还糊涂的了，莫名其妙上了三十六重天，莫名其妙动了情，莫名其妙欠下一条命，又莫名其妙葬身无生崖。

可上天垂怜，让她捡回了一条命。

她欠女娃的抵清了，可他们欠她的呢？

……

喜宴上众神屏气敛声，修澜手里的玉笛抵在赤帝女脖颈洇开一抹鲜红慢慢滴落在神兽猼訑斑斓的背上。

赤帝女化着璀璨妆容僵持着，惊恐的眼睛看着竹笛，她呼吸匀称，生怕稍稍起伏就被修澜手里的玉笛要了命去。

修澜只见过雍容典雅、绵里藏针的三公主，从未见过面容失尽、惶恐不安的赤帝女，笑道：“怎么，害怕了？女娃的命我还了，我的命，你说该由谁来还？”

赤帝女强撑着仪态，但开口的声音近乎颤抖：“本……我说过了，我只是按古曦说的做而已，你不该找我……”

修澜挑眉：“人界有个词叫‘夫唱妇随’？可小神觉得‘一丘之貉’形容你们更合适些。”

她自称小神叫得顺口，顺手擒住准备偷袭她的妖耳白狐，脸上依旧是一派浮云淡薄的笑容：“差点将你忘了。”

狐狸锋利的四爪腾空乱挠，冲着修澜喷唾沫星子瞎叫一番，拼命挣扎却使不上力。

修澜食指自它命门摁下，禁了它的御行术。狐狸停下不安分的四爪，媚长的狐眼因忌惮瞪得圆溜，然后如它所猜想那般，修澜一根一根地松开手指任其跌落。

听得咯吱一声悦耳之音传来，修澜俯视而去，只见四仰八叉的狐狸身上一缕霞烟渐起慢慢固结依稀化出了个女身来。

修澜翠眉微蹙，旋即散去。

那狐狸的人身与修澜仅有过一面之缘，却让修澜险些万劫不复。

三千年前那个送敕梭丹给修澜的女子就是这狐狸所化。

灵狐捂着腿楚楚可怜地往古曦袍裾靠拢，呢喃道：“帝君，救命……”

古曦微微垂眸，眼中情愫令人捉摸不透，只略略施法便将她骨头轻巧接上。四周仙神众多，何须他帝君亲自动手，任谁看了都是爱屋及乌有心维护。

灵狐腿伤愈合立刻缩到古曦身后，俨然关系匪浅的模样。

古曦站在诸神中耀耀瞩目，修澜毫不掩饰地将他上下打量一番，轻浮地笑道：“小神见帝君穿白色中衣时温文尔雅，玄青长袍俊朗无双，今日这一身大红大紫的喜服竟把这美娇娘的风头都给比了下去。”

古曦眼底清风微澜重拾了几分光泽，声音带着前所未有的温柔：“修澜，别闹了。”

瑶台之事，东海之案，他觉得是自己在闹？斗转星移三千年，如今他还以为自己是他豢养在霄明宫里的灵宠？

修澜唇齿间溢出一丝笑，把整个恢宏浩瀚的紫岩门衬得凄凉幽暗，半晌，她道：“帝君还是觉得，小神在闹吗？四公主怎么没的，我们心知肚明。今日小神只找子捷，扰了二位大婚实属情非得已，至于账嘛，来日方长，咱们慢慢算。”

“口气不小，即便升了天神，终究资历尚浅，不过年少轻狂之徒，胆敢持妃挟帝，以为偌大的天宫无神可用了吗？”一直默默观瞻的仙友终于有人忍不住连嘲带讽地开了口。

修澜不着痕迹地扫了众神一眼：“持妃挟帝？你们还是这么喜欢强加罪行的吗？”说罢收回玉笛一个扫堂袖将赤帝女从猼訑背上打落云端。

伺机而动的三层神兵刚将剑戟握出磨砂之音，便被修澜随之祭出的玉笛震乱阵脚，如此不堪一击，修澜倒不知他们是如何所向披靡的。

但修澜终究是低估了六界之首的神界，三层神将不过是个打头阵试水的，此刻八方围来的破甲将才是神界真正的实力。

祥云瑞兆光芒万丈的紫岩门随着破甲将的登场而寂寂无声，兵戎交错反而呈出别样的凄静。

修澜粗略一数，三十个破甲将，能覆灭一座城池了，神界可真看得起她。

破甲将不做花哨的姿势，直接猛攻，修澜正欲以半身修为再次祭出玉笛，不料在玉笛脱手抛空时，突然一抹银月辉光自修澜眼前拂过将玉笛夺了去。

那粼粼银光在修澜身边优雅地绕了几个圈后，落地成形，从一片白而空渺的星光乱眼里走来的是个月色华服，琅玕玉冠的男子。

破甲将猝然停下。

来者不是别人，正是天海守护神擎瑜星君。

擎瑜拿着竹笛十分自然地敲在修澜头上，又是委屈又是责备，一张敷粉何郎的脸简直将如泣如诉的怨男形象演得炉火纯青，然后喊了声：“夫人！”

古曦撤将的手猝然停住，战场上最多不过刀剑法器穿肩而过亦可面不改色挥斥方遒，此刻身体却仿若被三尺青峰顺骨扎入，禁锢了四肢百骸，甚至连将目光自猼訑背上那双翩然倩影上移开的力气都没有。

沉静的紫岩门也炸开了锅，众神窃窃私语皆不晓得清心寡欲独来独往的天海守护神擎瑜何时纳了位如此年轻貌美又雷厉风行的天神为夫人。

饶是修澜饱经沧桑，大风大浪也见识不少，但也被这理直气壮的一声夫人喊蒙了，她反问：“夫人？”

擎瑜充耳不闻还在戏里：“夫人，你怎如此任性，今日可是帝君大婚，你要那头凤凰，跟为夫说即可，且那凤凰今日不在这里，你怎能在此处大动干戈？”

修澜好笑：“为夫？”

玉笛敲下来，他又道：“笨！你要称妾！”说完又附在修澜耳边小声解释道，“今日我屈尊解围，来日你以身相许，这一声夫人倒也顺理成章，不必言谢。”

修澜多年不曾上过神宫，与擎瑜也不过半日交情，闻此言，不承想如今这些上神占便宜都占得这么光明正大了，不冷不热地回道：“小神素来不太喜欢欠人情，擎瑜星君的好意……”

未说完，擎瑜已无比从容地执了修澜的手，声音提高了半度，生怕在场有谁漏听：“夫人你手怎如此冰凉？走，为夫带你去找九头凤凰，顺路给你暖暖手。”

“且等等！上神。”一个杵了龙吟杖、着了件澜澜水衣的河神截了去路，作揖道，“尊夫人伤了帝妃这事可不能如此作罢，还望上神给一个交代。”

尊夫人？修澜想来持妃挟帝的罪名没扣上，又被安上个擎瑜之妻的名分，这神宫生灵的眼力见真是一如既往的……差！

修澜瞪了一眼擎瑜，不动声色道：“小神资历虽浅，终归位列天神，你称我上神即可。”

擎瑜不掩饰自己对修澜的欣赏之色，亦觉得这一声尊夫人听着格外舒心，再瞧了赤帝女一眼，道：“我夫人下手还有轻重的，就蹭了点血，大喜之日不就图个红嘛！这个礼送得倒也无伤大雅。”

河神一张惨白老脸顿时有些难堪，半天吐不出话来。

暖风拂过，翘角檐上挂着的扇贝丁零脆响，古曦负了手，忽道：“你万年不曾出过天海之境，如今六界虽河清社鸣，但守护天海之职也一日不可懈怠，当年你既承下这个使命就该晓得此生沾不得风花雪月，更不能安家娶妻。”

擎瑜不敢苟同的样子：“就许你们走马观桃花，不许我一世一双人？何况我夫人天神之尊，同我一起守护天海顺便打个情骂个俏有何不可？”

一口一个夫人，修澜想着自己这一世清誉怕是跳进银河也洗不清了，自擎瑜手里夺回玉笛，她侧过身刚好撞上古曦的目光。

他神情蕴涵着解不开的郁结，目光一敛，语调冰冷：“你们……一世一双人？”

修澜那个角度看去古曦的身后是镏金碧瓦的神殿，逶迤蔓延的万顷宫墙，其中绣闼雕甍的一处阁亭上还供着东海云镜，镜像里纷呈的每一重天，每一寸土都属于他。

他明明把控着世间一切，可这一切阔绰光景在他说完这句话后又仿若荡然无存。

擎瑜想来依着古曦的性情，修澜这厢必有囹圄之灾，虽没有把握古曦会看在他的面上破例手下留情，但帮忙帮到底，便坦然默认。

古曦看着修澜，她发髻上一株简单的红梅妥帖钩起两鬓青丝绾在耳后，清清冷冷的眉眼生疏得何止一点半点，他微微动唇，一丝苦涩漫到嘴角：“今日八方宾客齐聚，纵使菩提叠嶂再牢固，免不得有人觊觎天海出了纰漏，擎瑜且先回天海。至于她，本帝亲自带她去找子捷。”

“什么？”

赤帝女难以置信地望着古曦，捂着伤口，眼角有泪洇开了妆容，红唇白齿翕动间如履薄冰："帝君，今日你我大婚，方才这件事，我……我可以当作什么都没有发生，我们把婚礼完成好不好？"

古曦瞧了她一眼，对一旁的司君吩咐道："赤帝女虽非正宫之位，但既给了她这个名分，理应盛办。不过，适才她受了伤，且先安顿养伤。"

擎瑜觉得古曦这份面子给得太大了，惊讶程度丝毫不亚于赤帝女："帝君的意思是要扔下即将成婚的妻子,亲自陪我夫人去西天菩提……"

话未说完，一驾紫晶麒麟云辇已停在修澜面前，古曦换上往常的玄青长袍，淡淡的木兰香掺在山沉水静的音色里，可在修澜听来有些咄咄逼人："你虽与子捷相识一场，但若没本帝口谕，找到他又能如何？何况你今日给本帝这好好喜宴捅这么大一个娄子，本帝倒想看看究竟是出自怎样的情非得已。"

古曦此话既有带修澜离开的服众理由，又有对修澜大闹婚宴的追责之意。

修澜在人界摸爬滚打这么多年，自认为很会察言观色揣度心思，可是古曦幽深的黑眸总是让她觉得像无底的潭水那样混浊看不透彻。

但眼下找子捷才是当务之急，修澜来不及多想，敛起浅红的裙裾，用玉笛拨开云辇层层粲然的珠幔，坐在华席上。

轿厢顶部由一整块白玉挖成，雕花镂空的缝隙把大片日光分割得粉碎，零零散散落满晶莹剔透的厢底映出色泽绚丽的光斑。

修澜方坐下，古曦也轻轻地拨了珠幔，七色流苏悠悠摇晃，珍珑轿厢猝然像被抽尽了空气的密封容器，修澜感觉不到一丝微风流动的气息，胸口一窒，陡然生出从未有过的拘谨。

诸神以为古曦亲尊究责是对赤帝女上心，但赤帝女自己很清楚他究竟要的是什么。

赤帝女刚柔有度的声音透过轿厢："帝君，她与擎瑜星君已共结连理，理应和上神同往。且大礼未成，神宫未合，帝君若此时离开，如何让我南方众灵心安？”

古曦额纹隐现，步子微滞。

须臾，再看向修澜时，淡然如昔。

修澜往旁边挪了挪，将裙纱绦带收拢，目光停在窗牖外丹碧璀璨，白光流霞的神殿仙楼上。

古曦信步过来坐在修澜身旁，宽大的华席以至于两人并排坐着中间还能再坐上三四人。

麒麟驾着云辇飞快地行驶起来，轿帘幡动，一室僵局。

修澜从来没想过有一天还会这样跟他坐在一席之上，帷障外光景转瞬即逝，她生平头一次被他淡淡的体香扰得心底五味杂陈，坐立难安，只能把玉笛握得更紧。

古曦支着手，偶尔抬头看看修澜，她梅妆发饰鲜红胜血，长发如墨倾泻而下，青丝迎风扬起，光斑在黝黑间跳跃，恍然看见三千年前她毫不迟疑地从无生崖跳下的场景，就跟此刻明明共坐一席她却连衣裙都生怕碰触到自己一样生疏决绝。

古曦一声暗叹，像时光的无言，良久，才问：“他待你，好吗？”

没等修澜回答，他便自己接了话：“当年鸿钧老祖让他永生镇守天海，却对我有掌执六界的厚望，比起来，他这一生只有守好天海这一件事，有很多时间来对你好。”

他突然开口，让修澜听得有些云里雾里，并没有去揣摩他突然说出这句话的意思，倒是想起赤帝女在仙牢对她说的那番话，才发现原来时光可以过得这么快，快到三千年前的话现在想起来心口还隐隐作痛。

修澜的手抠着窗棂，指尖怎么用力也按压不出血色褪去的那种煞白，语气里的所有情绪被转瞬云烟冲淡，她反问：“帝君不是惯常喜欢明修栈道，暗度陈仓吗？执掌六界这种话时常挂在嘴边就不怕引来祸端？”

古曦将头抬起来，靠着椅背仰头望着稀疏的光影，嗓音低哑：“我从未怕过什么祸端，倒是今日很期待有那么一个祸端。”

他自嘲地笑出了声：“我竟以为你今日前来，是来抢婚的。修澜，天海是禁地，你去不得，你与他不是良配……”

“抢婚？”修澜回过头，发梢扬起打在他凉薄的唇边，她打断他，全是漠然的笑意，“帝君什么时候也爱看那些庸俗的话本子了？”

古曦苍白的唇微微勾出一个弧度，眼睛深沉地盯着无瑕碧玉沉默不语。

天昊不久前去了趟妖界，听闻妖界公主漠沁在漠沙族二公主与城垣族长公子大婚时将新郎直接拐跑了，害得整个妖族忙得不可开交。漠沙族是妖界威望最高的一个大族，狼子野心昭然若揭，此番公主受此大辱，实在咽不下这口气，用天旋锁威胁妖皇要么交出漠沁，要么交出妖皇之位。

天昊一代粗鄙武将难得文雅了一回，掰着剑茧纵横的五指跟古曦慢慢分析：“女人这一物种实在艺高人胆大且格外善妒，但凡遇到有人横刀夺爱便会不择手段将其夺回。上有神界后羿在人界娶妻，嫦娥故犯天规只为棒打鸳鸯的卷宗，下有人界上榜状元奉旨娶一国公主，江湖奇女子单刀匹马闯入皇宫劫走状元郎双宿双飞的壮例，现又有妖界公主抢婚，致使妖界一片混乱的事情。都说咱们男人容易冲动，依小神看，提防女人醋意大发才是个要紧事。”

庄严的朝堂上，天昊快意说完不过是同往常一样，落个贻笑大方的结局收场。

可朝堂上尊位最高的古曦帝君却陷入了沉思。

赤帝殒身，膝下无儿，南方天宫灵力居高的不少，有治世之才的却不多，即便两者皆具却也没有堂堂正正的理由袭位继帝。

天宫无主，只会沦为蛮夷之辈争夺掠地的地盘，免不了生灵涂炭，想不动用兵卒一统两宫，只能靠那一纸上古婚契，答应赤帝那密旨所提条件，迎娶赤帝女，三者皆俱，这场联姻避无可避。

古曦听完天昊那番话，便对这场婚礼生了其余的期盼。

直到在婚宴上真的看到疾步前来的修澜，他的心里竟然可以开心得像个孩子一样。

可她终究不是为了自己来的，她甚至还带着所谓的夫君。

麒麟踏云停下，古曦目光平视，看着那帘光彩成绮的珠幔慢条斯理地吐出两个字，像一声悠久的叹惜："到了。"

云辇外佛光普照，修澜起身，古曦见她握紧玉笛起步匆忙，俨然一副预备惹是生非的样子，他抬手娴雅地揉了揉额道："你在天宫闯下再大的梁子，我都可以担着你，此番你若贸然前去扰了佛礼，又叫哪个来担着你？子捷提了法器自然会来，姑且先等着。"

金光灿灿的佛光一束一束穿射进来，修澜伫立在纵横交错的光线中："等到何时？"

"半炷香。"

"小神出去等着便好。"

身后音色半沉："也好。"

云辇外是一座浩然庞大的佛莲山，没等多久，凤凰便自金碧辉煌的山峰滑翔而来，刚触及云端便化作了俊逸出尘的子捷，在修澜印象里，天上地下唯有子捷能把锦衣华服穿得这样高雅。

子捷径直走向云辇，目光掩在恭敬的双手下行了礼："帝君可有要事？莫不是祇檀山那位……"

云辇里一声咳嗽恰到好处地遏制了剩下的半截话："问她。"

子捷迷惑地抬起头才发现麒麟身后翩然而立的修澜，怔了半晌，才平淡地道了句："果真是你。"

比起三千年前，子捷脸上的青涩已褪得干净，修澜绕到子捷面前：

“上次小神家中的仙兽莽撞，擅自在子捷君身上种了同心锁，小神这便将其取出，只是可能要委屈一下子捷君，因这个过程，有些损灵。”

“同心锁？”他摸了摸自己胸口的位置，竟全无感知，但渡渡鸟一族的这个秘术他也略有耳闻，乃是为配偶所用，上次祇檀山遇见的那位姑娘……

思及此，他顿时觉得有些羞怒难当，只道：“既是同心锁，种在我身，实在不合，理应拿去。”

见他也不询问一二，这般果断，修澜不由得惋惜了一下，看来渡渡这遭是落花有意，流水无情了。

修澜掌中烧出一团旖旎光晕，子捷放下警戒，任由那团光晕探进心口，周身灵泽一缩，一阵刺痛漫延开来，像一把在心底生了根的刀，猛然被拔出。

同心锁落在修澜手里，子捷眉头冷汗涔涔，已单手支地。

修澜有些不忍，但别无他法，只轻声道：“今日算小神欠了子捷君的，日后子捷君有事直接来镜竹雪岭寻小神。”

修澜以前总叫他小九儿，为此两人没少争过，但如今她一口一个子捷君，他反而诸多不适，瞥了一眼云辇，有难言之色，不过片刻又淡了去，转头对她也客套起来：“无妨，取了也好，还请你转告那位姑娘，同心锁这个东西，不是个随便的法器，莫要乱使了。”

同心锁十分认主，脱离子捷的身体后便会受牵引之术回到渡渡手里，金黄的佛光将修澜裙裾的红色染成阴郁的橘色，修澜道了声谢，便熟练地招了朵云，跟着同心锁而去。

久别重逢，子捷不承想修澜已有这般造化，曾经所有的天真无知仿佛都被她冰封在双眸里，只剩生疏和冷漠。

云辇里自始至终没什么动静，良久，子捷开口道：“她虽未服用裂天咒，但如今已是天神之位，当年倒也白折腾了，主上如今可有打算？”

当年之事？当年的每一件事古曦都以为是万全之策，哪怕是拟那道天旨，挥笔间安之若素，不曾半点迟疑，如今却是开始质疑了。

真的是自己错了？

擎瑜那声夫人蓦然跳出，尖锐的声音在脑子里迸裂开来，古曦揉了揉眉，头还是疼得厉害："你素来与擎瑜交好，他这个人，你可有了解？"

对于他主上的答非所问，子捷习以为常，只是突然提起擎瑜，不免有些诧异，道："我与擎瑜也只是几次下棋的交情，知他棋艺精湛，为人倒也随和，其余的倒也不是很清楚。"

又是一阵沉默，古曦磁朗的声音来得有些怆然："那你可知……"顿了顿，双眼一合，音色黯然几分，道，"他何时娶的妻？"

"娶妻？"

子捷震惊，正欲开口询问些什么，云辇里像被什么压抑了般，古曦低声道："算了，回去吧。"

第七章

别 有 事 端 起

同心锁行得极慢，修澜起初心里着急，踩在云上直跺脚，但现下已在它后面干巴巴地跟了好几个时辰，性子也磨平了，只恹恹地蹲在云上，捧着脸好脾气地继续跟着。

六界时辰有异，倘若渡渡是在凡间，不知耽搁的这些时辰她已经历了多少日子？修澜不由得懊恼这些年净看了些法学宝典和无关痛痒的话本子，斗转星移这些天文之类的书籍竟未沾得一星半点。

缓缓度过了天境，眼下便是晴空万里的人界。

山亭水榭处，赵楚贞窄袖骑装蓝衣，手执半面竹简，阅完，眉头轻拢。

见赵楚贞将手里的竹简卷拢，洪公公立刻上前一步双手恭敬地接下，再缓慢恭敬地退回原处将竹简装进长长的地木匣之中：“王上，方才得知消息，蒙月婕一行已在幽州城外一家客栈歇下，依王上看，我们赶上他们一道进城，还是在后头跟着？”

赵楚贞伸手将桌上玩琉璃珠的猫抱了起来：“这一路宋梓霖的这些

手下回回败阵，眼见蒙月婕就要抵达幽州城了，他不会错过今天。”

“可我们的暗影不过三百，加之一路伤亡，如今也只剩两百。倘若宋梓霖加派人马，我们怕是招架不住，王上还是暂且避一避。”

说罢几个乔装打扮的将士便将箭矢和从林里斩来的长竹搁下，稽首禀道：“王上，一切准备妥当。”

洪公公一瞧地上集拢的整整两箱箭矢，再将周遭环境勘察了一遍，大惑道：“宋梓霖绝对想不到我们除了精兵还有利箭，王上想打他个措手不及？”

赵楚贞摇了摇头：“只能暂时抵挡一阵子，如果他们人马过多也是无济于事。”

赵楚贞怀里的黑猫蹭了蹭他的手，猫圆溜的眼睛突然一亮，像是发现了新奇的东西，挣开了赵楚贞的怀，拐进前面翠竹林中。

修长挺拔的劲竹经赵楚贞手底下的人一折腾，光景开阔了，但横七竖八的枝丫却是十分碍事，灵猫循着方才见到的一颗半空游动的玲珑球，它知道那是个极好的法器，入了林却没见着了。

同心锁跃过一林翠竹，那是肉眼能测的距离，修澜不好跟得太近，免得惊动凡人惹来没必要的麻烦，只好远远在云头瞻望。因着同心锁行得委实太慢，修澜站得累，已经寻了个舒适的姿势躺着。

修澜跟出了几分倦意，顿觉有些愧对渡渡，又打起精神来，却见下面郁郁葱葱的翠林中有一只上下乱窜的亮黑色灵猫，她一个错眼，那灵猫已霍然跃起堪堪衔住同心锁。

一汪寒泉灌进天灵盖，密密麻麻屯集的瞌睡虫霎时消散，修澜几乎是以闪电之速跟上。

竹林疏影浮动，灵猫贪玩，衔着同心锁左右乱窜，当它好不容易才从林子蹿出去时，那风雅的阁亭已是一片刀光剑影。

流箭交错，纷纷坠落，箭入骨，马嘶鸣，阵脚混乱。

一场交锋后，敌方兵力折损大半，赵楚贞两百暗影才持剑从四面八方的暗角冲出，杀伐之音顿然响彻天地。

敌军重创，暗影热血将才奋起，短刀利刃抄戈相接，满地箭矢钉着一具又一具的尸体。

赵楚贞在远处的马车中闭目养神，明知会胜，但心里隐约不安。

紧促的脚步倾轧丛草，停在轿厢外，赵楚贞撑额：“如何了？”

“回王上，胜了。”

赵楚贞脸上并无丝毫喜悦，反是沉了几分。

三月的天，还未褪尽冬日的寒，洪公公将烫好的热茶奉上：“王上怎还忧心忡忡？”

赵楚贞未接，问马车外报捷的侍卫，沉吟的声音：“来了多少人马？”

“回王上，不足四百。”

秀气的双眉微微一拧，又有侍卫连滚带爬扑倒在轿外：“不好了，又有七百铁骑突然杀出，请王上撤退。”

热茶打翻，洪公公手上烫出一片热气腾腾的赤红，也不忙着收拾，连道：“护送王上，撤退。”

七百铁骑策马奔来，残存百余暗影两足立地，手中刀剑铮铮，刀刃血珠成线，一滴一滴顺滑落地，怒目相向，仍欲殊死一搏。

修澜紧步追着灵猫出了竹林，人界的战乱纷争她这几千年来已是司空见惯，对于突然撞进瞳孔的遍野浮尸，浩荡铁骑并无吃惊，目光只锁在灵猫身上。

灵猫步子迈得巧，跃过所有血洼，险险避开乱踏的马蹄以及挥舞间无眼的刀剑，全因占了个身手的敏捷和体形的娇小，在千军之阵的战场上来去自如。

修澜却讨不了这个便宜，率领这七百铁骑的程圣在这场屠杀的后方，骑在高大的马上，见到突然出现的修澜，摸了摸下巴，露出狡黠的笑意，对一旁副手道：“去，将那小娘子给我擒来。”

人多杂乱，修澜不便施法，却见灵猫含着同心锁在矢交坠马里纵横，左右干着急，正欲悄悄捏个诀，一个满身血泽的士兵杀红眼见着修澜也不知是敌是友，拿起短剑就刺了过去。

修澜本能地侧身，那人方踏开半步，一支箭穿心而过，他狰狞的神色停在脸上，直直倒了下去。

被他遮挡在身后的光景映在修澜面前，正对着的是铁马上举着弓箭的程圣，他冲她展开一个狂傲又猥琐的笑。

四个铁骑围了过来，高高大大的身躯将修澜团团围住，马上的男子像打量一件珍品一样端视着她。

前方马蹄之声逼得越来越近，洪公公差人立刻撤骖马留两服，张罗着沿小径而退，赵楚贞凝思道：“他们或许还有其他人马，若走这边，难保不会迎面相撞？”

洪公公急出冷汗：“那该如何？”

赵楚贞拨开竹篾，战场上金戈铁马之声灌进轿厢，他望了望葳蕤的青山，道：“第一队人马自北面来，此时北面应是安全的，我们弃车，往北面山上撤，借灌木设障。”

二十来位侍卫掩护赵楚贞绕过战场往北面撤。丛林后面，树叶的罅隙，赵楚贞探目，见那处亭台水榭不复往昔雅致，涓涓细流染成血泊，一路跟随他的暗影所剩无几，这一刻他才明白书里的那些远不及亲眼所见来得震撼，来得痛心。

洪公公见赵楚贞愣神，知道他从未经历过这些腥风血雨，前几次的交锋也只是些小场面，赵楚贞只把迎战的计划安排妥善，然后静待佳音，并未真的见得那些场面，遂在一旁轻声唤了声：“王上？”

赵楚贞回神来适才见得那一片刀光剑影中被四骑铁马围绕的修澜。

他身体猛然一震。

赵楚贞在幽州城匆匆见了她一面，回至皇宫后他也遣了人回去寻她，却是半个踪影也没见着，现下，竟然……

他沉声道：“孤若要你们救那位姑娘，你们可有全身而退的把握？”

侍卫沉默，没人敢答。

一方原野，七百铁骑，出不入，往不返。

洪公公立刻跪在地上：“王上，万万不可。”

赵楚贞合目，拳头握得发白，再睁眼时竟见修澜红衣白裳迎风一扬，翻身夺马，左避右闪，一匹骏马在她身下弯如灵蛇游刃疆场。

灵猫回头，见得一女子裙纱猎猎，纵马而来，中程拦截的兵马、砍过去的兵刃全被格挡。那女子举鞭策马，势如破竹，寒冰凿的双瞳直逼自己，它顿时吓得哆嗦，逃命般地乱窜。

娇滴滴的美娘子顷刻成了脱缰的野马，战无不胜的铁骑连番倒地，程圣愣了半晌，才惊恐道：“拦住她！”

金盾抵，铁链绊，人马撞，可哪里拦得住，他又喝道：“杀了她！”

使长缨，弯弓弩，她毫发未伤。

程圣怒不可遏：“一群废物！”

各种嘈杂之声穿刺耳膜，阵阵马蹄震慑心肺。

洪公公等人在一旁看得傻了眼：“精兵铁骑，她一点未伤，现下直攻敌军心腹，是打算直接取了敌军头目的脑袋？”

灵猫见修澜被人马挡开距离，趁其不备缩进程圣马鞍下的箭囊里。

可这却是逃不过修澜的眼睛，缰绳急扬，旋即下勒，骏马四蹄一蹬，硕大的身躯投下一片阴影埋没众人头顶。修澜脱离窒息的战场，袖中绫缎祭出，直取程圣马鞍上的箭囊。

囊离鞍，马受惊，一个趔趄仰翻在地。

程圣脸上早已没有不可一世的戾气：“先前是我冒犯了，若姑娘能给条活路，我立刻带兄弟们离开。”

修澜无暇理他，携了囊离开。

灵猫待在黑暗的箭囊中不敢探头，听得外头静了，才探出头来，见一只玉手正朝自己伸来，它一个激灵，蹿出来咬了一口，跳开，现出人形。

修澜一愣，抚了抚手背的咬痕，看着马下端端立着的黄衫少女，冷道：“原是位成了形的妖？”素手摊开，“东西还来！”

少女精灵般的眸子一转，见对方周身仙泽，竟然是位天神。她将怀里的玲珑球拿了出来，疑惑道：“你堂堂一位天神，死皮赖脸地追了我半天就是为了这个？”

死皮赖脸？

罢了，懒得计较，修澜拿过同心锁。

她又摇头不屑道：“又不是什么通天神器，现在天神都这么小气吗？”

修澜还是头一次遇到抢了东西还如此光明磊落的，高居在马背上俯身瞧了瞧她，不由得道：“小妖，记住，再无用的东西，是别人的，你就碰不得。”

小妖脸色一僵，不以为然，听到林间有细细碎碎的脚步传来，她一个机警，立刻化作黑色灵猫。

赵楚贞一行人施然出现，灵猫便几步扑进了他怀里撒着娇。

同心锁在修澜掌心隐动，似要挣脱桎梏寻渡渡而去，耽搁了不少时辰，不知胆小怕事的渡渡没有自己在身边可还安好？

修澜扬鞭欲去，身后响起清澈之声：“姑娘且慢！”

她回过头来，蓝色锦衣的赵楚贞挂着温和的笑：“姑娘可还记得小生？”

这一句小生出口，他四周魁梧的将士眼皮连着颤了好几下。对于赵楚贞，修澜隐约有几分印象，不过这些印象大多留在那幅浓淡枯湿的画里。

赵楚贞抱着温顺的猫走至她面前，不染红尘的笑总是让人觉得舒适。

修澜弯身摸了摸他怀里的黑猫，只轻声道：“若是喜欢他，就别给他拿你当宠物的机会。”

指尖下亮黑的绒毛立起，灵猫四处转动的黑瞳蓦然定住。

赵楚贞也低头瞧了瞧乖巧的猫，再抬头略有疑惑，却只保持着惯常的笑：“姑娘方才说什么？”

“没什么。”修澜摇了摇头，又道，“我还有事，先行离开了。”

拐进林间，修澜便弃马御云紧跟同心锁。经过灵猫之事，她对于这行驶缓慢的同心锁半点不敢懈怠。

月华如水，漫天孤星悬于天境，熟悉的酒香掠过鼻息。

就品酒而言，修澜也算是颇有建树，如今她虽事事看得开明，但当年却也是颓废了段时日。那段时日无论是仙家的琼浆，还是凡间街头巷尾的农家米酿，她皆有所涉猎，醉生梦死好些时候被驾云路过的菩萨捡去谆谆教化三百年才迷途知返，醒悟过来。

然人是醒悟了，各路酒的味道却是根深蒂固了，是以修澜这一闻便晓得是上次在荣王府尝的酒。

随着同心锁越向前，这酒香也越发浓香。

神界耽搁半日，不晓得人间过了多少个东升西落，足尖落在瓦面，可不正是荣王府。

修澜正审视着偌大的别院找渡渡的踪迹，忽听屋檐下方荣王一杯滚烫的开水砸在地上：“连个会岐黄之术的先生都找不来？滚！”

一旁的青衣侍卫见状，他对荣王的脾气秉性不说十分却也有八分了解，知道荣王不会因着小将动如此大怒，作揖道：“王爷怎如此生气？”

荣王坐下了，沉沉地吐了会儿气，才道：“朝廷那边的眼线说赵楚贞出了皇宫。”

“微服私访？他又能访出个什么名堂来，难不成写一本百姓疾苦的诗词来？”青衣侍卫不足为惧，口吻不屑。

“你说他会不会趁此机会亲自护送蒙月婕，来我幽州城一趟？”

“这不能吧，路途遥远，他堂堂一个国君，怎会……”见荣王目光坚定，侍卫话音渐停，意识到一些什么，神色起疑，“他想借此笼络蒙天策？”

侍卫想起郊外因鼠疫死去的居民，若让赵楚贞晓得这桩事，定会借此由头摘掉荣王的官帽，赶紧道：“属下立刻去命人将城外农舍的尸首处理干净，断不会叫他看出端倪。”

荣王冷哼，挑眉道：“死了的你可以处理，活着的呢？全城的悠悠之口，你堵得住几个？”

“那该如何？”侍卫有些着急。

该如何？荣王也没想到赵楚贞这么快就从文墨中醒悟过来，朝廷那边的消息快马加鞭而来，若赵楚贞他们动作快，也该到了，如今，也只能兵来将挡，水来土掩了。他道：“那位姑娘来了吗？”

侍卫自然知道能被荣王称一声姑娘的是谁，那位姑娘是前些天自天降落在院里的女子，在府上躺了七日才醒来。她醒来后，却是痴傻状，目光呆滞，不善言语，但会使一些江湖幻术，甚至可以让后院早已枯萎的槐树开出繁茂的花来，实在惊为天人。

侍卫回道：“已经请来了。”

修澜揭瓦窥视，见着敛裾踏过门槛的女子姿态轻盈，顿时一惊，可不正是渡渡又是哪个？

只见渡渡礼数做得十分周全，可如此中规中矩却全然不如之前那个傻丫头来得活泼。

荣王森严的眉目含了几分期许，问道：“你能让一树枯木回春，可能生死人肉白骨？”

如今幽州城接二连三有人染病，倘若真是郊外鼠疫侵城，必成燎原之势席卷全城，届时荣王府能幸免于难吗？

“我不知道。”渡渡诚实回答，“但可以一试。”

“嘭——”

瓦裂之声划破夜的静谧。

夜色清明，星火如烛，屋檐下方的侍卫佩刀出鞘：“谁？”

荣王斜眼瞧了眼房梁，做了噤声的手势。

屋后一身夜衣的人敛声屏气僵在木梯上，艰难地抬着头望着冷月下的修澜，修澜轻纱裹身，如烟如霞，无尘无垢。

片刻后，修澜悠然蹲下身来，远山黛眉间有一层与生俱来的寒霜，她温声道：“瓦是你弄裂的？这个黑锅我可不替你背，府里的人出来了，想想怎么逃吧。”

修澜好心提醒完，不想男子惊慌失足，脚下一空，栽倒下去。

阳春三月，地面全是柔软的草席，男子一骨碌爬起来，面容失色：“我……我不是有意闯府，两个孩子饿了一天，我也是被逼无奈，姑娘，求姑娘救命……咳……咳咳……”

男子忽觉脉搏里的血仿佛在逆流，周身器官在融缩，喘不过气，拼了命地咳，腥味涌不出来，梗在喉咙，突然世界静了，霎时又黑了。

见他轰然倒地，修澜立刻自檐上跃下，还未走近，察觉身后有掌风袭来，她倾身一扬，巧妙避开。

“我早知道你可疑，一路尾随，果然叫我逮住了。”

妖的气泽，修澜不用回头也晓得是先前那只乖张的灵猫。

灵猫还是一身黄衣，嘴里叼了一根芦草，一副玩世不恭又义愤填膺的形容。

灵猫将芦草往地上一吐，揶揄道：“好歹你也是位天神，竟然擅取凡人性命，我父皇说古曦帝君乃是万年不遇的治世之才，怎会容你这样的天神为非作歹？”

“父皇？原来是妖皇之女，漠沁公主。”修澜径直走向躺在地上还有余温的男子，淡声道，“可你既是妖族公主，竟瞧不出这人死于妖之手？”

好端端的人突然命绝，除了是这位天神做的手脚，还能有什么缘由？可漠沁又自知斗不过她，才将自己的身份和古曦帝君搬出来，但她清清冷冷的眉目毫无波澜，现下竟直接推到妖界身上来，实在气人。

漠沁瞪道：“你莫想狡辩，我分明看见你……”

窸窸窣窣的脚步传来，漠沁顿住，两人对视一眼，不约而同地捏了个隐诀。

黑暗的夜色里，两队侍卫左右包抄过来，一把火光照在地上。只见已死的男子脸色发青，漠沁上前几步，用指尖探过他的额心，惊道：“是妖毒。”

举着火把的侍卫看了看地上一身夜行衣行头的男子，喊道：“在这儿。”

所有侍卫悉数围了过来，却又踌躇不前。

“这人死得蹊跷，兴许又是鼠疫，先别过去，等王爷命令。”

“要不一把火烧了吧，王爷早吩咐过了，但凡染病的皆焚。”

幽州城光辉黯然，浸在月下，呈出深深浅浅的灰色轮廓，漠沁扭捏地靠近修澜，眼睛搁在别处道：“那什么……对不住。”

“对不住？方才之事，还是白日里那桩事？”修澜故作迷糊。

漠沁心头一惊，莫不是被她发现了？遂小心问道：“白日里何事？”

修澜淡淡一笑：“你故意藏在那人的箭囊里，借我之手，助你们脱险。”

“居然让你知道了……”当时情势所迫，漠沁也是计从心来，顿时尴尬难当，“那什么……我也不是故意的。”

想起鼠妖一事，赵楚贞还屈尊休憩在郊外农舍，她心生不安，又道：“我还有事，先告辞了。”

不等修澜回答，她便捏诀遁了。

一排火把举起，吱吱作响，齐齐掷向中央蜷缩的尸体。

“慢着！”清朗的声音响起，渡渡走近火光照及处，“尸体留给我，你们先下去吧。”

侍卫知道这位姑娘会些幻术，非平常江湖术士，又得王爷看重，也不好拂她意，只点头称是。

待他们尽数退下后，适才有点威严的渡渡立刻扑倒在修澜面前，喜极而泣：“主子。”

修澜蹲身下去，捏了捏渡渡的脸蛋：“你既然好好的，怎的不自己回来？”

“主子常说知恩要图报，前些日子，渡渡负了伤，脑子混沌，承蒙荣王府的人收留，若一走了之，着实不太好。”她沾沾自喜地拽着修澜袖口的流纱抹了抹眼泪，“渡渡做得怎么样，没有给你丢脸吧？”

荣王这个人野心虽不大，却不是什么善主。修澜握着渡渡葱白的小手，良久才道：“你做得很好。但这个恩情，你打算如何还？可不要助纣为虐。”

渡渡思索道：“我想着解决了这鼠疫就算是报恩了，一来嘛，帮了全城百姓；二来嘛，也还了恩情。主子你会留下来帮渡渡的吧？”

修澜无可奈何地扫了她一眼：“你打算如何？”

她嘴角梨窝一漾，将目光移向那个已死的男子：“鼠疫就拜托主子啦。”

修澜：“……”

郊外崇山峻岭，白日腾起的水雾将天染得阴沉，浓云一寸一寸地压迫下来，异常沉闷。

月下赵楚贞接到密信，信上提及鼠疫之事，但现下幽州城情况不明，赵楚贞便在城外一家农舍住下，遣人进城打探情况。

漠沁回到农舍，见赵楚贞在泥筑的斗室中点了一盏孤灯，不由得看得出了神。

人界九州各国，所有皇室史籍她闲来无事都会想着法儿去翻阅一二，不想在大胤皇宫的密室撞进赵楚贞。

从此，她在人界有了归宿。

可在赵楚贞眼里，她只是温顺的猫。

赵楚贞抬起头来，清澈的目光落在她身上，半晌，眉头一蹙："姑娘是？"

漠沁不明所以，定睛一瞧，见到赵楚贞漆黑的瞳孔里倒映着自己的一身黄衫，氤氲的夜空落下一道闪电，漠沁转过身，小小的农舍已被赵楚贞的暗影团团围住。

漠沁有些紧张，自古人与妖就不太对付，她怕暴露身份，届时赵楚贞会接受她是妖吗?

思忖半晌，她才攒出一个笑，转身与赵楚贞道："我听大娘说家里来了位书生，想来请教几个字。"

洪公公本着分内之事，正欲阻止，被赵楚贞温和的一个眼神压下，赵楚贞轻轻一笑，道："姑娘请进。"

赵楚贞抄起纸墨当真一本正经地教她字，至于教的些什么字，她一个也不记得。

那夜赵楚贞的眼里只有灯火下的五卷竹简，可她的眼里全是他执笔的雍容大雅，言谈间的彬彬柔情。

幽州城这场无妄之灾，既是鼠妖所为，漠沁自是不能袖手旁观，更何况，赵楚贞执意进城，若真染鼠疫……她左右一掂量，还是须得找个时间再返回一趟幽州城，将鼠妖一事处理干净最为妥当。

圆月镀着一层暗红，映得荣王府的牡丹开得格外浓艳。

渡渡提了两壶酒过来："主子，你要的酒。"

"酒来得正好，喝完去会会鼠妖。"修澜拿过酒便畅饮了一口。

"今夜吗？"渡渡语气有些迷糊。

修澜点了点头，目光落在渡渡愁苦的眼上，话锋一转，问道："你怎么了？"

渡渡将哭欲哭："我适才偷喝了几口酒……"

一杯倒的酒量，哪里经得住荣王府这些上乘好酒，渡渡话未放完就直直往修澜身上倒了下去。

修澜无奈，只得将渡渡后襟一拎直接施法摔回了她的房间，再用被子将她裹了个严实，才拿了玉笛独自离开。

阳光从洞顶的隙缝儿射下来，一束一束的银光交织成网，鼠妖小舒披着褐色的大氅，聚集众多小鼠，在幽州城下享受着他们的战果。

小舒浅淡的细眉，尖长的鼻子下是两撇浓墨重彩的青髯，随着嘴唇的翕动而飞舞："幽州城立山峦正中，聚日月光华，是个修炼的好地方，以后，这儿就是咱们的新家。"

众妖听罢，群起附和，掀起一阵又一阵的浪潮，正庆祝之时，一个身影连滚带爬地摔进殿中，树根做的洞帘也被滚进来的小妖惊慌扯断。

"妖君——"

小舒皱眉喝道："跟你说过多少次，做人要有个人样，不能动不动就现原形。"

小妖抬起头来，却不似往常一样带点尴尬的羞红，反是脸色青白，双目惊恐，颤颤道："妖君，有人闯进来了！"

洞殿沉寂，片刻，哗然乍开，满堂妖灵尖齿长尾也蓦然展露，纷纷愤然起身，磨亮了爪子前去迎战。

鼠妖的洞殿建在幽州城下，上面雕梁画栋，下面却早已凿空。

修澜立在一个四方岩洞中，岩壁皆是大大小小的鼠洞，冷冰冰的岩壁角燃着几盆熊熊业火，满殿妖灵密集，灰白一片，只有火里木柴剥离的噼啪声与修澜冷冷对峙。

小舒只看见修澜手里惦着玉笛在重重妖灵的包围中从容自若，青眉微蹙似在酝酿着什么。

众妖灵警惕的视线如绷紧的弦丝将修澜死死控制，修澜掂量着自己手中的玉笛左右这么一挥，整个幽州城会不会就塌陷了？

思索一番，修澜觉得还是兵不血刃为好，遂轻轻一笑，道：“今日我来，也不想大动干戈，你们妖界自有妖界的规矩，带着你的人回去，自行领刑，这事我便不追究了，你看如何？”

小舒的脸僵了僵，抚了抚两撇青髯：“好大的口气，给我拿下。”

得此令，小鼠妖们猛冲而来，阵法看似杂乱无章，却变动灵活配合得十分默契。

修澜玉笛一掷，化为三尺长剑，握住剑柄直面迎去。

四通八达的洞穴，漠沁一路摸索过来遇到数十个暗哨的小妖。小妖自知灵力不济，只守不攻，一路退至一方洞口，便顷刻缩身钻进去。

漠沁紧追上去，方拨开几缕树根踏进洞室，只见满室明晃晃的刀戟乱戳。电光石火间，蜂拥上来的小鼠妖利爪已搭上了她纤细的脖子。

漠沁偏头看见把长剑使得出神入化的修澜，诧异片刻后便已猜得个中缘由，又看到石座上的鼠妖，想来便是这儿的头目了，遂道：“你我同族，不知我是妖界公主？你如此待我，就没想过后果？”

小舒细长的眼睛露出寒光，恨道：“若非你搅了漠沙族与城垣族的联姻，又怎会激起漠沙族的狼子野心。如今妖界内部纷争渐起，一川之隔的魔界虎视眈眈，若不是你我们这些蛮荒之地炼化的小妖又怎会备受压迫，无奈出逃？”

漠沁顿时凝滞。

妖界虽还看似祥和，但常年不安定的妖界边境怕早成了弱肉强食的乱世。

她没想到，人界这场无妄之灾的源头居然是自己。

群妖响应，对漠沁咬牙切齿，徒生愤意，对付修澜的招招式式挥得更加卖力。

修澜得空瞅了漠沁一眼：“你这个妖界公主当得实在是……”话说一半，她忙避开直面而来的利爪，“一言难尽啊。”

“……”

修澜挥剑如行云流水，不料鼠妖灵力不高，数量却是极多，打起来十分费时费力。

漠沁深感愧疚，打起了精神和修澜并肩而战。

幽州城上对三十六重天上的银河岸，灿然的星群密集成河。

子捷尾随在古曦身后，慢慢禀道：“两宫政务都已处理妥善，因着朝局刚稳，南方天宫的一些神仙供着的神职没有多大调整，现下将这银河里的厉雷解除，鸿钧老祖所期望的便靠近了一步。”

星辉浩然，那中间却是缔结着滔天的雷，古曦开口，声音自带几分肃穆：“这天雷非比寻常，你白日损了些灵力，向后撤一撤。”

子捷知道他主子从不做没有把握之事，遂并未犹豫，直接退开几步。

古曦祭出法器庆云，十方闪电聚拢，膨胀开来形成光幕，接着光幕上生花，花上生灯，重重堆砌倒像个散着光影的巨大花球。

继而，花球爆裂，光如利刃，子捷拂袖遮挡，感到四周光芒盛极，而后便是万籁俱寂。

子捷望去，但见古曦独立星石之上，步子向后移了几步，略显恍惚。他连忙上去搀扶，古曦周身经脉已经紊乱，垂着眉睫，狭长眼里有挣扎的痛色，与他道：“你灵力受损，若此时……你可还能压制本帝的病情？”

子捷怔住，几百年未曾出现的病情此时若是发作，他确实没有把握，只能道：“拼上毕身修为也会替主上压制，主上放心。”

古曦合目：“回胥明宫，立刻！”

子捷看着他渐渗的汗淌过磊落分明的眉，浑厚神泽渐呈清明之态，他知道，回胥明宫已经来不及了……

修澜险险避开每一把伤她的利刃，黑白分明的双眸却突然捕捉到身后一道震开的盛光，神泽袅绕，绝非鼠辈。她旋身回转，只见满室绵延如群山的妖灵突然间平地轰倒，再没有紧凑的妖，没有锋利的刀，安放在视野的只一个温暖的笑。

霎时，心里脑里已是百转千回，修澜终才启齿：“古曦？”

古曦凌乱的发紧贴着脸的轮廓，竟俊得有些狷狂，劲竹般的手指了指从石座上摔下的小舒，问道：“是不是他欺负你的？”

修澜还未反应过来，古曦已直达石座，将小舒一脚从上方踹下来。

小舒摔在几阶岩石的边棱上，痛得叫不出声。古曦一边对着鼠妖拳打脚踢，一边嘴里还不忘喋喋不休地嘟囔着：“我叫你欺负她！臭土拨鼠！”

漠沁得了解脱，看着突然出现的男子，不由得露出惊叹之色，但见他卓尔不群的英姿修短合度，行径却是同他眉目间与生俱来的肃穆格格不入，心生困惑。她小步趋近修澜，附过去小声问道：“他脑子是不是不太好使？”

修澜脑子瞬间成了一锅粥，哪里答得出漠沁的话。

古曦这副形容哪有平素的沉稳持重、坤阳神殿的绝情冷傲？

他分明像是个言行随心的孩童。

小舒被打得毫无还手之力，但对于自己的属种问题还是拼力一争的，扯着嗓子回道：“我才不是又胖又懒的土拨鼠，我是有勇有谋的褐家鼠！”

于是有勇有谋的褐家鼠在古曦的一番暴力下，拖着半身不遂的身体承认了自己的罪行。

古曦擦了擦脸上的汗珠，露出清澈而明媚的笑颜，正朝修澜过去，却在中途被漠沁死缠烂打的盘问截住。

漠沁如获至宝般欣喜：“你灵力这样高，不知师承何人？可否引荐引荐？”

古曦茫然地看着她摇了摇头。

漠沁又凑过去一点：“你今日救了我们，你的名字总可以告诉我吧？”

古曦往旁边挪了挪，继续茫然摇头。

漠沁皱眉：“你是不愿意说，还是根本记不得？”

换来的依然是沉默。

漠沁颇感难以为继，咬牙道：“多说一句话是会死吗？”

古曦嘴抿成一道直线，不语。

漠沁抓狂，几近憋出内伤，只好将满腔攻势转向地上的小舒：“我问你，漠沙族的势力是否已压过我妖界皇族？”

小舒别过脸，神情倨傲：“公主何不自己回去看看？”

漠沁不用回去看，便已经猜到，环境民风恶劣的蛮荒，皇城稍有一点风吹草动，他们必先自乱阵脚，他们若不是在妖界没有立足之地，又怎会来人界求生？

半晌的沉默，漠沁终才背过身，声音蓦地有些沉闷，与修澜道：“他方才要杀你，这条命你处置吧。”

修澜愣了愣，才道：“我今日来，本不欲取他性命，你带他们回妖界吧。”

“你……”

漠沁眼底有所触动，口齿伶俐的她难得说不出话。

第八章

唯　不　忘　相　思

一群鼠妖跟着漠沁回了妖界，修澜从洞殿出来，横亘的山脉镀着层银白的月光，想来明日的幽州城应该会是个好天气。

三月的夜风里暗香浮动，却掩不住紧随在身后若有似无的木兰香。

“你要去哪里？”

流袖被古曦拽住，这般嗫嚅的声音让修澜不得不停下脚步回头看他。

清辉下，他的眸从未显得如此清澈，嘴角一努：“我要跟你一起。”

修澜听罢，失笑：“帝君，这又是要唱什么戏？”

春风还残留着冬日未褪尽的寒，渗进古曦单薄的中衣，能清楚地听见他轻微颤抖的呼吸：“我就是想跟着你……”

无知、无助，既天真又可怜的神情在眼前这张生来就睥睨六界的脸上纷呈。

修澜看着他，她不知道眼前这个人究竟还是不是那个素手稳天局的帝君？

那个将一方天地收于唇齿，昂昂而立就平息仙冥之战的帝君？

清凉的夜没有一颗星星，冷冽的风狠狠蹿进胸腔，却浇不熄纠缠于心的情绪。

“我上次说得还不够清楚吗？”修澜将衣袖自他手中猛地抽回，寒风灌口，割伤肺腑，“事到如今，帝君还是给自己留点尊严，也给小神留点余地吧。”

夜色浸染着远方朦胧的城池，修澜话毕转身招来青云离开。

云行得极快，沉睡的山脉顷刻成了笔下的曲线，城池再也看不真切，连同那人的身影也一道消失殆尽。

修澜失神得厉害，待醒了点神时，才发现身后软绵的云层陷进去了一点。

有人？

在这个想法跳出脑海时，修澜已起身两步离开，手中的玉笛携三分明月正欲袭去，却见笛下之人精雕细刻的眼眸楚楚可怜地望着她。

正是追上来的古曦。

修澜以为自己把界限划得足够清楚，却不想他竟还不知进退，痛意、恨意、怒意全部如海水般卷过来。

手上一使劲，一道屏障骤然凝成直直劈过去，可古曦毫无戒备，生生承下，修澜未料到他竟不避让，凉风入顶，灵台才寻回半分清明，立刻收法。

可这不足须臾间，古曦已被她击下云端。

修澜情急，直接追了下去。

看着紧跟而来的修澜，古曦就像风筝一样，伸开手迎着她，接着双手一锁紧紧抱住她，咧开一个笑：“你抓住我了。”

他双瞳的满足和天真直达修澜眼底，修澜伏在他胸膛，疾风穿耳，可这急速坠落中，修澜心底那些交织凌乱的情绪反是彻底熄了下去。

那一刻，一个极端、可怕的想法就这么安安静静地出现在修澜脑子里。

眼前的这个人，一而再再而三地伤她，从瑶台那颗敕梭丹开始，到后来的东海、天牢、无生崖，这中间，还欠着四公主的一条命……

新仇旧怨，她是不是……该杀了他？

修澜清冽的眸静静凝视着他，良久，终问道："你还要跟着我吗？"

古曦毫不迟疑地点了头，生怕修澜没看出来，又加了句："嗯，跟着你。"

"那好。"修澜笑了笑。身下的大地已经显出了铅灰色的轮廓，修澜并没有施法脱身的打算，反是任由他的体香紧紧裹着自己，任由着两人身体急速地跌落。

她就轻轻伏在他胸膛，轻声道："古曦，我累了。所有的账，今日我们便一道算清吧。"

坠落的速度越来越快，苍老的大地如一个巨大的深渊朝他们扑来，仿佛要将他们缠裹，令他们窒息。

古曦不慌不忙，伸手拭了拭修澜眼角无意淌出的泪，身体的落空导致说话使不上力，却听得出来那里面满满当当的心疼："你别哭，别怕，我在下面给你垫着，不会摔着你。"

缩在他怀里纤弱的身躯猛然一颤，她几乎没有勇气再去对视他那双没有一丝杂质的眼。

修澜顿时猛醒然过来，正欲捏咒脱身，可术法施至一半，身下漆黑的大地已蓦然呈现。

古曦沉沉闷哼了声，折断一根树枝，接着是噼里啪啦一连串的树枝被折断的脆响之音，可他有力的双臂依然将她护在怀里，像呵护一个极薄的琉璃杯。

身体砸地，一记沉重的鼓鸣声灌进修澜耳畔，温热浓稠的液体流过她的指尖。

如果那是血，只能是古曦的，可修澜极力想睁眼，最后却连手里握的那一点温感也消散……

三月末的人界，太阳再大仍旧不够温暖，能照彻无云的天却照不进曲曲折折的林间小路。小路上头稀疏的树叶间涌进清白的日光，出去便能看见幽州城三垒森严的高墙。

赵楚贞坐在轿中，离幽州城越来越近，宋梓霖安排的杀手是不是也越来越近？这不足百的暗影在他们的快刀下是否已经不堪一击？

轿子突然落地，赵楚贞擅长执笔的手不由得一颤。

外面侍卫禀道："王上，前面的路被树丛堵了，步轿过不去，可待属下清理后再启程？"

好好的路在这种时候被堵了，有经验的侍卫们早已闻到了危险逼近的气息，但都不敢声张，可赵楚贞又何尝没有察觉。

拨开竹篾瞧了瞧外面春意盎然的山林，四处十分安静，赵楚贞道："此地不宜久留，弃轿便是。"

一行侍卫走在前面将东倒西歪的枝丫开辟出一条道来方便赵楚贞通行，将一根巨大茂密的树丫搬开后，周边侍卫蓦然一顿，立刻停下了手里的事拿着刀围了过去。

一个侍卫前来回道："王上，有人，一男一女，状似昏迷。"

赵楚贞正欲前去查看，洪公公立刻拦下："王上还是不要靠近了，且不说是不是有诈，万一是染了鼠疫于王上龙体不利。"

赵楚贞若有所思地点点头，问："那依你看该怎么处理？总不能将他们留在山野？"

洪公公知道赵楚贞心肠柔软，但对于一个帝王来说，这就是致命的弱点，便道："王上还是不要再……"

话未完，便听见一阵窸窸窣窣的脚步追上来，洪公公心口一紧，侍卫也立刻警觉起来，本能地将赵楚贞护在身后。

七十八位侍卫都做足了用自己的热血保住大胤的王的准备，风吹日晒的脸是如钢般的坚毅。

声音越逼越近，终于在前面的转口出现，来者只三人，皆身缚绿色潜衣，是自己人。

大家自觉实在太草木皆兵了，纷纷松了口气，洪公公吊着嗓训道："吓死人了，动作不能轻点，万一被暗中潜伏的那些人察觉到了，他们再扑过来，你能打倒几个？"

三人立刻跪下请罪，脸上却是欣喜之情："不会再有潜伏的人了，王上可以安心进城。"

这无疑是近些天听到的最舒心的消息，但大家却反常地安静下来，洪公公忙问："此话怎讲？"

"我们今日正好看到他们在整肃人马，打算撤离。"

兵马正是悬殊之际，宋梓霖怎会此时撤了？赵楚贞平眉一蹙："可准确？"

"千真万确。"底下三人坚定而整齐地答道，"我们是等他们的大部队全部撤离后才赶回来的。"

洪公公喜道："如今已到幽州城脚下，宋梓霖莫不是怕有援军，放弃了？"

如今也只有这个解释了，赵楚贞吩咐道："人多眼杂，我们分开进城，进城之后再会合。"

他回头看了看步轿，又道："将那昏迷的两人送到轿中，把前路清理出来。"

洪公公也不再拦着，恭顺地应下，便交代侍卫着手去办。

地上昏迷的男子渗了血，女子被完好地护在怀里，虽看不见面容，却像没受伤的样子。

这些侍卫常年跟随赵楚贞，因着大胤商业富足，所有皇室用的自然都是极好的绸缎，却也没见过二人身上这般轻如蝉翼的衣裳，各自心中不免胡乱猜测了一下来历。

洪公公远远地看着，见两名侍卫将那女子扶起来时，顿时惊愣，居然又是她。

赵楚贞在乐器方面造诣颇深，上次在大胤都城听得她一曲笛音便被她惊艳，为了寻她还贴了皇榜。可那些乐理之事洪公公赏不来，然上回那七百铁骑是如何被她玩弄于股掌之中，却是记忆犹新。

他目光不由得移向赵楚贞，见赵楚贞果然已急忙过去了。

赵楚贞见两人昏迷，只得将一些备用的伤药应付着，然后让暗影乔装之后一行人马分了几批匆匆进了幽州城择了家最近的客栈，便马上遣人去医馆请大夫。

客栈老板娘心思活络，见昏迷的两人衣裳上有陈血和泥垢立刻差小二提了几桶热水上去。

因着这趟出来必是刀光剑影，赵楚贞并未带随行的侍女，受伤的男子搁在隔壁房随意找个侍卫就能将衣服换了来，然修澜是女子身，只得将就着，稍稍清理。

洪公公辅佐了两代帝王，宫中各色美人也瞧得多，大多温柔似水闭月羞花，唯独蒙月婕还算有几分傲气的，可这位昏迷的女子虽然眉间锁着一缕化不开的忧愁，生来就是一张冰玉的脸，怎么看都觉得桀骜非常。

赵楚贞见她纤纤十指沾满了血，便命洪公公将盛满水的木盆挪了过来，问了句：“那名男子伤势如何？”

“伤得很重，怕是……”洪公公欲言又止。

生死，这一路过来赵楚贞已经看得太多，他心中还是闪过一抹沉痛。

赵楚贞轻轻执了修澜的手，拿了方巾蘸水帮她清洗。洪公公见状正欲阻止，可赵楚贞脸色不太好，只好作罢。

修澜眉间隐隐一动，腕已被轻轻执起，有温暖的东西一点一点漫上心头。

是什么温暖？是四公主温暖的笑，还是你温暖的手？

都不是，那些都已经破碎了，支离破碎了。

平静无波的海面，笑声如铃铛般悦耳，瞬间，在指尖下冰封，擎天而起的水柱将一切摧毁，一切都支离破碎了……

“你知道吗？其实我们本不必摔得这么惨，只是我施法的时候，你为什么非要拉我在下面垫背呢？”

“你别哭，别怕，我在下面给你垫着，不会摔着你。”

似曾相识的场景，天差地别的心绪。

修澜指尖一颤，是水。

滔天的海水吗？

蓄积的气流猝然涌破百会穴，修澜手一扬，满盆的水溅开，房中四人猝不及防淋了场“屋雨”。

赵楚贞被突然醒转的修澜结结实实吓了一跳，连同洪公公狼狈地往后迈了几步，两名侍卫更是险些拔了刀。

白色绡纱扬在水雾弥漫的光影里，修澜将眼前几人扫了一遍，桀骜的眉目间锁着一缕忧愁，沉声问：“他呢？”

几人皆愣住了，赵楚贞最先缓了过来，还未来得及宽个心，却被她开口问的第一句话问出些焦虑难安之色。

这个“他”赵楚贞自然猜得出是谁，是隔壁那个伤势极重甚至已到性命危矣的男子。

怎么开口说？赵楚贞有些语结，良久，才道：“在隔壁，但是他……”

修澜已夺门而去。

男子后背血肉模糊的伤口已经跟衣绸粘在一起，小二几番捯饬才终于将上衣剥离下来，一旁连见过诸多场面的侍卫都不忍地闭上了眼睛。

两人手脚麻利地拾掇一番，避开男子的伤口预备将其抬进温水里浸泡，却在这时闭紧的木门霍然大开。

修澜定定地站在门口，淡雅的裙纱飘逸而起，挡住了门外大片大片洒进来的日光。寒冰凿的冷眸，直直穿过两名布衣男子，落在古曦裸露在外的伤口上。

那一刻,她只觉身后的日光真冷啊,打在背上,竟能将背脊冻到僵裂。

小二素来热情惯了，关切问道：“姑娘你醒了？”

修澜未答。

小二又道：“这位公子的伤口需要处理一下，你一个女子在这儿不太方便，还请姑娘……”

“出去。”

“哎，对，还请姑娘出……”

小二还未说完，才发现她这语气是笃定的陈述句，而非疑问。他跟侍卫面面相觑了一下，只得轻手轻脚放下男子，狐疑地望了她两眼才出了房门。

修澜过去查看了伤势，虽伤得极重，但到底是神体，稍稍施法调息就能愈合，可是这样触目剜心的伤口，即便当时古曦一点术法也未使，自身的神泽也会护上几分，怎会伤得这样重？

玉笛在这沉木修葺的房屋中化出一层奢华的薄光将古曦笼罩，伤口在肉眼能观的速度下愈合。

修澜这才慢慢想起古曦之前的种种迹象，那样清澈的眼、那样赖皮的举止，他的灵力也不如往常浑厚，反而清澈似水……

修澜木然，术法顷刻收回。

她为什么没有早点发现，古曦他，竟缺了一魂一魄？

脑子里的震惊有如平地惊雷。

谁能夺他一魂一魄？

外面的风从窗缝儿溜进来，修澜愣罢，端好心态，待他伤口完全愈合，才靠在床沿坐下。

他就静静熟睡在自己面前，周身神泽温和，可以任由她明目张胆地审视。

直到他眉心一拢，双目似水，慢慢睁开。

半尺之距，修澜仍旧不由得慌了神，却只将视线自他身上淡淡地移开，起身而去。

可她才起身就被他一把拉了下去，猛然撞进他怀中。木兰香扑进修澜鼻中，一口气提至胸腔，促停。

他却懒懒地笑："这回我抓住你了。"

修澜贴着他未着寸缕的胸膛，登时觉得面红耳热，正欲伸手去掩，复才想起自己这完好的皮囊下早已经没有血，怎会红？

仿佛一桶凉水浇头，将那火浇灭得彻底。

将小舒一行妖灵送回妖界后，寻赵楚贞而来的漠沁见赵楚贞在这扇房门外徘徊不进，心下好奇施法先进来瞧瞧，不想撞见修澜与古曦拥叠姿态，瞬间羞愧难当，遂立刻捂了眼，仰着头走路："你们继续，我……我什么都没有看到。"

突兀响起的声音，将修澜从这虚渺的片刻温暖中拉出来。她欲抽身，却见古曦固执地不肯松手，竟还因仗着劲大朝她得意地摆了鬼脸，明显一副你奈我何的痞子模样。修澜只好像对渡渡一样在古曦哀伤的眼神下将他还紧扣在自己臂上的指节一根一根地掰开。

见漠沁正瞎摸着要退出房去，修澜一时百感交集，调出惯常不温不凉的口吻道："你就这么出去，怎么解释你如何进来的？"

漠沁脚步一顿，一拍大脑，但松手的时候眼睛依旧是紧闭着的："你不提醒，我差点忘了！”

说罢，她转身施法，不想不小心睁开了眼，觑见修澜正施法给那位脑子不怎么好使的男子化了件衣服穿上，男子掰扯衣服的暇余时间一脸不待见地冲她嘘了嘘。

漠沁不由得晃了晃神，心中赞叹真是长得俊的人做什么都那么好看，不过可惜了脑子有问题，全凭一张好脸就捡了修澜这么大个便宜。

可见常言道“金无足赤，人无完人”，还是有些道理的。

想想赵楚贞虽不会骑马射箭玩刀弄枪，可他也算是个十足的淑人君子，又何必非要他文武双全？要是有天领他回去见父皇，父皇不许他们在一处，那她便以此来说服父皇好了……

正思及此，漠沁顿住，自己何时对赵楚贞怀了这些心思？她立刻悬崖勒马，赶忙施法遁走。

古曦见碍眼的人走了，又扯了扯修澜的手，清澈如水的眼底亮着曜黑的光：“我饿了。”

门外松木造的回廊上漾着木香，深褐的色彩让人觉得有些焦灼。

里屋还是没有动静，洪公公见赵楚贞的眉又蹙紧了一点，便道：“王上若是担心，何不直接进去？”

赵楚贞迟疑了一下，未答，转而问侍卫：“那样的伤你们见得不少，可还有治愈的可能？”

侍卫如实摇了摇头：“几乎不可能。”

赵楚贞沉默片刻，才道：“再问一遍。”

小二应声照办，举手敲门：“那个……姑娘，让大夫进来瞧瞧吧。”

“不用了。”清凉的声音传出，赵楚贞的手不由得一顿。

门慢慢开启，只开了半扇，贯穿的微风停息的半刻，大家不禁往里瞅了一眼，太阳落山之际，灯还未燃起，屋内模糊，什么也没瞧见，门已被她带上。

修澜素来怕欠人情，今日这遭，诚然是欠下了。还未等赵楚贞开口，修澜就道：“今日之事，劳烦各位，算我修澜欠你们一个恩情，来日定当报答。”

“原来姑娘名唤修澜。”赵楚贞仍记得她一人一马驱逐七百铁骑替他们解的围，忙道，“若修澜姑娘非要这样算，这回算是我们还姑娘的。”

那些事修澜也懒得深想，沉默了一会儿，才询问小二：“可有吃的？”

“有的，有的。”小二拿出十二分的热情，“下面什么都有，客人随便挑选。”

修澜点了点头，正欲径自下楼，复又想起什么，转身与背着药箱的中年男子道：“大夫请回吧，他无碍。”

不轻不重的一句无碍，令几位侍卫包括赵楚贞当场僵了僵，面露疑惑之色。

漠沁坐在楼下靠窗的位置，见修澜下楼笑得揶揄：“这么快就完事了？”

修澜听罢，险些一脚踏空，漠沁却憋着笑，让修澜一时竟颇感无语。

老板娘拿出菜牌，上面各色点心的名字取得天花乱坠，修澜随意指了几个，漠沁又凑过来：“你要不点个灰色珍糕，核桃做的，补脑，对了，还有鹿茸酥，补肾。”

修澜调教渡渡习惯了，随意将玉笛在手里掂了掂，静水的目睨了她一眼。

漠沁见状，咧着讨好的笑，连着退了几步，拉开两人的距离，不承想方方正正摆着的八仙桌过道中横放了一个坐墩，漠沁这一退被结实地绊倒。

即将人仰马翻之时，漠沁被一双手稳稳托住。

“姑娘，小心。”

心里最柔软的弦被挑动，漠沁露出一个温婉动人的笑后才慢慢睁眼，可看见的却是洪公公一张慈祥而又松弛的脸。

赵楚贞站在一旁，问：“姑娘怎么也在这儿？”

“啊！”

漠沁被洪公公吓到，到底摔了个结实。

“我这种乡野女子不能进城？”漠沁站起来拍了拍灰，有些气结。

“我不是这个意思……”

“你就是！你是不是瞧不上我？”

“我没有……”

“那你为何不自己接住我？”

“我……”

纵使赵楚贞再能说会道也招架不住她这混乱的逻辑，漠沁更是自己都听不懂自己在胡扯什么，坐下后戳着软糯的晶饺泄气。

大胤的王上何曾被如此冒犯，洪公公呵斥：“你这丫头……”

话说到一半，被赵楚贞一个温和的眼色逼回去。

这时突然走进三位锦衣男子来吃饭，三人边走边说话，点了两壶酒、几碟小菜，热热闹闹一坐，侃侃而谈的声音顿时填满这个大堂。

菜未上，酒已添杯，其中一个道：“荣王明日大婚，听说新娘是大胤第一美人，咱们幽州城远离都城，每年明花榜选出来的美人一个也没能有幸瞻仰一二，今年咱们终于可以一睹芳容了。”

“说来也怪，历年征选的美人不都是送进宫吗，今年怎么便宜了荣王？莫不是货色不及往年了？”

另一个十分不认同，厉色道：“瞧你说的这是什么话？荣王怎么了？要不是荣王，咱们啊，都得染病死了。要我说，这大胤第一美人还不一定配得上荣王呢？”

被训斥的连连醒悟：“我忘了，多亏荣王请了位奇女子，化解鼠疫，免遭一劫，方才口误，我自罚一杯。”

赵楚贞从柜台拿了壶好酒过去，问道：“几位兄台说得热闹，小生初到贵地，不知前几日这幽州城出了何事？”

几人瞧了他一眼，说道：“那你运气好，没赶上前几日那场无妄之灾。”

“无妄之灾？”

“前些日子，鼠疫闹得人心惶惶，多亏荣王不知从哪里请来的一位奇女子，竟能生死人肉白骨，将一位死了的病人当场救活，而且自那之后全城再无鼠疫，现在幽州城啊，安居乐业，自在得很。”

他们所说之事，在修澜意料之中，帮渡渡报的这个恩，倒也报得很圆满。

赵楚贞却听得脸色剧变，忙问道：“城中如此剧变，我们从大胤都城而来，为何途中未听得半点风声？”

一人重重地叹了口气：“事情来得快去得也快，幽州城又地处大胤边境，根本来不及将消息带出去。”

“原来如此。”赵楚贞沉凝片刻，说道，“多谢几位如实相告。”

残阳拂过绿意森森的重峦叠嶂，山林围拥的幽州城在夕阳下依旧亮眼，占东而建的荣王府张灯结彩，以备明日的盛婚。

丫鬟们脸上喜气洋洋，忙得脚不沾地。

“对了，你说这鼠疫真的是那位渡渡姑娘化解的吗？”

粉衣丫鬟又瞪了她一眼，提醒道：“王爷吩咐了，不得妄议那位女子。”

小丫鬟撇了撇嘴，还是忍不住叨叨两句：“当初她落在王府那呆滞的模样，任谁也想不到她能化解了这场鼠疫，真是天佑我们幽州城。”

“还说，快将这灯笼挂好，不然管事的来了。”

小丫鬟吐了吐舌头，两人很快将糊了红纸的灯笼挂好，刚收了竹梯出去，却见荣王疾步生风，朝这小院而来。

两人放下手里的东西施了一礼，只听荣王问了声：“渡渡姑娘可在？”

两人低着头私下对望一眼，粉衣丫鬟才回道：“回王爷，渡渡姑娘正……”

正答着，渡渡背着行囊从院里出来。

前日那一杯酒醉得酣畅，待渡渡醒来，幽州城已然是一方乐土。

她知道是主子帮她报了这个恩，可是她等了几天也没等回主子，不免忧心起来。

“你要走？”荣王问道。

渡渡再也顾不上装腔作势地施礼问安，直言道：“这段时间多谢王爷收留，渡渡是时候告辞了。”

荣王虽然觉得失去一位会奇术的人有些可惜，但也没有强求，遂道：“姑娘要走，本王也不拦着。”他朝旁边的人使了个眼色，“小小心意，算是谢礼。”

渡渡盯着满满一盘银锭目不转睛，眨了眨眼睛确定眼没花后，才一边将之往包袱里塞，一边道：“客气了，客气了。”

华灯初上，客栈小二把热乎乎的菜端上了桌，招呼道：“客官慢用。”

侍卫一桌，赵楚贞单坐一座，漠沁假装路过，假装无意地瞥了两眼桌子上的腊肉：“怎么连块新鲜的肉都没有？”

小二连连解释道：“荣王大喜，下令三日不杀生，但这个肉是熏制的腊肉，不比鲜肉差。”

漠沁不屑地嘟囔了句：“你们成个亲真麻烦，不似我们，将二人往洞府一推，这礼便是成了。”

赵楚贞执筷的手这才一顿，抬眉道：“洞府？”

空气诡异地沉默了一瞬。

漠沁心头一紧，正不知如何作答，忽听楼梯那边一阵脚步传来。

待看清来人时，两桌五人何止沉静，几乎看傻了眼。

修澜等点心等得有点心焦，以古曦现在这多动的性格，她不知留他一人在屋里会闹些什么幺蛾子出来，见小二终于将点心端了出来，便立刻接了点心上楼。

刚走几步，转角处，沉木镂空的扶梯上是一只修竹般的手，一身紫衣奢华而别致，修澜顿停，不敢再往上看。

她不知道，再往上，他斜入天仓的眉眼沾染的是决绝冷傲，还是……

“骗子！你说马上就回来的。”古曦黑着脸。

带着赖皮的嗓音让修澜松了口气，仿佛自己从没有如此轻松过。

对上他清澈的眸，她平淡道：“你既然下来了，点心给你。”

古曦眼一横，撇嘴：“饿过头了，不吃！”

“也罢，总归饿不着你。”修澜一笑，敛着裙裾上了楼。

古曦也一步一步跟上去，见她没有要来安抚自己的意思，只好从后面将头耷拉在她肩上，这下连脾气也没了，委屈巴巴地拽着她袖子：“我以为你又走了，我不是故意说你是骗子的。”顿了顿，又低声道，“我该信你的。”

我该信你的……

是不是连上苍都觉得她等这句话等得太久，不得不用这种方式来补偿她？

耳鬓的发还留着他温热的吐息，修澜用手肘撑开他，将手里的点心搁下，冷道：“今晚你在这儿休息，明日我便找人来接你。”

古曦憋屈地立在后面：“我不认识别人。”

“子捷呢？你也不认识？”修澜从容地问。

“我只认识你。”

邈远的光将古曦浓浓的影覆在修澜亭亭的背上，像化不开的墨。

“那我的名字，你可记得？”修澜回头望他一眼。

古曦局促不安地低了头，他不记得了。

良久，修澜才自嘲一笑：“这个名字是你给我起的，你倒是忘得很干净。”将眼里泛起的涟漪逼回，她转过身，“忘了也好。”

厢房内，洪公公一边为赵楚贞更衣，一边说：“这天瞧着要下雨了，夜里寒，我再去拿床被子来。”

洪公公刚打开房门，一只融于夜色的黑猫突然扑过来，洪公公一惊，险些闪了老腰，借着门框才站稳，定睛一看，却见“凶手”已高翘着尾，昂首跳进了赵楚贞怀里。

赵楚贞爱抚地揉了揉它的头：“你又调皮了。”

洪公公定了神，见赵楚贞笑了笑，道：“对了，修澜姑娘体寒得很，你给她也送床被帛。”

“是。”洪公公应声退下。

夜里的凉风从窗口的缝隙涌进来，修澜将窗打开，长风刮过深色的天，远方的树萋萋招摇，迷雾渐笼。

要下雨了。

她也该要走了。

古曦盖着蓝色的棉衾睡得饱足，修澜拍了拍他的肩，他没动，又拍了拍，他侧个身又睡着了。

修澜记得他以前入眠极浅，哪怕她悄悄化作人形趴在他床头端详他一小会儿，都能被他察觉，如今竟毫无防备，睡得这样深。

她再拍了拍，轻声唤了声：“古曦？”

他才揉了揉眼，睡意蒙眬地看了看修澜，双眼便立刻清澄起来，却又是难以置信地揉了揉。

瞧着他如孩童般的傻劲，修澜忍不住笑了笑，道：“别揉了，我们离开这儿。”

古曦一喜，利索地起身，正欲下床复又忆起什么，动作缓下，闷声道：“你不是要将我交给别人吗？”

她能交给谁？子捷知不知道他的情况？诸神会是什么反应？

他总归是神界的帝君，两宫刚合，局势尚还未稳，修澜不可能将他往紫晟殿一送，告诉他们这个看上去长得像你们的帝君，但行为却像稚龄小儿的人确确实实就是你们的帝君，那还不得翻了天了？

“你不是谁也不识的吗？我能将你交于谁？”

古曦闻言，眼里黯然的光猛地燃了燃，仰起头：“你不抛弃我了？”

修澜还在回味这抛弃一说从何而来，他已蹭了过来攀着修澜的手，活脱脱像个得了糖的孩子，满心欢喜：“你终于肯对我负责了。”

修澜：“……”

两人刚走出房门，就撞见抱着被子而来的洪公公。

“春夜下雨会有些寒，少爷着我给修姑娘添床棉被来。”

“不用了，麻烦你转告你家少爷，我们今晚便走了。”修澜思来还是说一声为好。

洪公公很是不解：“修姑娘现在要走？”

修澜望了望天，轻声道：“该回家了。”

第九章

天 海 起 疾 风

镜竹雪岭的竹添了层新雪，古曦新奇地踏着修澜足下的冰，走过平滑的湖面，紧接着打了几个喷嚏栽进了宫殿的大门。

修澜伸手稳住他，古曦搓了搓手，脑袋一歪直接靠在修澜肩窝里取暖，哆嗦了半天哆嗦出两个字：“我冷。”

修澜倒是忘了，古曦如今没有神泽护着极易伤身，于是忙将他领至屋里，拿了两床云丝被牢实盖着，才略有好转。

古曦窝在被子里，露在外头的眼睛不肯错过修澜的一举一动，他满足笑着，温声道：“不冷了。”

修澜审视着眼前这个“大白粽”，幽幽道：“冷倒是不冷了，但你现在好像只有眼睛能动了。”

古曦用脚踹了踹被子，铺好的被蓦地隆起，他得意道：“这样也能动。”

结果旁边一阵冷风溜进去，他又立刻认命地将脚乖乖放了下去，看了看又在给自己掖被子的修澜，他像怕惊扰了什么东西一样轻轻地开口：

"你终于笑了。"

修澜怔了怔，却没有将脸上笑容收起："你再由着前面的发散下去，连眼睛都动不了了。"

"那你能不能帮我弄开一下？"古曦无奈地抬抬眼。

"你自己的手呢？"

古曦可怜兮兮地眨了眨眼："外面冷。"

指尖触上他的额还是冰凉一片，修澜摇头："这样不是办法，我去给你找续灵汤。"

"可我不想喝汤，喝的时候冻手。"

修澜无奈地笑了笑："你总不能喝汤也要我喂？"

他立刻将被子被往上一拉，盖过头顶，只余温软的声音与寒流相触："那你快点回来！"

修澜以为渡渡是最懒的，但眼下这个，和渡渡比简直过犹不及。

续灵汤也不是什么稀罕的药，当初修澜被观星池异魔所伤，仍强撑着半条命为的就是去给他送这不甚稀罕的药，那一出戏，如今看来真是有些讽刺。

她后来时常想，倘若当时自己迟疑一下，是不是就不会去中央天宫？是不是一切都会有新的机缘？

端着续灵汤过去，古曦那张刀刻的俊脸褪尽了肃穆，已然熟睡。星海冷辉照彻漫无边际的雪，唯独他的脸上柔和一片。

做美梦了？修澜看着他嘴角不经意流露的笑，有些羡慕。

她已经很多年没敢入梦了。

晴空如洗，冰宫剔透，日光沾染霜雪，落在镜竹雪岭并不温暖，修澜醒来后枯坐了一会儿，突然想起这里如今还有一个人，便立刻起身过去。

床帐上的珠玉，折射着光，映得一帘璀璨。

古曦安静地半卧床头，身姿依旧，冰淞折射着破碎的光给他镀了层薄薄的光晕，分明是无与伦比的潇洒清隽，却偏偏有一丝说不上来的孤寂。

修澜看得愣了愣，才轻轻问了一句："醒了？"

他没回，只有鬓前的发随风浮动，修澜便随手拿了篦子给他梳理，流袖落在他肩头，冷梅的暗香轻柔涌来，他在她指尖下微微一怔。

修澜不在意地笑了笑："等渡渡回来，你就不会这么无趣了。"

衣绸熨帖的距离，仿佛没有那些纠缠不清的往事，也没有心如刀绞的回忆，恨也罢，爱也罢，都在此时的温情里，淡了下来。

修澜将他发髻束好，肃整的英冠下他的剑眉星目掺着半分柔情，旋即便搅慌乱了她清冷的目光。

她立刻起身拉开了距离，无处安放的视线在冰室里一番乱撞后才看到冰机上的续灵汤。她稳了稳心神，将汤递给古曦："把这个喝了。"

古曦没动，眼里是一派深海似的黑。

"当真要我喂？"见他还是没有要动手的意思，修澜只好收回药碗舀了勺亲自送至他唇边。

古曦终于启唇，却不是喝药，而是暗哑的一声："修澜。"

修澜的手一颤，整勺续灵汤洒在雪白的云丝被上，洇染得触目惊心。

她蓦然起身，退开几步，顷刻间已是方寸大乱。

踉跄撤开的步子就跟当初在北冥寒界初遇他时一样，亦跟那夜他第一次吻她时一样，茫然无措像极了受惊的鹿。

只是如今的她再不会给他任何疼惜的机会。

"帝君既已无碍，请回吧。"冷冽入骨的声音，将方才片刻的温柔吹得烟消云散。

古曦久久不语，半晌，才沉声道："我前两天的样子，你知道了？"

“帝君是又忘了？”轻佻而质疑的语气。

古曦声音依旧暗哑，暗哑间还有些无力：“我——忘了……”

修澜意外地看了他一眼，又是半晌的沉默后，她冷笑：“帝君真是潇洒，不管什么，转眼就能忘得干净。”

话毕，转身便要走。

“你既然活着，为什么不回来找我？”古曦喊住她。

“找你？”

修澜仿佛听了一个极大的笑话，视线扫过岸边挺拔的翠竹，回头迎上古曦炙热的视线：“四公主仙逝，小神痛不能抑，软弱无助时只盼着帝君能信小神一回，可那个时候，帝君是怎么说的？”

他说，信之一字，我既给了你一次，便不会再有第二次。

古曦心头像被扎了一把刀，比听到擎瑜那句脱口而出的“夫人”还要痛上千百倍。

修澜也没有真的要他回答的意思，她目光有些黯然：“在天牢时，小神以为凭着往昔交情，帝君总是会留点余地给小神，不想这一切不过是早有预谋，哪会给小神留退路。”

她调慢呼吸，平视着古曦，笑问：“帝君要不要猜猜小神醒来后，是怎么熬过来的？”

怎么熬过来的？生不如死，暗无天日，只言片语怎能叙述出万分之一？

“是我错了。”古曦痛声重复，“过去的事，是我错了。”

威名震慑八荒的古曦帝君居然会这样道歉，修澜冷冷地看着他，毫无波澜。

仿佛彼此之间，再无言语。

古曦这才忆起，眼前的她，在归来时，已是别人的妻。

凤凰一双金翅平地卷起大雪，落地时，子捷飘然的衣袖还携着云间的清风。

走出屋子的修澜瞧了他一眼，道：“帝君在里屋，二位自便，小神就不招待了。”

“等一等。”子捷突然喊住她，他早该想到来镜竹雪岭的，可是有些事，古曦吩咐过不得告诉任何人。

修澜青黛的眉不惊不澜：“怎么？”

子捷将险些脱口而出的话强行吞了回去：“没事，幸好你回来了。”

修澜记得子捷以前要么是对她痛心疾首地责备，要么恨铁不成钢的愤怒，还很少对她展露这样的脸色，不免愣了愣，道：“既然……”

“啊！”一声惊叫打断修澜。

两人目光一紧，顷刻捏了幻移术进了屋。

看清眼前的景象时，修澜有些后悔没给这玄冰的地板留些缝隙。

只见古曦身裹玄青长袍，头束紫金发簪，长身而立，没什么表情的脸正审视着他足下搓着手肘还在倒吸凉气的渡渡。

渡渡一包袱的珍珠玛瑙、金钗银饰摔了满满一地，这一富贵摔，摔得满室熠熠生辉，在素白的冰室显得格外耀眼。

子捷见帝君无虞，才行了大礼，颔首立在古曦面前，一副请罪的模样。

渡渡余光瞥见子捷，忽闪忽闪的眼便再也看不见其他，她欣喜若狂地起身朝他走去，一脚踩在珍珠上，一骨碌直接将古曦身旁的子捷直直扑倒了。

只听得一声闷哼，渡渡伏在子捷身上看着惊恐未定的子捷，笃定的声音里是满满当当的小幸福：“我就知道，你会来找我的。”

子捷一时羞愤难当，却仍将高傲的凤凰这个称谓端得四平八稳，冷静的怒色灌进渡渡一汪水灵灵的眼睛里：“我来是因为我主上在这儿，与你无关，还请仙子……”瞟了瞟整个身体都大大方方毫不客气地压在自己身上的渡渡，“高抬贵体。”

渡渡反而笑得更加得意又娇羞，扭捏道：“没想到你这么直接，这么快就拿我主子当你主……”顿觉不对劲，脸色一变，尾音瞬间提高八度，“主上？”

不等子捷回答，她立刻爬了起来，但见身侧之人，鬓若刀裁，眉如墨画……她腿脚发软，一个哆嗦又跌了下去，欲哭无泪地看了看子捷：“帝……帝君哈？”

在得到子捷无奈又确定的眼神后，渡渡诚惶诚恐地拜了拜：“我……小仙拜见帝君，小仙不知帝君……小仙、小仙……”突然意识到什么，“方才失礼之事，与凤凰无关，帝君千万不要责备他。”

子捷站起身来，不领情地白了她一眼：“谁都看得出来跟我无关，还须得你解释？”

渡渡顿时一愣，无辜地给一直在旁边看笑话的修澜递求救信号。

修澜却没说话，情起时的样子最简单也最美好，她敛眉一笑，却不知涌上心头的是落寞还是羡慕。

古曦余光捕捉到了修澜眼底未尽的笑意，盈盈双眸，那是牵动他心的笑容，却再也不属于他，垂目，低声道：“回天宫。”

子捷点了点头，跟着他稳健的步子出去。

渡渡还没缓过劲儿来，他们已没了踪影，她摸了摸后脑勺，冲她主子迷茫问道：“这就——走了？”

毫无征兆地来，不留痕迹地走，修澜想来还真是他一贯的作风。

云雾缠绵间，镜竹雪岭渐渐成了一张雪白的纸，子捷他主上磐石似的身躯立在自己的背羽上纹丝不动。子捷考量了会儿，问道：“主上不跟修澜说清楚吗？”

古曦情绪一点一点沉淀下去，适才牵出一丝苦笑，动了动唇：“这中间牵扯太多，很多事她还是不知道为好。”

帝君回到神界的消息马不停蹄地传入芙蕖苑。

仙婢敛裾前来，喜不自胜：“帝妃，帝君回来了。”

赤帝女面露喜色，只恨伤势未愈，不能起身，连忙将仙婢唤来：“快服侍我梳洗。”

仙婢应声照做，拿着妆奁过去，认真瞧着赤帝女精致的脸，道：“帝妃真美。”

“是吗？”赤帝女看着镜中的自己亦满意地笑了笑。

仙婢又瞧了半晌，拿起口脂：“帝妃受了伤，唇色难免苍白，小婢为帝妃点些口脂，润润色。”

赤帝女却勾出摄魂的笑来：“不用了。”

她见唇上还残留着一些口脂，又道：“拿湿布来。”

仙婢愣了愣，迟疑了片刻，才去拿了湿布来。

她用湿布将唇擦得干干净净，赤帝女原本殷红的脸蓦地有些苍白，仙婢瞧着这病容憔悴之貌，十分不解，可又见赤帝女十分满意的样子，便不再多言。

外面有脚步声传来，仙婢福身问安的声音渐次传入。

古曦立在门口，问守门仙婢：“三公主的伤可好了？”

仙婢低着头，诚实道：“已无大碍，但需要静养些时候。”

古曦微微点了点头，声音仍是一贯的平稳：“那便好。”

赤帝女见他迟迟未进门，听后面的语气竟是要离开的意思，连忙开了口：“妾不能亲自起身以礼相迎，望帝君见谅。”

仙婢眼疾手快，立刻过去拿了软墩给她枕着，旁人道她精明才特地遣她来服侍帝妃，可当她抬头迎上帝妃的眼睛时，却在帝妃眼里看出几分寒意。她怯得一抖，以为软墩垫得不够舒适，便更麻利地做事。

赤帝女支开她，眼里有怒意，语气却是软的：“去端些点心来。”

古曦停在床帏外，隐约看见赤帝女脸色苍白，脖颈还有一道红色的伤疤，只道：“本帝回去差人送些灵药，服用一次便可好全。”

"多谢帝君。"赤帝女轻声开口，又问，"她是小绿，对吗？"

明知故问，她是想试探古曦的态度，但古曦并未流露太多情绪，只点了点头。

赤帝女自知他不会多说什么，与其找他要个没有结果的交代，不如给他留个美丽大方的形象，于是便说："四妹的事她也受够了苦，妾偶尔也觉得当初对她的惩罚过了些，如今见她好好的，竟觉得有些欣慰。至于紫岩门之事，想来她也不是故意的，帝君就不要与她计较了。"

在古曦记忆里，赤帝女好像总是穿着同一件衣服，也总是一派娴雅的样子，又或许是他好像从来没有真的看清过她的样子。只因着上古立了一桩婚约，赤帝身归混沌前又拟了一道密旨，将她托付给了他，成了他名义上的帝妃。

他想起擎瑜与修澜那句一世一双人的承诺，忽觉怅然若失。即便没有当初东海之事，他照样会迎娶女娃，那样简单的承诺是他永远也给不起的，想来许多事情，冥冥之中，早已注定。

古曦看似赞许地点了点头。

赤帝女喜在心中："帝君可是要去朝会了？妾不便伺候帝君，可要差人来为帝君重新束冠？"

束冠？古曦微微一怔，眼底几番明灭。

今日神志方一清醒，便看见修澜进来为他绾发束冠，他以为只是一场梦，看着她眉眼温柔，他以为只会像以前一样，梦醒后只有抓不住的影，可今日她真真实实地端立在面前，他却没有伸手挽留的机会。

"不必了。"古曦淡淡回了句，将带来的丹药搁置在桌上，对窗台上的狐狸嘱咐道，"一日一粒，好生照料你主子。"

赤帝女脸上笑容半僵，却只能看着他挺拔的身影消失在门口。

早在一旁急不可耐的狐狸四脚一扑便立刻化出人形来，喜道："帝君待公主极好呢，一回来便回来看望公主，还送来这么好的丹药。"

赤帝女咬牙道：“是啊，他待我极好，事无巨细，礼数周全，就像对待一个最尊贵的宾客。”

“那不就是相敬如宾？”狐狸更加欣喜。

相敬如宾？这四个字烫得伤口炙疼，赤帝女脸上温雅之色褪尽，语气格外凉薄：“去星命阁，本宫要知道她所有的行踪！”

狐狸自然知道这个“她”是谁，得到赤帝女命令，便迫不及待地起身：“小狐这就去。”行了两步，又折了回来，犹疑道，“她既已是擎瑜星君的妻，公主怎会担心她还会回到帝君的身边？”

赤帝女冷冷笑道：“擎瑜的妻？你真的信？”

“难道不是？”

赤帝女不再搭话。

三千年前她能死里逃生，绝非巧合。

紫晟殿上，晨钟已响过三巡，仍旧未等来帝君临朝，诸神从开始的议论纷纷,到最后也不敢妄议了,各自按时上朝,揣着忐忑的心翘首以盼。

东芝上君通达事理，开口道：“诸位不必担心，帝君年少，两宫政务颇多，给自己放个假也无可厚非，别老是杞人忧天。”

老仙摇了摇头：“话虽是这样说，但是帝君往常不上朝都会有个交代，这次连着三日不上朝，一点消息都没有。”

天昊素来张口无忌，将肩上的狂歌镗往地上一摔啧啧乐道：“果然，女人这一生物必须得提防，帝君这才大婚几日，就开始缺朝。”

几位老仙瞬间明了深意，纷纷露出心照不宣的笑意。

一声凤凰清越的嘶鸣灌进紫晟殿，他们翘首以盼的帝君威仪棣棣莅临朝堂尊位。满堂屏息，待古曦坐定，众神才施君臣大礼。

东芝上君偏头得意地嘀咕一声：“我说什么来着，瞎操心了吧。”

杞人忧天的老仙讪讪一笑，不再多言。

与天对立而存的魔界是阳光永远照拂不到的地方。

色彩斑斓的忘忧花争奇斗艳，绚烂的花瓣铺成波浪，池溟披风压地，昂首肃立，双眼紧闭，但面色依旧让人难以捉摸。

魔将粤珏抬头望了望冥火渲染的天，小心开口道：“想必四十八位长老此时已经到了祭灵台，魔尊也该去了。”

祭灵台上供着的是魔界圣女甄烁的冢，甄烁是率领魔军叱咤一方的将，也是池溟的亲妹妹。

多年前，鸿钧老祖安定六界，创下了开明盛世。战停了，甄烁脱下战袍重拾娇俏，前来拜帖的不计其数，可八荒六合，她偏偏看上了神界年少的储君——古曦。

一场注定的孽缘，她却赔了一条命。

粤珏看着魔尊空荡荡的披风不禁想到当年他为救甄烁而用身躯养药的场景，可再好的药却救不活一颗求死的心。

甄烁终是死了，死在九千年前，死在池溟的眼前。

每隔三百年，所有魔人都要前去祭拜甄烁，如今这些安于现状的小魔人不曾亲历过那些事，不过走个过场，有些不知事的甚至还在嬉戏，池溟怒过一次，当场灭了数百魔人，可几千年过去，还有几个是虔诚祭拜的？

见池溟脸色微变，粤珏怎会不明白他心中所想，但还是提醒道：“祭灵台还等着魔尊主持大局，还请魔尊……”

“魔尊，找到了。”突然来了个魔卫俯首于地截断了他的话。

魔卫双手呈着一卷画轴，道：“大胤王朝的国师宋梓霖送来的，说是您吩咐要寻的那名女子找到了。”

池溟想来，那名女子分明位列天神，怎会由人界的傀儡送来消息，兴许又是些面容相似的吧，随意睨了一眼，池溟怔住。

画上女子策马而跃，英姿飒爽，有那么一刻像极了当年率领十四万魔军拼杀沙场的甄烁。

只是甄烁一贯喜欢穿黑衣，她嫌颜色花哨的衣服在战场上太招眼，她说：“哥，你给我这件衣服是让我去征战，还是让我去跳舞？对面只是个虚岁不足三百的神界储君，三世真元之身哪，你难不成让我去色诱？”

粤珏见池溟脸色剧变，立刻收了画卷遣魔卫退下，却听到身后池溟古钟沉吟的声音：“本尊要找的就是她。”

粤珏一惊，看了看画卷上的人，压不住内心的激动，跪地贺道：“恭喜魔尊，终于找到血梅。”

幻渊坤所化的傀儡遍布六界，只为寻找能触水成冰之人，而神魔之井遇见的那神女竟能轻易使出玄冰，将他囚困足足五日才得以脱身，她会是血梅吗？

池溟暗暗思忖，吩咐道：“将此画描摹下来，动用神界所有傀儡，翻个底朝天也要将她的身份查出来。”

“那祭灵台那边……”

“暂不必去了。”

决然的恨意从池溟眼中溢出，待我取得天海之心，一统八荒，下次再见你，必将让古曦生祭你芳墓。

镜竹雪岭的一方青竹点缀湖岸，晶莹剔透的冰宫巍巍矗立。

流光飞逝，日复一日，镜竹雪岭却依旧是银装素裹，晴空飘雪。

修澜伫立在冰川上，寒风过境，满林翠竹簌簌作响，她伸手握住一片雪，雪落在她手心好像永远不会融化。

“主子！”渡渡跳着过来，拿起修澜手里的雪花，在她指尖顷刻化作了水。

“一惊一乍的做什么？”修澜轻声责问。

渡渡神秘兮兮地笑了笑：“跟我来。”

渡渡拉着她去了冰宫后方，清明的湖水居然开了一片月寒花，幽幽绿湖衬得那茶白的花色十分亮眼。

“你何时种的？”

“主子果然没发现。”渡渡嘟了嘟嘴，“就是这些日子种的啊！主子最近变了。”

“哪里变了？”修澜偏头看她。

渡渡郑重其事地控诉：“主子最近越来越爱走神，连渡渡在做什么也不晓得，而且也不带渡渡去人界听戏了，那一麻袋的钱都快生锈了。”

春去秋来，镜竹雪岭如故，而看景人的心却变了。修澜以前觉得镜竹雪岭单调，如今才觉得那不是单调，是空荡。寒风过境，余下空荡荡的一片白色以及一颗空荡荡的心，再不复往日那样惬意自在了。

而这一切，只是因为他来过了，三千年的平和竟如此不堪一击，被他轻易搅乱。

手突然被温暖的手握住，修澜一震，渡渡叹道：“主子又在发呆了。”

修澜无奈地笑了笑：“我只是在琢磨你方才说的那段话，想来你是想去人界听戏了？”

“才不是……”渡渡撇过头，复又瞅了瞅修澜，吐了吐舌头，“不过主子要是想去，那我陪一陪也是无可厚非的。”

“……”

镜竹雪岭外的雪花一层一层堆叠，狐狸蜷缩着身体，雪白的皮毛往雪里一埋，几乎融为一体。

她好不容易潜进星命阁查到了修澜的府邸，却奈何修澜设了结界，以她的修为根本进不去，只好无事之时便来蹲上一蹲，想来总是能跟上修澜的踪迹，不过看来今日又是白蹲了。她正欲偷个懒躺一觉，忽有声音入耳，待看清从结界内走出的女子时，圆溜的眼一瞪，一身绒毛霎时立起。

只见一蓝衣女子一蹦一跳地跑在前面，欢喜不已：“主子，大胤都城一品楼里的先生说书最为生动，咱们去那儿好不好？”

修澜浅浅笑道：“你是喜欢听他说书，还是喜欢那说书人是个衣冠楚楚的小公子？”

蓝衣女子娇羞地笑了笑，撒娇道：“才没有，我对凤凰很钟情的。”

“你呀，”只见修澜一脸宠溺地摁了摁她的额头，“真是个傻丫头。”

如此主仆情深，狐狸心底不由得生出羡慕来，却不记得多少年前，三公主待她也是这般的好，只是近来……

赤帝还在位时，一直忧心自己殉身之后南方天宫无人能担得帝君之位，是三公主亲口提出以联姻的方式将自己许配给古曦，合并两宫，况且这六界除了古曦帝君再无人能担两宫重任。

赤帝思索再三，在病榻上拟下一道天旨，以南方天宫为嫁妆，将三公主嫁到了中央天宫，可从新婚到现在，帝君除了关照她的伤势以外便再无其他。

狐狸思及此，不由得为三公主叹口气，三公主近来越发疾言厉色，对她再不似往日那样爱护有加。一口气还没叹完，狐狸警惕地收了声，抬头一瞧，见那二人已经远去，这才松了口气，放轻爪子小心跟上去。

主仆二人正欲往人界去，修澜却突然道：“咱们不去人界了，去东海吧。”

“为什么？”渡渡不解。

“带你再去捞点珍珠，开不开心？”

渡渡一听，立刻雀跃起来：“开心。”

海风微凉，卷浪激岸，阵阵涛声。

渡渡看到大海就像看到了满当当的金钱，刺溜一下就蹿进了海底，将她主子的叮嘱忘了个干净。

青鸟盘旋于空，拍着青色双羽无休无止地衔石填海，修澜举了好一会儿手，它灵动的眼才落到修澜身上。

一声悦耳动听的鸣啼后，它终于肯息栖片刻，细小的爪子停在修澜指尖，用喙啄了啄修澜的手，有些痒。

修澜轻轻理了理它翅下如絮的白羽，笑道："四公主的声音还是那么好听。"

如铃的笑声，无数次在修澜梦里响起，如潺潺山泉，久经不绝。

正逢春夏之际，海风不燥，若有一叶扁舟，恰是与你把话桑麻，言笑晏晏的好时候。

可你不再记得曾经的一切，包括那个不懂世故的小绿。

小绿来看你了……

瑶台上千句唾骂，万声质疑，只有你诚心信我，待我如初。

东海之约你以血润唇，面若桃李，却被诱入局，一缕芳魂空留大海。

今日，小绿带了个故人来见你。

狐狸拨开掩身的云雾，才发现眼下光景是滔滔东海，脑子嗡的一声炸开，看到修澜一袭素红长衣端立在炭黑般的礁石上，青丝如墨，层层叠叠的衣纱泻在长鸣的海风中，让她不由得心虚害怕。

她寒毛竖立，拔腿欲撤。

"既然来了，怎的不下来参拜昔日南方天宫的四公主？"

流水溅玉的声音不容忤逆，狐狸抖擞，生硬回头，见她还是那样坚挺的背影，纹丝未动。

这话是对自己说的吗？

不管了，走为上策，四只毛爪子继续匍匐前进。

却不过刚挪动一寸，猝然袭来的术法至背脊一引，狐狸一声嗷嚎，自袅娜的云团中栽下来，凹凸不平的礁石硌得骨头生疼。

修澜秀丽的眸迎着如血的残阳，霜白的脸晕开一抹凄然：“跟了这么久，空手回去，你家公主还不得重罚你一顿？”

狐狸瞳孔放大，怔愕抬头：“你想怎么样？”

修澜转过身，目光清寒：“只是请你来跪拜四公主，那么紧张做什么？”

女娃之死两人皆心知肚明，狐狸硬着头皮戳她痛楚：“四公主是你亲手害死的，要怪就只能怪你触水成冰还不自知，你怨不得旁人。”

“那又如何，该受的报应我都受了，你呢？”修澜轻轻一叹，眸光凌厉。

狐狸的脸顿时煞白，还未开口身体突然凌空而起，五脏六腑似要同那云一道被海风撕碎。

一道术法劈在胸口，鲜红的血还未喷出又被一术法逼了回去，须臾间，天旋地转，一切发生得猝不及防却又悄无声息……

而立在礁石上的那个亭亭玉立的背影仍旧纹丝未动。

海风将空中的浮云吹散了，最后一缕余晖投到东海之滨，狐狸赤红的眼中倒映着魔尊池溟缥缈的影。

阳光终于彻底沉沦下去，连同修澜脸颊上那一点橙红的颜色，也骤然褪去。身后混浊气泽萦绕，修澜才察觉不对，猛然回头，只见魔尊池溟聚风为掌正给狐狸致命一击。

玉笛锋芒一亮，修澜转袖一挥，笛尖直击池溟阴森幽暗的灵台。

池溟立刻收法，险险避开，不再去顾狐狸那条残命，披风一震，朗朗狂笑，粗莽之音将空气撞破一道裂口，与修澜道：“果然是你，不枉我找你三千年！”

说罢，平静海面荡起一阵飓风，池溟祭出幻渊坤，这鸿钧老祖亲造的上古法器用来对付一个神女绰绰有余。

池溟看着礁石上形单影只的纤弱身躯，仿佛天海之心，触手可得。

修澜引回玉笛相承，但幻渊坤非常物，刹那间便能引得风云变色，果然不足半盏茶的工夫铺开的阵法已将修澜牢牢捆住。

池溟不慌不忙：“本尊不会伤你性命，只带你去一个地方。”

“什么地方？”

池溟沉默了一瞬，才缓缓吐出两个字：“天海。”

仿佛千斤巨石轰然压住胸口，修澜清凉的眸子一凛。

又是天海之心……

愤意直蹿经脉，修澜素手捏出印伽，东海的初夏，夜幕刚刚降临，随着印伽的隐现，寒意开始一点一点侵蚀着周遭的温度。

少顷，婉转笛音一泻千里，疾风起，骤雪至。

无数疾光四下窜去，惊天动地的巨响过后，术法造就的屏障裂开一道一道白亮的罅隙……

池溟脸上猖狂的笑意渐僵，满脸难以置信：“这……不可能。”

话音未落，气流震散开来，声震寰宇，池溟半面披风，成了碎布。

幻渊坤毁了？

池溟被震住，却见大片大片的雪被疾风撕扯成根根银针，修澜被幻渊坤反伤，飘然在夜空中，摇摇欲坠。

池溟知道，若不趁此下手，恐怕以后再无机会。

修澜余光捕捉到池溟聚力袭来的猛击，适才灵力重创，若正面去迎，不借助外力根本承受不住，只能试图足点海面，触水成冰，以冰为后盾或许还有取胜的可能。

思及此，修澜旋身闪开，正欲踏上海面，渡渡却在此时突然从海水中浮出。

那一刻，如昨日重现。

女娲的脸在三千年来第一次这样清晰地出现在修澜面前，那被海水冲淡了妆容，只剩苍白的脸带着笑意，轻轻地向她伸手……

修澜顿住，仰身避开海面，生生受了池溟追击而来的重重一击，海岸上飞沙走石，满天的大雪落得分外锋利，她终于如愿落在礁石上。

胸腔闷热，池溟迎着风雪狂傲地笑似乎说了什么，可是修澜听不见声音，黑暗开始企图吞噬着她目所能及的一切，她偏头极力睁着眼，见海水依旧悠悠荡荡。

她合目间，听见心里一声沉重悠久的长叹。

还好，那样的悲剧，没再重演。

第十章

花　落　芳　菲　尽

天海星辉洒满神界紫晟殿的每一处角落。

古曦莫名的心神不宁，连提笔的手都几近颤抖，几杯凉茶入腹，仍旧无法平息满腔的烦躁。

子捷看他反常的举动，生怕他又突然病情发作，待在一旁十分紧张。

“《血梅之源》还是没有消息？”古曦突然开口，声音有些焦灼。

《血梅之源》是被鸿钧老祖封印在太虚之境的一本古籍，子捷直至今日都无法忘记他主上去太虚之境取这本书负的那一身伤，只是那本古籍在三千年前的胥明宫就被人盗取，至今了无音信。

子捷头一低，回道：“没有。”

天海泛着粼粼波光，它像只猛兽，俯瞰着五宫六界，逼视着芸芸生灵。

古曦望着它，竟觉得它仿佛要垂泻而来，他冷然吩咐道：“继续查。”

“是。”子捷低声应道。

“帝君，怎么了？”赤帝女轻轻跨过门槛，见到满地狼藉的书纸，不免愣了愣。

子捷见他主上神情阴沉，便代其答道：“只是一些枯燥的书籍。”瞧了瞧赤帝女抱着刻着梨花纹的檀木古琴，“三公主这是？”

赤帝女温婉一笑，将琴搁在案桌上：“大婚贺礼太多，最近才清点出来，倒觉得这把古桐琴很是新奇，竟是龙筋做的弦，妾来请帝君试试音。”

近来赤帝女来他寝宫越发勤，古曦不由得揉了揉眉，抬眸间全是疲倦，他执起一旁公文，道：“琴是好琴，你若喜欢拿去即是。”

赤帝女欣喜地应下，小声问道：“妾给帝君弹一曲可好？”

“不必了。”古曦拒绝得干脆利落。

赤帝女以为他即便不愿听，至少会像之前一样说得委婉些。

可能是她已经习惯了他的以礼相待，如是想着，赤帝女便没有太多的失落之感，仍将仪容端得无可挑剔：“那待帝君想听的时候，妾再为帝君弹奏。”

古曦点了点头，没再接话。

赤帝女看出他的敷衍，这还是第一次见他这般冷漠，她颇为不适应，只好将琴从他案桌上抱起，侧身时，突然撞见落兵台上绛紫色的剑柄上方搁置的竹笛。

笛尾朱砂渲染的梅花色泽如初见时那样绚丽，对小绿最恨一刻，应该是桑华宫见到她腰间别着这支笛子时吧。

约莫千年前，赤帝女跟着她帝父进了回古曦的寝宫，那时她看到这支竹笛顿时心生愤意，可她哪里知道这竹笛断过一次，力道使得大了些，便又折断了，惹古曦动了回怒，她才知道那个人还在他的心里。

但那个人已经死了，又有何惧？

却没想到如今竹笛一尘不染精致如初，而它的主人也完好无损地回来了，怎能不叫她心生害怕，心生痛恨？

方踏进芙蕖苑的宫门，一位仙婢匆匆奔来跪在她面前，赤帝女心烦意乱，抬手就是一个巴掌落下去，呵斥道：“什么事不能慢慢说，惊慌什么！”

仙婢被一巴掌扇了个清醒，怯怯禀道：“是狐姐姐有事……”

与此同时，天昊亦是火急火燎赶至古曦书房，带翻一路香几花瓶，惹得古曦不得不抬头皱眉瞅他：“你这狂歌镗不断杀疆场，改拆房子了？”

天昊回头打量了自己这一屋的杰作，憨憨一笑，抱歉道：“失手失手……”

“罢了，”古曦并不在意，转身回到座上，“你上回这般形容是东陵族之事，这回是为什么事？”

天昊连忙道：“东海天色骤变，若我没有猜错，应是幻渊坤。”

“幻渊坤怎会出现在东海？”

天昊一直留意妖界的局势变动，妖界这场内乱越演越烈一发不可收拾，迟迟未战全倚仗妖界皇族的幻渊坤。幻渊坤若在此时有所异动，牵连的必将是整个妖界，可妖界的圣物怎会出现在东海？

天昊百思不得其解，请命道：“我现在就去东海彻查此事。”

古曦看着天昊风风火火地转个身又带倒两个坐墩，扶了扶额：“算了，让子捷跟你一块儿去。”

子捷嫌弃地瞥了瞥天昊，不情不愿地接下命令。

芙蕖苑满池的莲花萎靡不振，半开半枯，狐狸倚在玉栏上，遍体鳞伤的身体再也支撑不住，紧扣着栏杆的手一根一根松开，滑落在地。

“狐姐姐！”是一起侍奉公主的仙婢在哭，“帝妃马上就回来，你坚持一下。”

狐狸伤得毫无感知的身体被她们七手八脚扶起，伤口触到柔软的床席，周身每一处地方都剧烈作痛，真想就这样睡下去。

“帝妃。”一阵行礼问安的稀碎声渐渐入耳。

公主，是公主回来了！

狐狸半睁半闭的眼里一片模糊，隐隐约约能看到赤帝女鲜丽的衣裳形成巨大的浓影。

“谁伤的？”

是公主紧张的声音，可她看不清公主的脸，那张不再烂漫的脸在为她皱眉吗？

这不重要，她有很重要的消息要告诉公主，可是一张口，都是干在喉结的瘀血，发不出声。

狐狸轻轻地伸手握住一片衣绸，让赤帝女俯身倾听。

浓影笼下来，是公主身上独有的胭脂香，狐狸开口，气若游丝：“她……魔尊，去了天海。”

“什么！”赤帝女顿时僵住，她怎会不知魔尊与修澜同去天海的利害，若是天海之心被动，那将是谁也承受不起的浩劫。

狐狸又何尝不知，拖着半条命回来，便是为了告知此事，劝言道：“帝妃……拦住魔尊，小绿已重伤昏迷，是……魔尊要动……天海之心。”

“重伤昏迷？”赤帝女眼中闪过一丝亮光。

狐狸点头，幅度太小，不易察觉：“是，公主，告诉帝君，现在来得及……”

可这片刻，赤帝女脑子里已酝酿起一出大戏，波涛汹涌顷刻平息，她柔柔笑道：“不，让他们去。”

“公主……”狐狸费解。

赤帝女抚了抚她胸口，贴在她耳边：“他既是威望素诸的帝君，三千年前舍她一次，今日亦会如此。”

看着赤帝女泰然镇定的样子，狐狸突然猜到什么，如今的她褪尽留年的烂漫，已能未雨绸缪深思熟虑，却没想到将人心计算到如此地步。

怎样避开值守的天将通往天海，如何破除擎瑜的菩提叠嶂，这些对于早有预谋的池溟来说不过小菜一碟，不过两个时辰，他就到了天海之镜的云岸上。

天海以下是缤纷繁杂的五宫六界，天海以上是虚无缥缈的原始混沌。

而面前，极目远眺尽是满满当当的利角獠牙密布整个天海的凶兽。

夜越来越沉，狰狞的兽散发着六界最璀璨的光，这无垠的星海里养育着的是能颠倒乾坤征服五宫六界的天海之心。

天海之水里藏着万千凶兽，狰狞之貌千奇百怪，或通体赤红的蛇身虎，或满身荆棘的巨猿兽，见到云岸上的生人，一呼百应，云集过来，露出饥肠辘辘的嘴脸。

池溟直接用术法将昏迷的修澜移至水面，凶兽见状，只当投的食，争先恐后地朝着那怜弱的纤弱身躯扑过去。

顷刻，一片寒冰铺开，张牙舞爪的兽连同百尺内的水都变成了一座座嶙峋怪状的冰雕。

所有嘶吼咆哮不复存在，无人敢涉足的天海之水成为可踏脚而行的茫茫冰原。

即便早知会如此，亲眼所见，池溟仍不由得惊叹，笑意更是猖狂。

池溟纵身一跃，长长的披风落在寒冰之上，修澜随着他术法引动，身下的冰开始往天海更深处蔓延……

灼目的星光割过修澜紧闭的瞳，修澜睁眼，强光奔涌进去，下意识地又闭上。

眼前是星光烂漫，耳边是凶兽嘶鸣，身下有水的触感却转眼成了坚冰，她知道，这是天海，曾一度以为风景最美的天海……

修澜四肢被束，她试图挣脱，可池溟用的不是个简单的术法，任她使尽浑身解数却是徒劳。

可是眼下，天海之心绝不能落入池溟的手。

池溟见她有醒转的趋势，正欲再加一层术法禁锢她，却忽见一个血色的梅花印伽自她白皙的额间显现出来。池溟一惊，可已入天海，五宫六界触手可得，此刻的他绝无可能放弃。

池溟借一冰凌携周身灵力欲封修澜命门，然冰凌未靠近修澜，一道花障劈过来，满目梅花如场血雨，疾如旋刀，直直将池溟逼回云岸。

法术反噬，修澜所承受的又是致命一创。

池溟支撑起来，枉他一代魔尊竟在此女身上连栽三回，看着她奄奄一息再度昏迷，冷冷一笑：“自讨苦吃！现下，你还能有什么法子？”

是啊，还有什么法子？她实在没有力气去与池溟斗法。

目光所及，全是她足下的冰，修澜一双眼睛光彩不再，却仍在打量周遭环境，忽然灵机一动，轻轻笑道：“池溟，你又算错了一步。”

话一落地，池溟方触及冰面，三尺寒冰猝然瓦裂，涌进的天海之水浸湿披风衣角，池溟暗叫不好，错愕之间，只能狼狈退回云岸。

断裂的寒冰霎时就被凶狠残暴的兽填满，形如巨河，将修澜与池溟隔成两岸。

云岸下方的凶兽朝着池溟张着血盆大口在海水里翻涌扑腾，龇牙咧嘴溅起漫天水花。

天海之水能净化一切术法，饶是池溟灵力再高终是派不上任何用场，甚至稍有不慎就沦为这群可憎的兽的吃食，原本信心倍增，转眼却一筹莫展。

而那柔弱的、薄如白纸的人躺在孤立的冰川上凉薄一笑。

莫大讽刺！

池溟方额青筋暴跳，怒极反笑：“你又能坚持多久？何苦白白枉送性命？”

修澜静静感受着灵力从指尖流失，轻声开口：“我死了又何妨呢？你总归得不到天海之心。”

池溟脸色灰白，这句话着着实实将他惊醒个彻底，见她面色安定，深知此女剑走偏锋，像是真的一心求死。

天海的兽精神抖擞，掀起一阵阵低沉嚎鸣，若继续这样拖下去，莫说擎瑜，怕是整个神界的灵都会闻声而来。

此番失策，全然没料到区区一神女竟能将幻渊坤毁了，池溟只能先逃离再说。

池溟方走，擎瑜便赶至云岸，见到冰川上的修澜，顿时木滞。

天海的星河里浮着寒冰，擎瑜眯了眯眼，他早听鸿钧老祖说过血梅之事，可他没想到，竟是修澜。

擎瑜素来阳光的脸起了一层阴霾，修澜几乎用尽最后的力气跟他说话："擎瑜星君，拦住池溟，快去……"

眼前激烈打斗的痕迹一目了然，前因后果擎瑜也猜到了七八分，他有些担忧："你的伤……"

"我不打紧。"修澜的声音毫不拖泥带水，尽管她已经身受重伤。

从云岸到百丈之遥的寒川，莫说使不出术法，饶是身手极好也不可能从这千万头前赴后继的凶兽中活着过去。

修澜若不从冰川过来，谁也别想靠近她半步。

擎瑜只能狠一狠心，追池溟而去。

见擎瑜追上去，修澜才放心下来，喉咙似被什么堵住，她侧身一呕，没有血，滴在光可鉴人的寒冰上只有气息凝成的霜。

霜冰上，聚结着冰雕里的兽发出的荧荧星光，可是垒砌的冰捕捉到的却是它们最残暴的一刻，赤红的眼、尖利的牙呈放在眼前，即便隔着寒冰依旧令人生怖。

原来天海竟是这般模样，诚如古曦所言，毫无美感。

古曦……

要得到天海之心如此简单，可那一百年里，他若是真的想要这天海之心，完全能诱她毫无防备地将天海之心双手捧上。

天牢里赤帝女的话一字一句地在脑中回放，明明轻而易举就能得到的东西，他何必那般大费周章、精心策划？

突然觉得情这种东西真如一层薄冰，易凝易碎。

凝时，不知情从何起，却刻骨铭心；碎时，别人三言两语，深信不疑。

若他从头到尾要的都不是天海之心，那她恨他什么？恨他不信她？可是她又何曾信过他？

当时伤情伤得很了，连质问都没来得及，清修了三千年，却在这最后一刻才醒悟过来。

可是终归是太晚了。

修澜躺着，看着指尖的神泽丝丝逃逸，祭出的梅花零零散散飘落身上，她看着自己的样子，真是糟糕透了。

“修澜！”

修澜心头一紧，这个声音她一向觉得低沉，现如此连名带姓呵斥一声竟觉亲切无比。

抬眸望去，他还是风流蕴藉，还是她喜欢的眉目、喜欢的身姿，他敏捷的身手从万千的凶兽间踏险而来。

温暖的手，温暖的怀，熟悉的木兰香……

修澜贴在他胸膛，微弱的几缕气息刮得干涸的细嗓发痒：“为何要来？堂堂帝君要是失足成了凶兽的吃食，一世英名怕全成了笑话。”

“别说话，我给你渡灵力。”

淡淡的一句话，足以让修澜怔住，眼里是几世也道不尽的酸楚。

积蓄了三千年的爱与恨，就于这一瞬，桀骜不驯化作温柔缱绻。

“古曦……”

已经多久没这样认认真真地唤过他的名字了，久得她都忘了，修澜忽地释然一笑：“你是掐着时辰来的吗？”

“不，我来晚了。”

炙热的吐息晕进发鬓，修澜闭目，一股浑厚的灵力自天灵盖涌进，四肢百骸都是他灵力里掺和的温暖。

修澜借着他渡来的灵力自行调养，呼吸渐渐匀称，周身神泽也得了些好转，但伤还是很重。

在无生崖的飓风里毫无波动的她此刻轻轻一软，就又倒进了他坚实的怀中。

修澜饶有兴致地打量着他衣襟上的木兰花，今日看上去，竟觉得它开得很圆满。

“古曦，我突然想通了一些事情。”

“什么事？”温和的声音。

诚然心动这种东西是不需要酝酿的。

修澜再往上攀一点，很轻松地就死死地抵住了他的下颌，长长的睫刷过他的喉结，摇了摇头，转而道：“我伤口疼。”

淘气的小动作，着实令人怀念，古曦俯首，轻轻吻在她额间。

她身上肉骨分明的伤口就像洁白无瑕的玉器裂痕，没有黏稠的血液，却更加触目惊心。

这种伤一次又一次落在他怀里这弱不禁风的身体上，一次一次叫他牵肠挂肚，她到底懂不懂得爱惜自己！懂不懂让他省心，让那个人省心……

那个人……

像火星溅在伤口上，古曦彻底清醒。

蠕蠕而动的兽一双双炯炯有神的眼睛掠过，他蓦然顿住，唇下一片冰凉，分不清是她冰肌玉肤，还是天海的风像染了层雪。

她是别人的妻，而他在对她做什么！

修澜明眸氤氲，柔软的视线像丝绸般在古曦心头缠绕，明明极力压制却还是难以招架，明明不能，却还是舍不得放开。

他扶她起来，目光放远，与遥不可及的云岸间全是蠢蠢欲动的兽。

“看来还得我带你出去。”修澜难得温柔的语气里带了些调笑的意味。

她的伤并未好全，但脚下的水和凶狠的兽，全部凝成坚冰，弱不胜衣的背影投在古曦子夜般的瞳里，正是瑶台前她失望透顶转身而去的样子。

怎能再由她纤纤玉足支撑遍体伤痕？

修澜见他未跟上来，回头望去：“不走？”

话刚落地，她只觉身子一轻，眼前光景一个旋转，已被他横空抱起。

“洪荒凶兽而已，倒也不足为惧。”

修澜会心一笑，揽着他的脖子，有所期待道：“唔……既然帝君执意秀技，那小神也不好再拦着，帝君请便。”

古曦低声一笑：“抓紧了。”

修澜老实地缩在他怀里，他一手揽住她，一手化出把绛紫的长剑，步履稳健，在一张张穷凶极恶的脸庞利齿间穿针走线，剑光一带，是血肉吱吱分离的声音。

而他衣不沾血发不乱，将她护如至宝。

转眼，云岸已到足下。

她的手却还环着古曦的脖子迟迟不放，巧笑倩兮，宛如耸立云霄的雪山突然融化成暖春里的涓涓细流。算无遗策的古曦帝君没想到也会陷入这般进退两难的境地，她一颦一笑就叫他局促不安，甚至想丢盔弃甲，这般秋水明眸，实在撩人心怀，他再不开口提醒她真怕自己控制不住再做出什么越礼之事。

“到了……”低沉的、刻意拖长的尾音。

但怀里的人显然没能善解人意地察觉到他言语中的别有的深意，双手一锁，反而贴得更加明目张胆了。

她什么时候这样黏他了？

“修澜……”他的语气中是无奈、心痛和不舍，“你这样……不合礼法。”

“这句话你以前说过了。”修澜的青丝从古曦胸膛垂泻下来，闪烁的星光穿透进去，浮在光线中的是她眼角化不开的甜蜜。

阴错阳差也好，阴谋诡计也罢，都已经不再重要。

“古曦，我们重新开始吧。”

一束凄烈的火猛然撞进古曦眼中，几轮明明灭灭，忽然，熄了。

如果他能在她遇到擎瑜之前找到她，可惜……

他凉薄的唇是填不满的悲伤，淡淡道：“修澜，别闹了。”

修澜掌心的温暖像潮水般霍然退去。

别闹了，很温柔的话，却是她心中拔不出的刺。

修澜僵硬的手从他脖子上挪下来，一寸寸拉开的距离就像鞘里一寸寸拔出的刀，割痛着彼此，也斩断着情丝，翩翩衣角，全是战后的褴褛状，却再也没有了之前的半分柔弱。

“为何……”

不知该说什么，她才发现，原来欲言又止，这样痛心。

转身踏出半步，云靴踏破丝薄的叠嶂，形成一个巨大的白色漩涡，伤口猛地绞痛，修澜往前一个趔趄，直直栽倒……

可他们却不知道，菩提叠嶂外已云集驻守天海的神兵，压阵的是神界德高望重的天神，而引领这一切的正是那位知书达理的天宫帝妃。

静谧的夜里四四方方的云军大阵里只有胸腔里发出的急促吐息声。

“谁那么大的胆子敢擅闯天海……”姗姗来迟的廉直大将有些摸不着头脑，他原本也是南方天宫的武将，看到帝妃，立刻噤声收起一身的不正经恭恭敬敬在云阶下行礼。

赤帝女轻声道：“廉直大将来了，本宫也安心些。”

廉直大将应是，问道：“不知是谁擅闯天海？”

右立的一位老仙代述：“说是镜竹雪岭的天神，小老儿这把岁数也没听过镜竹雪岭这个名号，倒也不知是个什么来路。”又瞅了瞅帝妃座下一袭轻烟罗的女子，“擅入天海竟能不被察觉，若非帝妃的灵宠撞见，估计我们这些人一觉睡到天亮还浑然不知，怕是来头不小。”

神威大将瞠目，胸围扩大一整圈：“竟有这般本事！那还等在这儿作甚，还不进去将他拿下！”

小老儿摇了摇头，叹道：“天海岂是我等能进的，除非擎瑜星君将菩提叠嶂收了，我们才可攻上去，我们这心里也是焦急难耐！”

廉直大将也瞅了瞅赤帝女身旁的女子，狐生来妩媚，受伤疼痛的样子在他一双怒视沙场的眼里竟显得十分娇怜，问道：“帝妃的灵宠也是他伤的？”

老仙顿了顿，不确定道：“这个……帝妃倒没明说，想来，无疑了。”

初夏的天吹着严冬的风，又阴又寒，将二人的对话灌进狐狸尖利的耳朵。

还在芙蕖苑时，狐狸便问了赤帝女：“如果池溟未能脱身，那修澜岂不是无罪？”

赤帝女闲闲抚琴，字字笃定：“鸿钧老祖下过一道死令，但凡擅入天海者，不论缘由，一律问罪。”

狐狸更加不明所以，蒙蒙道：“那我们将她与魔尊全部拿下不就好了，为何故意纵容池溟逃走？”

“总归有所不同，她若是被迫去的天海，无非再扔一次无生崖。她既然能活着回来一次，难保不会再有第二次。”赤帝女悠然一笑，眼底全是胜券在握的光芒，“这一次，我要将她逼上荒寂星，就算不死，也别想好好活着。”

立时，赤帝女指尖弦音一起，狐狸身上的毛发瞬间竖起，那是她第一次在她尊敬的公主身上闻到让她害怕的气息。

天海外把控得密不透风，所有目光殊途同归，精准地捕捉着固若金汤的菩提叠嶂的每一毫厘的波动。

时间在一分一秒地流失，直到上方盈盈波动的菩提叠嶂突然迸裂一道口子，关不住的星光跟着奔流出来，在强烈的光下显现出一个人又像是两个人的影，所有人屏气凝神，拔张弩弓……

却见来人竟是袍裾迎风招摇的帝君和一位娉婷袅娜的神女。

众目睽睽，诸神噤声。

赤帝女见修澜醒转，生怕她开口说出池溟之事，自己策划的计谋也就败露无遗，立刻示意，廉直大将心领神会，喝令道："擅入天海！还不将她拿下！"

下立天将立刻擐甲操戈，肃杀气盛。

修澜偏头，只见满天光矢、铛钩槊戟欲穿心而来，电光石火间，一片玄青袖袍笼罩在前，钢横槊戟顿时化成粉末。

赤帝女面容失色，跌坐下去，被仙婢稳稳扶住。

明晃晃的银白铠甲在下空赫赫而立，见帝君动怒，众神不敢再妄动，四四方方的军阵霎时陷入诡谲的僵局。

一个凡界收妖道士飞升的上仙突然冲修澜喝道："呔！想逃？窗都没有！"

古曦意识到什么，猛然回头，哪还有修澜半个影子。

东海之滨，风胜薄刃，弥天大雪纷纷扬扬，却扑灭不了海水的怒涛。

天昊将狂歌镗往肩上一放，眸光似捕捉到什么，翻身骑上火虎影，在夜空划出一道弧线落在抵达夜里更显漆黑的礁石上。

子捷没跟上去，只抬头望了望沉雾氤氲的天，瞧不出颜色，也看不见星子，跟海水一样汹涌的黑，像在谋划着什么，想起他主上今日的反常心里的忧虑顿时聚成了一块大石。

“凤凰，过来！有只活的！”天昊突然喊道。

“又不是让你来抓海燕。”子捷摇了摇头，还是飞身过去，刚落在礁石上就顿时愣住。

确然是只活的，一只活的落汤渡渡鸟。

渡渡仍在昏迷中，零星的记忆留在黄昏。她记得她主子雾绡轻裾自空中掠下，脸上镀着一抹绝美的夕阳，她看到弥天的大雪，可是海水却还是温凉……

哪里来的雪？那分明是主子灵力所化，主子说那术法伤身，她从不使用的，怎么可以……

渡渡猛然起来，钴蓝的双袖一扑，甩了子捷一脸的……子捷登时脸黑如墨。

渡渡眼睛被海水灌得迷离，眨了几下才看清眼前这个清新俊逸的男子正是自己心之所爱。睁眼竟然就能见到他，渡渡十分欢喜，直直扑了上去。

子捷沉口气，方捏了个咒将水烘了去，就眼睁睁渡渡带着满身海水二话不说直接扑上来，蹭他一身海水不说，末了还哭天抢地地一把鼻涕一把泪是个什么情况？

渡渡泣不成声：“主……子……”

天昊立在一旁目瞪口呆，经过前两次，子捷已经很淡定了，双手一摊：“看清楚，我是谁？”

渡渡毫不客气地扯过他的袖子揩了揩眼泪，抽噎道：“主子！快救救我主子。”

“你主子是谁？”

“修澜怎么了？”

两人同时开口，然前者天昊操着的是审问的口吻，后者子捷却是突然紧张的语气。

渡渡水汪汪的大眼睛无辜地望了望天昊，再望了望子捷，话不着边地道：“你跟我主子很熟吗？”

天昊心中也有这么一问。

子捷懒得解释，追问：“修澜怎么了？”

渡渡回神过来，这才急道：“主子被一魔人重伤，携往天海去了。”

“什么？”子捷脸色顿时青白，帝君这三千年来最担忧的事终究还是发生了。

“我需立刻回天宫。”子捷旋即转身，施法的手却突然被拽住。

“我要跟你一起去。”渡渡抓着他的胳膊道，“我不会飞，你带我一起去。”

身为鸟族不会飞这样大的耻辱，她竟说得如此自然？子捷难以置信地瞪了她半天，渡渡被他瞪得从含情脉脉，到最后只有委屈巴巴，正欲泄气地一根一根地松开手指时，子捷两眼一闭，罢了……

化出一身金羽的凤凰嫌弃地将渡渡拎到背上，途中还顺带将她一身水甩了干净。是以渡渡摔进那软绵绵的背羽上时，还未来得及好好拥抱它就已头昏眼花，只听身后那名魁梧的神将在喊：“帝君的坐骑你也敢……”

紫晟殿上，诸神趁着他们帝君揉额之际你推我让，扭扭捏捏纷纷不敢上前进言。毕竟今日那位神女是如何遁身逃走的，大家也是有目共睹的，若说帝君不是有心袒护、故意纵容，谁信？

遂诸神敛气收声注视着古曦的一喜一怒一举动一投足，生怕错漏了任何一抹异色。

赤帝女率先开口，声音不轻不重，还带着假意的关怀：“想来小绿应是去寻擎瑜星君的，可这回她也太任性了，擅自进入天海可不是闹着玩的。”

古曦双眸微滞，诸神却是惊疑不定，轰然乍开：“原来镜竹雪岭的天神便是擎瑜星君的夫人？难怪会入天海……”

“那又如何？”一听是她，水君立刻忆起上回紫岩门之事，愤愤不平道，“上次帝君大婚之日，她行为乖张，幸而帝妃心慈，不与之计较，今日再犯天规，断然是轻饶不得了。”

诸神附议，古曦的目光穿梭在云下横平竖直的众神间。

“待天昊回来，此事便由天昊去办。”过了半晌，古曦才吩咐下来。

赤帝女在帷帐中挑着漂亮的指甲，不动声色地笑。

还不知情的天昊已到紫岩门，穷工极丽的翘角飞檐方入眼，他便从火虎影身上下来，兀自嘀咕：“这天宫怎安静得这样反常啊？”抬头，凤凰那厮已没了踪影。

渡渡揪着凤凰项下的金羽晕头转向，只觉肚子里今早灌进的冰泥在排山倒海，难受道：“原来我不只是晕马车，我还晕你啊。”

语毕，不省人事。

子捷回头瞧了她一眼，真是比以前的修澜还没出息。果然是物以类聚，人以群分，子捷心底嘲笑一番，却还是不经意地放慢了速度。

子捷落地，对着他挺拔毓立的身段，掌灯的仙婢不由得露出痴迷状望了望，却见他双手一伸接住了一昏迷的蓝衣女子，顿时眉来眼去颇为好奇。

子捷从她们暧昧的眼神中察觉不妥，施法将渡渡送至仙婢面前，如处理废弃的公文一样的口吻:“交给你们了。”便提步进了书房,等候古曦。

子捷也似察觉了神界的异常，命仙婢奉来温水随意问了句。只见仙婢面露娇羞，小心翼翼地叙述完镜竹雪岭有位神女擅入天海之事，复又补了句：“听说帝君与镜竹雪岭的那位神女……”迟疑一下，接道，“有私情。”

子捷满口茶水喷了一地，傻眼了半晌。

镜竹雪岭的神女，除却修澜又是哪个？

“东海情况如何？”正巧古曦回来，见子捷脸色怪异，坐定后，才开口询问。

仙婢不由得生出种嚼帝君舌根的恐惧感，颤颤行礼退下。

子捷见他主上脸色沉着镇定，道：“去晚了，倒是带回来一人。”

“什么人？”

“修澜的仙兽，渡渡。”

古曦入鬓的双眉微扬，子捷解释道：“有人在东海重伤修澜，携她去了天海，我心下着急，赶回来，却还是晚了。主上现在如何处置修澜？”

“处置？”渡渡僵立在门口，不见之前半分病态与迷糊。

后面匆匆追来的仙婢预备将渡渡拉下去，渡渡拼力一挣已“扑通”一声跪下：“不是主子去的天海，跟主子无关，主子是……是……被人重伤，主子真的没有要去天海，主子为了救我才……请帝君放我主子一次。”

脑子里一幕一幕闪现的记忆将那些难过的情绪扩大成了绝望，渡渡捂着脸，指缝溢出大片大片的水泽：“主子明明可以躲过的，是我突然浮出东海水面，主子怕因她触水成冰将我伤了，才甘愿承下那魔人追来的一击。是我的错，主子曾因触水成冰伤过人的性命，而我明知主子一直抵抗甚至害怕她自己触水成冰这个事，我就不该让她去东海，不然，也不会……”

透骨酸心的话悄无声息地倒灌脑海，让古曦心如刀绞。

三千年前他太过谨慎，如果早跟修澜言明一切，她也不至于在完全不知情的情况下失手害死女娃。

古曦合目，痛定沉思，才吩咐道：“先扶她下去。”

白衣仙婢前来扶渡渡，渡渡见帝君双足竖立，寸步未挪，以为他不信，她只好冷汗涔涔地紧拽着群裾，沙哑着嗓音开口：“帝君，求你放过我主子吧。主子以前受了很多苦，好不容易捡了半条命回来，才在镜竹雪岭清修了三千年修来这天神之位，求帝君看在我家主子从未做过什么伤天害理的事，这一次能不能放过她？”

这一次，能不能放过她？

声声恳求，如撕开道道伤口，古曦不语，唯额上青筋暴露伤痛。

渡渡又扑到子捷面前：“你帮帮我，你带我来天宫找主子的，你帮帮我……”

子捷不忍看她，别过头，深吸了口气，道：“凡踏入天海者，无论缘由，一律定罪，这是老祖定下的规矩，你求谁也没有用。”

渡渡犹如被雷击，猝然退后一步，形如塑泥，整个身体轰然倒下。

子捷忙去搀扶，她却毫无感知一样，任由身体瘫在地上，捂着嘴呜咽，最后任由仙婢扶了下去。

古曦修竹般的手倚着檀木做的椅沉默良久，才缓缓坐下，问道：“天昊没回来？”

子捷素来疏朗的眉泛了层涟漪，他已经猜到他主上为何要找天昊了：“应该快了。”

“帝君！”疾步生风赶来的天昊话未落音，人先着地，一声巨响震得窗柩都抖了几抖，他抬起头冲屋中满脸写着惨不忍睹的二人咧嘴一乐后，才利索地起身拍了拍并不存在的尘灰，“雪地太滑，委实太滑……”

古曦扶了扶额，将早拟好的军令交由他。

天昊敛容双手接下，对待军事他却是毫不马虎，展开一一阅过，生怕遗漏一字，文书很短，他愣是目不窥园地看了一刻钟，到最后才惊魂未定道：“竟敢擅闯天海，还敢畏罪潜逃！此女简直横行无忌，罪大恶极，无法无天，帝君放心，我一定不负众望，将她缉拿归案，绝不手软。”

子捷站在一旁端着一副自求多福的脸色低声咳了咳。

天昊这才发现这番慷慨证词后，帝君脸色不太好看，暗自深思嘀咕：“我方才又用错词了？不能啊……”可转念一想，帝君素来不苟言笑，只是用错词也不至于惹他动一动眉吧。

正揣摩着，只见一身玄青衣色的帝君立起刀削斧砍的凛凛身躯，言简意赅道：“先找到她的下落，其余的，容后再说。”

“是。”天昊接了令，风风火火地走了。

子捷虽早有所料，却还是不由得问道：“以天昊的能力，很快就能找到修澜，届时修澜势必难逃天规处置，主上真的要这样做？”

古曦子夜般的黑眸藏着一阵绞痛，鸿钧老祖的谆谆教诲金规铁律无一刻不在啃食着他心头悄悄生长出的妄念，可八荒六合是他掌中端平的水，天地之间，怎许他动丝毫恻隐之心？

良久，古曦才道：“难道由她归去，再落魔人之手？”

隔着一台书案，子捷能清楚地感受到他主上说这句话时的挣扎和隐忍，可是无可奈何，只愿修澜能像这三千年一样，谁也找不到。

第十一章

不　问　朝　与　暮

叽叽喳喳的聒噪声灌进耳朵震得脑子嗡鸣难忍，修澜随手抓了一个柔软的东西掷过去，阳光明媚的早上，她总是能喊出生无可恋的语气：“渡渡，你安静一会儿行不行？”

“哐当”一声，换来的是更震耳欲聋的声音，修澜一个激灵，彻底清醒，余音还在绕梁，阵阵回响，正欲起身，一双玉手压过来，接着是有些小题大做的关切：“躺下躺下，你这伤还没好呢。”

修澜四肢使不上劲，黑白分明的眸罩起一层浓雾，待看清眼前之人，才启开缟白的唇：“擎瑜星君？”

“唔，咱俩也算是过命的交情了，叫我擎瑜就好。”

擎瑜手轻轻一拂，将修澜适才一枕头打翻的青玉花瓷瓶复合归位，一副惨不忍睹的模样，摇头道：“你起床这脾气可得改改。”

修澜也忍不住逸出一丝笑，打量起四周，青玉拼接的玲珑室，暖玉生香，独具匠心，倒是别致得很。她的视线又往半掩的门外探了探，外面的天像一床没有尽头的厚重棉絮，沉沉蔼蔼，除此外，还有激昂的海水和偶尔一声低沉的嘶鸣。

“这是哪儿？”身体无力，连同声音也自带了几分沙哑。

擎瑜扶稳她后收回了手，轻描淡写道：“天海。”

修澜脸色凝了凝，擎瑜顿了顿，才耐心与她解释：“我追池溟到东海，发现神界天将众神突然集聚去了天海，担心你出事，便折了回去，谁知在半路就遇上了半死不活的你。如今神界正四处找你，我寻思着不如将你带回天海。这天海你总归也是闯了，也不差这一次，没人会来天海找人，你也可以安安心心养个伤。”

记忆从脑海深处一跃而出，修澜这才忆起那短剑掷来时，古曦护在她身前的样子，而她捏诀遁身，转眼已在千里之遥的云海……

她猛然起身，却因为起得太急，又重重跌了回去。擎瑜被她这一举动吓到，脸色一变，连忙搀住她，开口有些愠怒：“你要去哪儿？”

“多谢擎瑜星君救命之恩，但天海禁地，非小神所能待，就此别过。”修澜扳开他的手，支着床起身。

“如今整个神界都在缉你归案，你已经无路可去了。”

擎瑜看着她的样子，憔悴倔强，让人心生怜惜，于心不忍，于是一把将她扶回床上躺好：“即便找到池溟又如何？让他供出你的身份，引起众灵的贪欲，从而将你自己、将天海之心推向岌岌可危的地步？抑或是会被神界处决以安六界？你真的想清楚了？”

室内骤然安静。

擎瑜见她纤长的五指扣在心窝处，抑制着伤口的痛楚，又才道：“先将身体养好吧，这里终归是安全的。”

修澜闭眼，半晌才轻点了点头，她很清楚，她的身份是六界秘辛，今日是池溟，他日呢？自己稍有不慎，再落入他人之手对六界来说，就是一场浩劫。

擎瑜默立良久后，见她似真的冷静下来后，才提步出去。

紫晟殿吊顶悬了一帘璀璨的花灯，将大殿竖直截成两端，一端话少的武将权当看戏，一端话多的文臣继续附议。

子捷站在一旁，不知他主上对诸神这些指责修澜的夸夸其谈做何感想。

几日来，朝会商榷之事都是修澜擅闯天海，可偏偏修澜就像人间蒸发一样，了无音信。就连天昊都束手无策，一道六界诏令下去至今无果，诸神只得将满腔维护天规的热血用在嘴皮上了。

却不知是哪位天神突发奇想，道兴许是擎瑜星君护妻心切，将她藏在了天海。子捷尚不知紫岩门那事，只觉这猜想实在荒诞滑稽，可他主上的眉却是蹙得更紧了。

数日相处，修澜发现天海的兽其实还是很温顺的，嬉戏打闹时就跟北冥寒界的五荒兽一样。

擎瑜抿嘴微笑，踏步前去，豢养着万千凶兽的天海难得这样宁静，瞧她神泽也已经恢复得差不多，便道："紫岩门无心之言，一直觉得误了你的名声，我当时也是情急，想不出什么法子来缓解局面，你应该不会怪我吧？"

修澜回神过来，才忆起他所说之事，有些啼笑皆非，笑道："名声这个东西，我素来也不太在意，你是好心相助，我又怎会怪你？"

"就知道你不会介意，不过话说回来。"擎瑜勾唇一笑，"你现在还真得陪着我守天海了，夫人。"

这一声顺嘴的夫人，让修澜不由得蹙眉，擎瑜耸耸肩，调侃："喏，方才还说不在意，叫你夫人就不开心了。"

修澜看着他："这就好像你守护天海，供的这份神职，四海八荒谁不礼让三分，但不知事的人就当你是驯兽的，你听着是不是也不太舒服？”

擎瑜捂着胸口，故作痛心道：“夫人这话，太伤为夫的心了。”

他辛苦演绎了半天，却只见修澜的神情就跟午时看两只兽在水里打滚时一样，一时颇感尴尬。

古曦最终还是来了天海，眼前的景象亘古不变，沧海茫茫，云雾生烟。

白茫茫的天光浸透他没有焦距的眼，而在他深邃的瞳中映射的却是神界大雪纷扬那夜，也是在这个位置，他看到凶兽包围着一川寒冰，寒冰上红梅落成雪，她静静躺在上面，命悬一线。

古曦闲踱几步，鬼使神差地到了擎瑜青玉雕琢的玲珑楼。

“六界五宫，九州列国全无她的踪迹，如今唯有天海未去，加之她与擎瑜星君又是眷侣，擎瑜星君若想藏匿也是极有可能。”

紫晟殿诸神的猜测跳进脑子里，他停下步履，冰冷的天规、诸神都永远都不会懂得修澜那句“我伤口疼”带给他的锥心之痛。

手已不由自主地触上房壁，玉的冰凉渗进骨子里，古曦蓦然停下，痛苦挣扎从来没有停止过折磨他，倘若她真的在里面，他要如何呢？

要再任由诸神对她唾弃猜疑，再由森严的天规将她处置？

他该如何对她？

古曦低下头，云雾中浮浮沉沉两三片梅花蓦然闯进他的视线。

她果然在这里！

一百年，倾心相对，昼夜相伴，到头来，却不能护她一个周全，这里不受天规制约，也不再担心魔人来伤她，确实会是她最好的归宿。

就如擎瑜所言，一世一双人。

失落和心痛，铺天盖地地袭来……

良久，一抹流紫划过天际。云岸另一端，擎瑜忽觉菩提叠嶂被轻轻波动，脸色顿时一变，眼底闪过一些不安：“他还是找来了。”

“他？”修澜脸色平淡。

擎瑜顿了顿，诚实道：“古曦。”

修澜忽地一笑，如她所料，能自由出入天海禁地的左右数来也不过神界五帝和擎瑜星君。

良久，她摇头失笑：“他竟紧逼到如此地步。”

擎瑜看着她的样子，心里叹了口气：“看来这里也不安全了，与其等他们瓮中捉鳖……”

“你说谁是鳖？”修澜回头睨他一眼，打断他。

擎瑜左顾右盼，最后只好无奈地指了指自己的鼻子：“我，是我这个帮凶。”

此答案甚合修澜之意，回头继续凝望着天海缠绵的云雾，就像她的心一样，宁静无声而又茫茫无涯。

擎瑜抿嘴笑了笑：“这些年我也没出去看过，正好趁着帮你四处逃命，我也去看看六界的风景好了。”

修澜迟疑道：“那天海呢？”

“左右你才是天海的威胁吧，守着你跟守着天海是一样的，总归你比那些凶兽赏心悦目。”

魔界与妖界隔着燃着熊熊冥火的斛川。

斛川之上，修澜颔首立在甲板前端，目光落在斛川尽头绚烂缤纷的妖界。

“听说最近妖界乱得很，最适合你这种逃犯藏身了。”擎瑜站在她身后调侃道。

修澜转过身，青丝长袖，像迎风的旌旗，轻轻拂在擎瑜脸上，冥火本无温，此刻却烧得擎瑜面红心跳。

修澜并未留意到擎瑜这一小小的心潮起伏，几步过去，找个地方坐下，说道：“听说妖界忘忧花正逢花期，也最适合缓解你常年看凶兽的眼了。”

擎瑜瞟了瞟修澜，突然幸灾乐祸道：“你说，咱俩这叫不叫私奔啊？”

修澜没好气地瞪了他一眼。

舟掉了个头，正遇上铆劲追来的漠沁。

在此地遇上她，修澜并未惊讶，反而是漠沁那艘船上铆足了劲儿划桨的老龟大汗淋漓，被他们这猝不及防的大摆头吓了一跳，愣罢，他才将桨往旁边一丢，道：“你们可算回头了，累死老夫了。”

修澜和擎瑜对视一眼，俱是不解。

漠沁欣喜道：“我方才还以为认错了，追上来一瞧，没想到真是你！”

“好久不见。”众人愣罢，修澜方才含笑寒暄了一句，“听说妖界忘忧花正是花期正盛，我来看看。”

“来妖界怎么能不来找我呢！”漠沁一拍大腿，复又道，“不过神界出了那样大的事，妖界如今也乱得很，你还有心思赏花，倒是闲情得很。”

擎瑜下意识瞧了瞧修澜，却见她脸上笑意未敛，平静得让人不安。

漠沁犀利的眼毫不避讳地打量着一旁面如冠玉姿态谦和的擎瑜，再看向修澜时眼神别有一番深意：“人界那位傻大个儿呢？你不跟他一起了？”

擎瑜挑起好看的眉也看向修澜，修澜汗颜一笑，适才淡然引荐：“这位是擎瑜星君。”

漠沁精灵般的瞳顿时放大。

近来霸占着众灵茶歇时间的擎夫人的夫君擎瑜星君？

传闻中说他夫人娉婷绝世，踪迹难觅，在帝君婚宴上重伤德行温淑的帝妃，此后又擅入天海，触犯禁令，执法如山的古曦帝君在天海云岸，还与她情意绵绵，甚至徇私枉法纵她归去。

漠沁从旁人口里听来时，只觉匪夷所思，素有旷世逸才之称的古曦帝君在她心底的形象险些破碎一地，好在事后帝君幡然醒悟下神界诏令，六界通缉，虽然再无下文。

漠沁神色诡谲，小心看着修澜：“那什么……你应该不是他夫人吧？”

修澜道：“自然不是。”

漠沁长长吁了口气：“那就好，那就好。”

擎瑜看着漠沁这一脸放松的神情，十分无辜。

舟靠岸后，漠沁热情地将他们迎进了自己的居所。妖界不似神界那般富丽堂皇，公主住的宫殿不过是术法劈出的一方石洞，布局朴素但各种用器倒是一应俱全。

最深得修澜心的是这儿没有什么侍婢，只有个唤作赤芍的小姑娘。

赤芍很是乖巧，行礼问安后端茶递水，又去收拾了几厢房间出来，殷勤备至。

“妖界这一场内乱，你打算如何收场？难不成妖皇真打算将你交出去？”修澜不由得询问道。

“我父皇最疼我了，他才舍不得呢。”

漠沁叼了根芦苇好不惬意，只是一想到小舒他们的境地就不禁愁苦难当，不知在皇城外还有多少那样因内乱而潦倒的妖灵，沉默了一会儿，她才道：“我们妖界有幻渊坤，你以为漠沙族真的敢攻进来？”

“幻渊坤？”修澜皱了皱眉。

漠沁点了点头：“幻渊坤是当年鸿钧老祖安定六界时特赐我妖界皇室的法器，可顷刻间将生灵化作傀儡，运风成壁，足以罩下九州，还能使修炼之灵失去原有本性，化作人界凡人，经生老病死。”又回想了一阵，她继续道，“不过，也就小时候父皇给我看过一次，长得不够神武，倒像是个铜色的彝樽。”

“铜色彝樽？”修澜顿时一惊，运风成壁？那不正是池溟在东海用来对付她的法器？

漠沁见她神色异常，笑了笑：“是啊，你是不是也觉得这么厉害的法器怎么会长成这般小气的模样，我第一次见到的时候，也跟你一样。”

“如果没有幻渊坤会怎样？”

漠沁从未想过这个问题，听修澜这么突兀却又正经地一问不免震了震，才耸耸肩道：“幻渊坤好端端的，怎会没有了？”

修澜也不忍打碎她最后的期许，幻渊坤已毁之事漠沙族尚且不知，断然不敢轻举妄动，何必告诉漠沁给她徒增困扰？

“如果漠沙族真的攻进来了，就来镜竹雪岭找我。”

“你也住在镜竹雪岭，那跟那位擎夫人……”

“咚——”突然响起的声音打断漠沁，赤芍僵直在原地，水灵灵的果肉连着破碎瓷盘零星洒落一地。

漠沁回头瞟了她一眼，轻声训了一句：“你怎么心不在焉的？”

赤芍脸色青白交加，张口结舌：“我……我第一次见到天神，有点……紧张。”说完又连忙抱歉，拾掇一地的狼藉回去了。

“这小姑娘，越来越没出息了。”屠泽走过来，忍不住调侃赤芍忙不迭跑开的身影。

修澜这才认真地打量着屠泽，城垣族的长公子，妖界这场纷争的罪魁祸首。他一身敞开松弛的藕色外袍，倒是个面容干净的男子。

修澜笑道：“这就是你从别人婚礼上抢回来的，挺般配的。”随口一夸后，修澜这才灵台一亮，问道，“那赵楚贞呢？”

漠沁脸一红，别过头不作声，屠泽连忙解释：“我与公主只是自小在一个洞府滚大的朋友。”

“哦……青梅竹马。”修澜沉吟。

这句话听着有些别扭，屠泽却又说不上来哪里别扭，瞅了瞅漠沁，继续解释：“我父王为了漠沙族与城垣族的联谊，才定下了我与漠沙族的长公主的婚约。”

通俗话本，修澜总结：“政治联姻。”

“我不愿，便请漠沁帮了这个忙。”

“为爱奋……”修澜一顿，“请？”

漠沁这才无奈插口道：“别人抢婚那叫为爱奋不顾身，我这顶多叫为兄弟两肋插刀。”

“……”

此刻的紫岩门没有帝君大婚那日的琴音扇袖，唯有雕栏玉砌亘古不变，戟仙官和掌灯仙婢整整齐齐站了几排，显得它更加庄重恢宏。

赤芍被守门仙官截在外面，焦灼不安，来回踱步，等着前去通禀仙婢带回消息。

直到功名威震一方的天昊神将骑着火虎影豪气凛然地走出来，一双精锐的虎目扫过赤芍弱小的身躯：“你说你有神界诏令上所缉拿之人的消息？”

赤芍被他这一望，立刻颤颤巍巍毕恭毕敬地行礼，才答：“小妖……小妖想先问神君一个问题才能确定。”

天昊浓密的粗眉上挑：“什么问题？”

赤芍忐忑不安，询问道：“镜竹雪岭可是只住了一位天神？”

镜竹雪岭地处天海以南，苦寒之地人迹罕至，他这段时日将镜竹雪岭守得密不透风，可除了一座空荡荡的冰宫什么都没有。

“不错。”

“那便是了”赤芍郑重道，“她在妖界，跟漠沁公主一起。”

“可准确？”

天昊凝视着她，在他灼灼虎目下仿佛一切谎言都将无处遁形。

赤芍这下反而冷静下来：“千真万确。”

天昊心潮顿时一阵澎湃，这个让他和他麾下的将士劳心劳力殚精竭虑的神女终于有了音信，他恨不得马上去妖界将她缉拿，但想起帝君的话，只能先平复心境回去通禀。

“不需要小妖面见帝君吗？”赤芍见他要走，连忙问道。

“不必。”天昊头也没回，复又想起什么，吩咐一旁仙婢，“带她去领赏。”

赤芍掩不住的失落写满一脸：“可我就是以为可以见到帝君才来的啊……”未说完，仙婢已经将她引到另一个方向去。

紫晟殿中，赤帝女正吩咐着仙婢将古曦寝宫的一些摆设重新做调整，连窗台上什么时候换什么花也一一叮嘱了一遍，但是落兵台上方同那把绛紫的三尺长剑一起横置的竹笛，却是没再敢动。她心底牵出一丝自嘲的苦意，好像只有这样她才能确定自己已经是他的帝妃了，而非是相隔了七个神殿的芙蕖苑中尊贵的宾客。

仙婢静候一旁心生钦羡，三世真元之身、一统两宫的帝君唯一的帝妃，这般殊荣果然也只有三公主这样貌美贤淑的女子担得起。

忽听仙婢齐齐行礼唤了声：“帝君。”

赤帝女欣喜地抬头，却瞬间如坐针毡。

只见古曦剑眉蹙起，孑然独立间是傲视八荒的气势，那双黑曜石般的瞳里更是蕴藏着滔天的怒火。

仙婢从未见过帝君这般盛怒，突然间噤若寒蝉，赤帝女亦是惴惴不安，难道是事情败露了？

赤帝女惴惴不安地移动着莲步盈盈施礼：“帝君回来了？”

古曦只是冷冷吩咐：“送三公主回去，今后无事不必过来。”

几位仙婢面面相觑，有些心疼帝妃，硬着头皮道：“可是帝妃等……”见帝君脸色十分不好，后面的话硬是没敢再说下去。

赤帝女方一出去，一道金色的光疾速而来，正是急急追来的凤凰子捷，他恍若未见着帝妃一样，一脸焦灼径直进了屋。

接着一声瓷杯砸地的破碎声割破静谧的长空，古曦低沉喝道：“把天昊给本帝叫来！”

子捷立在门口踌躇着，他知道他主上动了怒。

天昊例行公事，抄修澜的府邸也无可厚非。只不过做得有些过了头，天昊将整个镜竹雪岭碾成了秽浊的雪泥，连同那座精美的冰宫都成了一片残垣断壁。

半壁雪山沾染尘泥，一方青湖混浊不清。古曦最先想到的是，她的家没了，她该去哪儿呢？

天昊带着修澜的音信匆匆而来，见到正要离开的赤帝女，大大咧咧的他忙收敛衣容行礼。

赤帝女看他们今日个个脸色焦灼，行色匆忙，遂探口风道：“这么晚了，还找帝君议事？”

面对赤帝女天昊毫不避讳，激动万分道：“大事！镜竹雪岭的那位神女终于有音信了。”

赤帝女心头一紧：“她在哪儿？”

“妖界。”

“那还不速速将她拿下！”赤帝女音色顿时扬起。

天昊何尝不想，却终有所顾忌，诚实道：“帝君嘱咐过，要先通禀再做定夺。”

“先通禀，再做定夺？”赤帝女重复一遍，脑中快速思索起来。

天昊见帝妃突然陷入深思，便退开向帝君寝宫走去。

赤帝女忆起天海云岸之事，眼睛骤然一定，倘若古曦悄悄将这件事办了，那她岂不又功亏一篑？

“等一等。”赤帝女喊住天昊。

天昊立刻回头来：“帝妃还有何事？”

赤帝女撑着笑：“帝君已经歇下了，天昊神将还是明日一早在朝会上禀报吧。”

天昊想来最近几日帝君脸色确实不如以往那般洒脱，或许是劳了些神，但此事又刻不容缓，难保这一晚不会发生其他的变故。

赤帝女见他犹豫不定，又道：“这样，你先去妖界一探虚实，盯着她别让她逃了。”

经赤帝女一提醒，天昊复才想起今天这妖灵带来的消息，他还是先去证实一番为好，遂应道：“多谢帝妃提醒，我马上去。”

斛川渡口。

修澜轻奏玉笛，汩汩流出的音光飘零婉转，柔情似水，像那人在天海云岸倾身而来，俯首一吻，落她眉间。

低音一转，继而高亢，激越回响，如有破天之势，又似他单手执剑带她跃出天海，清凉的耳畔是他沉稳的心跳。

“修澜，别闹了。”他的话自心间浮起。

修澜顿住，音，也截然而止。

她于光而立，映在擎瑜的心底仿佛生出了一片绚烂织锦。

“天籁之曲，怎么不奏了？”

修澜收了笛子，不语。

擎瑜总觉得修澜藏着很多心事，只是她不说，他也不去问，只是偶尔会猜想一下那心事究竟是一件事，还是某个人？

有人赏花，有人看人。天昊看着他们在忘忧花中，想着花前月下这个词，果然造得极妙。

青色的冥火偶尔腾起三尺火焰，一阵火光铺照过来，衬得修澜凝肌似雪，气质天成。那一刻，天昊忽觉她十分眼熟，可不大灵光的脑子想破了天也没想出这似曾相识之感从何而来。

天昊将几位自己信得过的心腹留下，悄无声息地行至远处，招了朵云离开。

三十六重天上，是一派浩然正气坐落于中央天宫的紫晟殿，朝露稀薄云烟袅袅，诸神按部就班地踏进了紫晟殿。

古曦深沉的目光落在诸神中空缺的神位上。

“帝君——”殿外传来一声呼喊。

未见其人先闻其声，这是天昊一贯的作风，诸神司空见惯，只闲闲等着天昊神将十万火急般赶来。

古曦方才有所好转的脸色立刻阴沉起来，正欲开口质问，天昊已迫不及待地禀道：“镜竹雪岭那位天神找到了！”

古曦手中的茶水猛地溅出一大片水泽，沾湿了玄青的袖口。

“在哪儿找到她的？”

她明明在天海，天昊又如何能找到她？除非……

“妖界。”

天昊接着道：“擎瑜星君果然与她在一处，咱们为了找到她费尽心思，他俩倒好，花前月下，实在太不给面子了。”

心头像被什么轻轻割过，古曦的脸却没什么表情，他知道，有些东西，终究是避不开的。

而妖界皇城内，漠沁端了早餐进来，五颜六色色泽俱佳的满满几盘鲜果被摆放在桌上，一脸不悦地嘟囔道：“赤芍一晚上不知道哪儿去了！找了半天也没见着人。”

擎瑜挽袖斟了杯温水递给修澜，修澜无奈地看了他一眼。擎瑜才想起她触水成冰之事，失声笑了笑，收回来自己饮了，复才摇头，笑着搭腔道：“就一个妖灵伺候你，还不许她悄悄偷个懒？”

“那倒也是。”漠沁一边说，一边在修澜面前放了一碟诱人的水果。

擎瑜随意拿了水果，方欲开口说什么，眉心一拧，顿时止口。

“怎么了？”修澜见他神色异常。

“我先回天海一趟，你等我回来。”

菩提叠嶂和他紧密相连，被人轻轻一引便能让他察觉，而且这次的感觉比以往都更加清晰。

修澜还没来得及问上一两句，擎瑜就已腾云而去。

见擎瑜走了，漠沁如释重负般：“他终于走了，我快憋死了。”觑了觑修澜，嘻嘻笑道，“我有一个问题特别想问你，你跟擎瑜星君这么熟，你认识他夫人吗？”

修澜怔了怔，紫岩门前他那一声夫人喊得四海皆知，漠沁问的那位夫人难不成真是自己？修澜叹了口气：“在我回答这些问题前，你能不能先回答我一个问题？”

“尽管问，定当言无不尽。”漠沁一拍胸脯，大方说道。

修澜支着手看她：“好奇心真的会害死猫吗？”

“……”

好奇之心未得到满足，漠沁有些颓靡，方拨开石洞门口挂起的青叶帘子，顿时脚下像被一根铁针牢牢定住，动弹不得。

修澜察觉有异，紧跟出来，只见洞帘前原本青草葳蕤的原野上数千神界精兵昂首鼎立，钢韧的战靴踏在妖界娇怜的土地上，隐隐震动。

神将天昊朝高高隆起的天宇揖了揖手，中气十足道：“本将奉帝君天旨缉拿罪神修澜。漠沁公主，请往旁边让一让，以免伤及无辜。”

漠沁震惊地看向修澜，哭丧着脸道：“好奇心果然会害死猫。”

修澜却只抚了抚玉笛，直视着凛冽的剑光。

玉笛镀着冷月的光，寒气逼人，修澜回头见漠沁还在此处，催道：“你还是快走吧，待会儿打起来我可顾不上你。”

漠沁见她毫无所惧，便也挺直腰板十分义气道：“我就这么走了，也太忘恩负义了，别忘了，猫有九条命的。”

修澜忍不住笑了，看着她明亮的黄衫觉得这姑娘真是可爱极了。

笑罢，修澜随手捏了个伽印，转眼化作术墙将漠沁护佑其中，待漠沁反应过来，发现自己已经和外头的剑拔弩张成了两个世界。

修澜嗓音清丽，仿佛自语："我已经欠下了很多债，不能再欠你的了。"

漠沁焦急万分，紧贴着坚不可摧的术墙，看着修澜的唇一翕一合，却听不见她说的什么。

天昊号令如山，寸步不让，一副誓要拿下修澜的架势。修澜的眼散着锋利的光，扫视着密布如云的神将，仿佛下一刻就是一场酣战。

紫晟殿上，诸神拜退，三五成群渐行渐远，风扫过珠箔银屏，全是一片空荡寂寥。

子捷掂量了许久，才问道："主上真的以为如今修澜会乖乖跟着天昊回来？"

简单一语，却霍然戳破古曦心中建起的所有期望。

他只记得三千年前的坤阳神殿上，她认错承担罪责的乖巧模样，可如今，她的单纯执着化成桀骜的刀，灵动活泼只剩霜白的寒。

她还会听从于神界，信任于他吗？

子捷见古曦面色亦有些不定，又问："主上就没有想过修澜会拼死一战，与天昊两败俱伤……"

话尚未说完，古曦已经远去了。

悠扬的笛音划破妖界静谧的天，婉转音韵转眼就是夺命的利刃，五千神兵将八个方位一锁，转袖挥戟间平地卷起飓风。

顷刻间，风起云涌，山呼林啸，这一方平地犹如一锅滚烫的水，沸腾着。

漠沁被护在术墙之中，只见空中将士阵形来回变动，挽弓运术行如影，疾如光，有的重伤跌落，有的法器脱手。修澜孤身一人，翩然转袖乘风欲飞，肩上划开几道口子，但不见一丝血泽带出，可漠沁无计可施，亦如那日幽州城一般模样，一筹莫展。

可这是神界的天将，此番又有哪个敢来助你？

漠沁很是焦灼，正思及此，只见一挺拔的身影直往修澜而去。

那人玄青长袍的袖口镶绣着流紫花纹的绲边，束发的紫金冠嵌着白玉衬托出他周身不凡的气泽风华。

霎时，漠沁屏住呼吸，激动难以言表。

这人不是上回那个傻大个儿还能是谁？

英雄救美这个戏法倒回回叫他赶上了，漠沁脸色纾解，蓦地，又一片煞白，但见那人运风为掌，他竟是要……

漠沁满目惊恐：“修澜，小心！”

歇斯底里的声音在术墙内阵阵回荡，然而只能灌进了她自己的耳里。

修澜眼风捕捉到漠沁的异常，险避一剑，旋步转身，回首，但见一束绛紫的光芒影射而来，那人凌空一掌，直直奔她而去。

众将士见帝君突然莅临皆愣了愣，才立刻举戟趁机朝修澜刺过去。

修澜骤然失力，直接跌下去，追击来的将士像座银山迎面坍塌下来，势要入骨的利刃却又在空中齐齐停下。

众将士面面相觑，不敢再往前，谁敢上前动帝君怀里抱着的女子？

古曦抱住毫无反击之力的修澜，她冰寒入骨的双目狠狠看着他，像是柄带着倒钩的戟，在他身上留下无数个窟窿。

“带回天牢。”古曦沉声命令道。

第十二章

应许浮生远

早几日，擅闯天海的神女逃之夭夭一事，在六界引起了极大的波动，有说帝君徇私枉法的，更有才华横溢者挥起笔墨，写了本《帝君桃花满天飞，独爱他人枝头梅》的话本子，在神界广为流传。

现如今诸神听闻那个神女被帝君亲自前去缉拿关进了天牢，心中悬起的大石都纷纷落地，暗赞帝君果然没有辜负“三世真元之身”的美名。

天牢的光景万年不变，万千鸑鸦在孤峰深壑中穿刺，半明半晦的天色，分不清是黎明还是傍晚。

修澜静静矗立，桌上的灯油已经烧了半壶，她明眸氤氲盯着角落的一片暗影出神，仿佛时光回溯，看见三千年前裹着褴褛罗裙的自己。

三千年前的痛，此刻纷至沓来。

她是如何任由自己沦陷在他片刻温暖里，又怎能说出重新开始这样的话来的？

她笑自己愚蠢，又恨他绝情。

修澜支起虚弱的身体，闭眸运气，试图强行破开他的术法，一片淡雅的光晕自裙裾铺开，在她指尖盛开的梅花却猝然枯萎一地。

没用的……

但就算被术法反噬而亡，也好过死在他的罪诏下。

紫晟殿上，诸神唾沫纷飞，皆是一脸难以言喻的欣喜之态，高位上的古曦面色淡漠，不发一言。

“帝君，小神以为，此女桀骜非我神族善类，当发配荒寂星以绝后患。”

都说神界无生崖是令众灵闻风丧胆的地方，但荒寂星才是真正让众神心生怖畏的所在。

那里方圆万里寸土皆焦，比炼狱恐怖百倍千倍，自古各界身带滔天罪行的重犯皆关押在那里，暗无天日不死不灭地活着，比死残忍千百倍。

三千年前，他为了大局已经失去过她一次了，如今还要他重蹈覆辙？

那样的痛，一次就够了，可是偏偏天不如人愿。诸神翘首以盼，只等他开口发落，庄严的视线描摹着“天规”二字，鸿钧老祖一道铁令将他捆到窒息。

百般思量，进退两难，他的脑子从来没有这样空白过。

擎瑜回至天海并未发现不妥，再返妖界时，蓁蓁山野只有战后的残花败柳和不计其数的断刃。

漠沁在洞口焦虑难安，看到擎瑜回来，急忙迎了上去。

“神界的人来过了？”擎瑜抢先问道。

漠沁脸色煞白，颤着唇答道：“他们将修澜带走了。”

擎瑜目光骤然一紧，脑子仓皇间忆起修澜手臂上干涸的血梅之茎，如今或许只有一个办法能保全她。

“修澜她……”漠沁紧促不安，话还没说完，只见擎瑜已转身往魔界方向而去。

神界黄昏倾尽，薄薄的一层夕阳落在云阶上，两位仙官恭顺地候在殿门外通报道："帝君，仙子渡渡求见。"

"让她进来。"良久，低沉的嗓音才从里面传来。

渡渡进去施了个周全的大礼，伏在地上恳求道："求帝君让小仙进天牢见一见主子。"

铅色沉沉的天牢，翼鸦回巢，千峰无言，万籁俱静。

渡渡被阴森密布的天牢吓到，胆怯地跟在古曦身后，只见古曦肃穆久立，神情难喻，并未打算上前。她猜想应是到了，几步跑上前去，却在看到她主子那一刻，浑身形如塑泥，捂着嘴只剩眼泪大颗大颗地往下砸。

修澜的柔荑紧拽着衣襟扣在胸前，紧闭的冰眸看不出一丝颜色，可衰败感却无处不在。

"主子。"渡渡声音又颤又轻，"渡渡来了。"

透心的寒冷比镜竹雪岭多了一分森严，渡渡小步靠近修澜，握紧了她的手："主子，渡渡来陪你了。"

修澜却毫无所觉。

"主子，你醒醒啊……是渡渡来了。"渡渡满脸心疼紧张，修澜却连睫都不曾颤抖一下。

渡渡终于泪水决堤："主子，你看我一眼啊。"

一声声灌入外面笔直站立的古曦耳里，已有些心慌意乱，可是回应他们的是修澜死寂一样的沉默。

古曦心头一紧，察觉不对，霎时幻移而进，只见修澜躺在冰凉的石床上，青丝遮面挂满眼睫，素衣红裳垂泻一地，像是睡着了。

仿佛胸口被狠狠猛击，古曦目光一引，直接将外面的仙官提至跟前，怒至极点后，声音只余龙吟般的低沉："谁让你动的刑？"

仙官被震慑得面目苍白，哆嗦了半天才抖出一句结结巴巴的话：“帝君，帝君……小仙不曾用刑……”

古曦面色铁青，突然意识到什么，一个印伽探进修澜灵台，那里面极寒之气震得七零八碎，他顿时坦然变色。

逆行经脉，她不要命了？

渡渡也看出了几分意思，捂住嘴里的声嘶力竭，万念俱灰地跌在一旁。

古曦扶起修澜，没有血液流淌的肌肤更加寒彻入骨，就连她身边萦绕的神泽都是霜寒之气，灵力自她掌心渡入，但她的神泽已经破损不堪，多是术法反噬留下的创伤。

“为何这么多伤？”古曦滚烫的吐息流过凉唇。

渡渡看帝君亲自为主子渡法治伤，忙不迭地交代：“主子为了修天神之位，被术法反噬很多次，所以才……”

“擎瑜不管她吗？”古曦愠怒，几个字从齿间挤出。

“擎瑜星君？”渡渡不明所以，回道，“我家主子又不是天海的兽，擎瑜星君为何要管我家主子？”

古曦渡灵力的手蓦地一颤：“他与修澜不是……”喉头像是卡了根鱼刺，“夫妻吗？”

渡渡如闻天方夜谭，一头雾水地对上古曦的灼灼双目：“主子怎么可能与擎瑜星君共结连理！主子不过是在帝君大婚那日才认识的他！”

头顶如惊雷隆隆滚过，古曦彻底凝滞。

天海云岸，她的话顷刻占据脑海。

他方才知那双满怀柔情的眸，那些熟悉留恋到令他心痛的小动作，是她再一次放下一切，想将自己交付于他的心意。

我们可不可以重新开始？

可他回了什么？他说：“修澜，别闹了。”

“帝君？”

渡渡反应过来，古曦已抱着修澜疾步离开。

天海星光，紫晟殿采露的仙婢在一片烟霞中翩然若舞，忽见帝君抱着一女子箭步而过，抬头时帝君已没了踪影，几位仙婢俱是懊恼，十分遗憾没能看清帝君怀里是哪位仙子。

回至寝宫，古曦将修澜小心搁置床上，抚平她青黛间还泛起的波澜，轻轻将她裹进怀里，以灵力修补她的神泽。

修澜眉微微蹙了一下，额间渗出几滴冷汗，身体一软直直倒在古曦的肩上。古曦解开她身侧的衣结，雪白的双肩显露出来，血梅之茎就像干涸的河流遍布她周身，背脊的伤口触目惊心，他又取了药来，再极为细致地替她涂抹。

一切弄完，古曦适才放下华幔，看着静躺着的修澜，突然忆起她低颦一笑，为他掖被子的模糊画面，隐约能感受到了那一瞬间心里的满足。

他轻抚着修澜的脸，心底五味杂陈，只抿唇淡笑，她终于在自己伸手可触的地方了。

正看得入神，一个仙官突然张皇失措而来：“帝君，擎瑜星君在邀月顶无端擒拿魔尊池溟，魔界四十八位长老携十万魔人为救魔尊将邀月顶把守得固若金汤，而擎瑜星君寸步不让，形势十分紧迫，请帝君前往定夺。”

古曦目色一动，原来在东海伤她的那个魔人是池溟……

可当下，绝不能因修澜为由头拿下池溟，他很清楚，倘若池溟供出修澜的身份，就是将修澜变成众矢之的。

如今，唯有将她留在身边才是最好的万全之策。

陆续赶来的诸神大都是因邀月顶之事，却见帝君寝宫外无故设了结界，诸神左右商榷无果，只能焦头烂额地等候。

擎瑜星君无端挑衅池溟，引得魔界震怒，已是惊世之举，偏巧素来决绝果断的帝君今日迟迟不露面，诸神心中猜疑不定，摸不准这二人心中考量。

渡渡看着众神原地踯躅，心生愧疚，转动不停的眼睛一边往殿里探视，一边小步趋近子捷，小心问道：“帝君能屈尊给我家主子疗伤，我已经很感激涕零了，但因此耽误正事，会不会不太好啊？”

子捷知他主上心中早有计较，不慌不忙地看了渡渡一眼：“你可以放心的是，整件事完全不必你来感激涕零。”

正说着，古曦终于走了出来，聒噪的气氛霎时安静下来，而古曦只敛眉顺目将一封刚拟好的神诏递给子捷：“先送至擎瑜，再昭告六界。”

从人界直耸天镜的邀月顶，在延绵的云海上，擎瑜一袭月白窄袖裳，素来与世无争的眼眸里寒光凛然。

四面悬崖峭壁，十万魔人的阵法早已被后方包袭而来的天昊捅破一个窟窿，与他对峙的池溟在断石看见神界援兵已到，暗道不妙，只得翻身欲逃。

擎瑜正欲追赶，峰顶四周飘浮的云海突然金光乍现，破云而现的子捷幻化成人拦在擎瑜面前，道：“擎瑜星君，魔尊自然要拿，但不是现在。”

“什么意思？”擎瑜质问。

子捷摊手，掌心瑰丽光色转腾，一封诏书旋即横置于掌上：“这是帝君亲拟。”

擎瑜拧眉接过，诏书上字迹遒劲有力，一气呵成，本该赏心悦目，可他越往下读，心越往下沉，归纳起来，当数结尾一句最震撼人心：“……故册封镜竹雪岭神女修澜为后。”

擎瑜讶然抬眸，他似乎想到了什么，素来似星河斑斓的目光深邃悠远：“他与修澜……”

“正如擎瑜星君所想。”

擎瑜僵滞，原来如此。

最先听完神诏的诸神，心中已经是炸开了锅，看似庄严的沉默下早已一片哗然。

帝君要娶个戴罪的女天神为帝后，简直荒唐！

渡渡如被惊雷击中，木滞在原地，久久不得动，直到子捷从邀月顶回来，她才愣愣地问了句：“帝君是不是趁我主子昏迷对她做了什么越礼之事？”

子捷无语，打趣她道：“……那也算负责了。”

擎瑜从邀月顶赶回来的第一件事就是见古曦。

他曾是鸿钧老祖的座下童，与古曦也算是师承一人，只是鸿钧老祖严苛，对他俩教化的方式截然不同，两人很少打照面，加之擎瑜后来一直待在天海，同门间的交情着实有些浅薄。

他身上的窄袖月袍在旦暮烟霞的裙纱中别具一格，色淡如水的眉眼自带了几分不可说的情愫，引路仙婢不禁想到前几日还被神界通缉的擎夫人如今成了帝君钦定的帝后，心中暗叹一番玄妙后，只见擎瑜星君头饰青玉发簪竟觉得有种说不上来的微妙感。

古曦挺拔的背影闲坐在雅亭下温水煮酒，外面因那一纸天旨闹得沸沸扬扬，他这一处倒隔绝外世喧嚣。

他今日才认真端详这个总被他师尊鸿钧老祖挂在嘴边的帝君，想来外头都因他翻了天了，他倒气定神闲得很，确如师尊他老人家说的那般稳重。

“坐。”古曦烫着酒，随和说道。

擎瑜拢衣坐下，古曦递过来一觚浊酒，含笑挑眉，口吻温和：“酒不够烈，但味道甘洌，试试。”

接过酒饮了，擎瑜沉默了一会儿，才低声问：“修澜便是当年师尊留给你的那株血梅？”

古曦执杯的手略略停顿，并不诧异，鸿钧老祖既让擎瑜守护天海，自然不会瞒他血梅之事，遂诚实道：“没错。”

“依着老祖定下的天规，除却我，便只有帝君帝后能自由出入天海，你是想以此解了她擅闯天海的罪名。”擎瑜停了停，再开口声音多了几分锐利，“可你立她为后，只是因为她是血梅？”

古曦认真地摇了摇头，目光笃定且深情：“你想用的那种法子确然也能救她，可只有立她为后，才能在保全她的同时，将她一直留在我身边。”

擎瑜沉默，他确实有办法救下修澜，但那个方法过于冒险，迟疑不决半晌，才轻叹了口气，道：“在天海时，她便伤得极重，既然你对她有情，就好好照顾她。”

听他语气中全是失意惆怅，古曦问道：“你对她……”

擎瑜笑了笑：“我初见她时，正是你一统两宫那日，她伤了赤帝女，我叫她一声夫人，是想着你多少看在我的面子上不与她计较。现在想来，我确实多此一举了。”

古曦默然，若非那一声夫人，早在天海时，他就应该下这个诏了。

“我真的以为她可以一直陪我待在天海的……”

擎瑜忽地失神说了句，古曦一顿，抬眼看他，他已转口问道：“池溟，你打算如何？”

“他动了这个心思，自然不会轻易放弃，但缉拿他的理由不能是此次擅入天海之事。”古曦负手而立，眉宇间有着帝君独有的威严与风华。

擎瑜点头：“修澜血梅的身份一旦公之于众，只会闹得六界人心惶惶，这也是当年师尊所忧虑的……今日我回天海，发现上次被修澜的寒冰所伤的那些凶兽消失了。倘若那些凶兽在池溟手里，后果不堪设想。”

“这件事，我来查。”古曦沉声道。

擎瑜独自一人回到了天海，天海无边无垠，凶兽的咆哮此消彼长，不绝于耳。他将菩提叠嶂重新修缮加固后再无事可做，闲下来的时光每一刻都漫长无比。

守候天海万年之久，却敌不过与修澜相处短短数日的时光来得充实。

擎瑜暗自苦笑，举目而望，只剩白色的云，寂寥飘浮。

一纸封后的神诏朝夕间传遍神界，古曦回到紫晟殿时，已是夜幕四合，而修澜仍未醒转。

他同她平躺着，身体散发的温暖笼罩着修澜，仿佛当初在胥明宫时一样，倾心相付，昼夜不离，他们之间不存在任何芥蒂。

忆起往昔，古曦只觉又好气又好笑，从不曾忘，北冥寒界她一副悉听尊便时的懵懂无知，和在胥明宫她回回使坏后一脸奸计得逞的样子。

也不曾忘，陪她习法时，她面对无数咒语生无可恋的样子，以及每次跌下云端都拿他当垫背时，没心没肺的笑颜……

一点一滴，刻骨铭心。

古曦端详着她平静的脸庞，真不知道那个时候她是缺了哪根筋，竟险些将他看作师父，莫不是他对她表明得不够明显吗，还是说……做得不够彻底？

思及此，古曦眉眼微挑，忽倾身一吻，落在她霜寒的嘴角。

芙蕖苑中是一片死沉的寂静，赤帝女失魂落魄地坐在玉榻上，面色惨败，半日不曾说过一句话。

狐狸从未见过赤帝女这样黯然销魂的模样，心也跟着她愁云密布的脸色而难受：“公主，您别这样。”

赤帝女张了张口，愤然的语气轻渺无力：“堂堂帝君立一罪神为后，偌大天宫，竟无一神敢出言相劝吗？”

狐狸低着头不敢迎视赤帝女逼问的眸光，颤颤巍巍地禀道：“帝君处事素来决断，立后之事又何曾与诸神商议？如今昭告已下达六界，诸神虽心有疑虑，可事已至此，难不成请帝君收回诏令，落人笑柄？”

赤帝女枯坐，仰头叹笑间尽是酸楚：“如今木已成舟，他是料定诸神顾及神族颜面不会公然反对，如今无非就是一两个神君在后面嚼嚼舌根，成不了什么气候。”

“若她真成了帝后，公主当如何自处？”狐狸察觉出她语气中充斥的不甘和无奈，免不得担心。

她们本想将修澜押上荒寂星，岂能料到古曦护修澜至此，便是她赤帝女当初苦求赤帝，又用婚约和一方天宫作为要挟，才换来一个虚设般的妃位。

那时赤帝女以为终于苦尽甘来，哪怕是帝妃也是中央天宫唯一的帝妃，纵然古曦只当她是养在宫中的一位贵客，但假以时日她定能走进他的心中。

可她没想到，那个人又回来了，更没想到，她满腹筹谋却为那个人做了嫁衣裳……

赤帝女恨得咬牙切齿：“九天娘娘那件天海之水缝制的战袍是不是以新婚贺礼送给本宫了？”

狐狸点头：“是的。”

“将它找出来。”

“帝妃要战衣做什么？”狐狸迷惑问道。

赤帝女扬起森寒细长的柳眉：“战衣自然无用，但将那天海之水裁出来对付她却是极好用。”

赤帝女的指尖像五把匕首一样攥紧掌心，恨意比第一次见到修澜腰间的竹笛，比第一次知道帝君身边有个唤作修澜的灵梅还要来得浓烈。

那个人明明什么都没有做却可以得到自己想要的一切，而她千般算计、步步为营，不惜在瑶台上受尽天雷的剔骨之痛，甚至忍痛舍妹，害得帝父郁郁而终，费尽心思才得了个帝妃的虚名。

而那个人，何德何能？

修澜这一睡便是月余，渡渡每回想多陪她一会儿，都被子捷叫走。子捷的理由很充分：“那是帝君的寝宫，你待里面不合适。”

一池白莲开在经久不散的云烟中，渡渡水灵灵的眼亮着光：“我要是像主子一样昏迷在床，你会像帝君那样昼夜陪着我吗？”

子捷上下扫了她一眼，咳了咳：“你跟修澜以前一样，整天不知道在胡思乱想些什么。”

话刚落地，一阵凉风吹来，子捷才意识到自己说漏了嘴，又扫了眼渡渡，她果然睁着目光如炬的大眼睛一步踏近他，恨不得马上扑过来刨根问底。

渡渡眯了眯眼：“你以前认识我主子？”

“这个，你可以问修澜。”子捷往后撤一步，摸了摸鼻子道。

“帝君以前认识我主子？”渡渡又贴近他一步。

子捷再往后退一步：“这个，你可以问帝君。”

渡渡将他上下打量一眼，神情有些鄙夷：“你往后退作甚？我还能吃了你？”

子捷汗颜：“这个，你可以问你自己。”

“……”

两人呛嘴间，已到渡渡例行探望她主子的时间。

修澜还是静躺在床，帝君将她照料得极好，平铺开的衣裙连个褶皱都没有。

渡渡执起修澜的手，虽然帝君说过她主子很快便能醒，但每次看她主子静静躺在这里还是不由得湿了眼，她缓了缓情绪，说道：“主子以前说过帝君剑指之处狼藉白骨，是个杀伐果断极其绝情之人，你说我主子醒来后发现自己躺在帝君的床上，会不会直接又昏了过去？”

子捷白了她一眼儿，不以为然道：“她又不是第一次……”

渡渡一愣："什么不是第一次……"

话尚未问完，她转过身来，只见古曦长身而立，墨色的长袍显得内敛持重，令人望之俨然，渡渡呆了："帝……帝君，回来了？"

古曦脸色没什么异样，坐下沏了杯茶，问："修澜以前是这样跟你说的？"

"说什么？"渡渡装傻。

古曦不动声色地品茶："杀伐果断？极其绝情？"

渡渡干笑，不知在帝君眼里这两个词算褒义还是贬义，可想来，主子已经算是他的妻，天下的男人都不会喜欢妻子说自己极其绝情吧？遂灵机一动，道："没有的事，主子说的是帝君刚正不阿，铁面无私，且帝君与主子珠联璧合，小仙祝你们百年……哦不，永世好合。"

一番话溜须拍马完，只见子捷在一旁憋着莫名的笑意摇头，而帝君脸色，唔，写着"极佳"二字，渡渡暗喜，道："那小仙先告退了。"

说完便连蹦带跳地出去了，顺手将子捷也牵走了。

寝宫寂静下来，古曦走至床边，轻抚了修澜的眉，心头被什么牵引了一下，有些黯然："绝情？你是这样看我的？"

翌日的阳光在珠幔上折射出一片光影，星星点点的光斑落满修澜裙裾，淡淡木兰花香探过鼻息深入脑海描摹着一个模糊的影。

修澜睁眼，美目似水，尚未沾染寒霜，只偏头一望，光线穿过楠木窗棂，将宫殿镀了层光晕，紫金床架旁的落兵台上搁置着一支竹笛蓦然撞进瞳孔深处。

只此一眼，恍若隔世。

竹笛镌刻的梅花一如初见般鲜艳欲滴，中间曲折的裂口是被反复黏合的痕迹。

是梦吗？

修澜施法欲取竹笛，怎料祭出的术法方碰到笛身，竹笛裂痕便再次破开，“嘭”的一声掉落在地。

仙婢例行进来打扫，见在帝君床上昏迷了整整两个月的神女醒转，一时惊愣后却不知是该行上神之礼还是帝后之礼，是以几人这一礼拜得十分参差不齐。又听闻这位神女曾在紫岩门当众伤过芙蕖苑的帝妃，想来是个脾气不好的主，故此个个都有些瑟缩。

修澜尚犯迷糊，而几位仙婢福礼时目光落在地上的竹笛上，顿时花容失色。

这支竹笛是紫晟殿的禁忌，平常都是由帝君亲自拭尘，从不经旁人之手，就连帝妃都曾因此受过责，如今被折断在地，若是被帝君知晓怕是……

仙婢越想越惶恐，却在此时忽见一人逆光而现，仙婢立刻惶惶不安地低下头，嗓音已开始发颤：“帝……请帝君责罚……”

“醒了？”古曦简单挥手示意她们退下，继而直直绕过她们，目光落在里头那神志还在云里雾里的修澜身上。

熟悉的声音突兀响起，修澜一颤，猛然起身，还没来得及看清眼前的光景便用力往后一撤，这才发现身下是一张紫玉镶金的床。

床上轻柔的衾褥搭在她身上，床外罩数重绡纱层层叠叠。

而信步踏来的人含着久违的笑，眼角眉梢，深情备至。

古曦笑她：“都占了我床月余了，现在才往床角缩会不会太晚了点？”

修澜昏沉的记忆这才“轰隆”苏醒过来。

天海……

青山葳蕤的妖界……

五千神骑……

回眸，是他清风长袖，掌落心口……新仇旧恨刹那涌来。

“别碰我。”古曦刚想伸手触她，这三个字便重重砸在他心头。

古曦却继续倾身靠近她，嘴角漾开三分春色，明媚而温暖：“修澜，我们从头开始。”

修澜蓦地一怔：“从头开始？”她心中隐隐触动，嘴角却笑得讽刺，“帝君是忘了自己在天海所言，还是忘了妖界之事？如今再说这话，不觉得可笑吗？”

古曦收回僵持的手，认真凝视着她：“修澜，你是真的不知道我为你取的名字是什么意思，承诺你的名分是个什么名分？”

“不想知道。”

丝毫不留余地的回答。

古曦呼吸一窒，满腔痛楚却无法辩白。

“是帝后。”良久，古曦开口，“封你为后的诏书已下，这是我想给你的名分。”

“帝后？”

修澜身形巨震，抬头，她黑白分明的双瞳撞进他深不见底的眸。须臾，她却笑得极冷：“帝君此番是怕小神再落入他人之手，威胁到天海之心，动摇你帝君之位？”

他神色一点一点地暗下去：“你是……这样以为的？”

修澜不以为意，只打量着地上的竹笛，哂笑道：“就像那竹笛，既然断了，帝君强行粘了又有何用？”

古曦一滞，修澜已欲离开。

“我立你为后，只是因为爱你，仅此而已。”

古曦追至门外，从后面拥住了她。这时的他再不像是睥睨众生的帝君，更像是个深陷情中的寻常男子。他灼热的吐息洒在她发间：“可我现在说什么你都不会信，你只要知道只有在我身边，我才能护着你。修澜，难道你想再落入池溟之手，将天海之心拱手相送？”

“终于说出来了？”修澜冷静下来，似乎把所有的事情都在这一瞬想通了，“帝君明知是池溟擅入天海却不追究其过，因为帝君知道小神的身份一旦公之于众，天海之心将被多方觊觎。可你既不能让小神身份败露再落入他人之手，威胁六界安危，又不能将小神押入荒寂星，因为小神若出了事，天海之心再无人能启……”

她推开古曦渐渐失力的双手，牵出一个冷漠的笑：“帝君真是下得一手好棋。”

古曦看着她脸上再没有曾经的狡黠、灵动，更多的是桀骜和冷漠。

他知道，纵然他爱她才是他不顾一切要娶她的初心，可他们之间注定不能只有纯粹的情意。

她对他的感情，他再没有把握了。

古曦再次开口，声音已近恳求：“那么你……”

修澜冷道：“如你所愿。”

第十三章

与 君 话 情 深

修澜醒来之事不到半日工夫便传遍天宫，她虽位列天神，却因着不常出入神界，极少承人大礼，近来却是连连接受着扑通扑通的大礼，拜得她十分不适应，每每失神反应半天后才让他们起身。

可这偌大的天宫却无一处是她所熟悉的，正准备挑个时日回镜竹雪岭，走至途中总觉得哪里不对，仿佛少了什么，又走了会儿，突然想来了。

她还有个不会飞的仙兽。

在仙婢口里问来子捷云菲殿的方位，她刚到云菲殿外面，突然听到渡渡大惊失色的声音传来：“啊！救命啊！有妖怪！”

修澜心想着三十六重天上怎会有妖怪放肆？怀着这个疑问提快脚步进去，却见渡渡抱头蹲着，而她前面正站着一名还留着两只毛茸茸的耳朵在外的黄衫小妖。

小妖不是旁人，正是千里迢迢从妖界赶来的漠沁。

漠沁一脸无辜地看着被她吓得面色失尽的渡渡，不知所措，转眼看见突然出现的修澜，喜出望外地跑过来，可考虑到这是最讲究尊卑天宫礼仪的天宫，修澜也不是无官无职的散神了，漠沁手方碰到她衣角便立刻识相地收了回去，摸了摸头，嘿嘿一笑。

漠沁此番纯粹是听闻了那一道神旨后前来道贺的，修澜一直待在紫晟殿，自是不知那一道神旨在六界引起的轩然大波。

神旨传入妖界时，漠沁正为修澜入天牢之事殚精竭虑，听闻此道立后神旨后硬是呆了足足半日，后来听到众妖灵茶间饭后都在对此事争论不休，才真的信了。

她当即便决定前来聊表心意，可在途中听闻修澜昏迷，所以一直拖到今日才来。

漠沁这也是头一次上天宫，不承想天宫这般大、规矩这般多，一路磕磕碰碰又得几位仙使指引才找到这紫晟殿正西的云菲殿。待现下终于见到修澜，她才发现自己连个贺礼都没带，只能开口感慨一番因祸得福后，又从早生贵子祝福到儿孙满堂，再从新婚大吉祝福到白头偕老，继而两手一摊："礼轻情意重。"

渡渡在一旁听完之后，托着要落地的下巴，找到自己怯生生的声音："主子，原来你认识这只妖怪。"

漠沁堆出一个勉强的笑脸："本公主叫漠沁。"

修澜却没有说太多话，几人在屋里絮絮叨叨聊了些天。基本都是漠沁喋喋不休，时而抱怨天宫规矩多，时而羡慕天宫仆从多，灵敏的鼻子将渡渡房里珍藏的美食全搜罗出来，于是她理所当然地吃着渡渡的吃食，理所当然地躺着渡渡最爱的摇椅，理所当然地霸占着渡渡的主子，导致渡渡从头到尾都没什么开口说话的机会。是以渡渡削苹果的刀，暗暗地在桌上磨出了吱吱的声音。

漠沁撑着下颌，突摇头啧啧道："快说说，你是怎么办到的？"

修澜见她一脸高深莫测的笑意，只觉她这一问，暗藏玄机："什么？"

漠沁急得拍大腿："怎么征服帝君的啊？"

"呸，你这说的什么话？"渡渡终于插进话，一副义薄云天的样子打断她。而正在修澜感慨这两百多年没白疼渡渡时，渡渡突然改口道，"主子快说说，你是怎么被帝君征服的？"

修澜："……"

确定修澜平安无事，漠沁一路迈着豪情万丈的步伐，手里有模有样地溜着两个琉璃球，优哉乐哉地回去了。

妖界的天色越发灰暗，斛川的冥火越烧越旺，将妖、魔两界断成无望的岸。

屠泽见漠沁回来，立刻凑过去问道："怎么样？见着了吗？古曦帝君当真是立了那位天神为后？"

漠沁看着空荡荡的寝殿，方舒展的眉突然阴沉了下来，淡然瞟了屠泽一眼，点了点头，却没说话。

屠泽察觉她神情黯然，推了推她胳膊："你怎么了？"

漠沁摇了摇头，陷入少有的沉默。

从小到大，她都是妖皇的掌中宝，哪怕无病呻吟，妖皇也会马不停蹄地赶来关心她。不管她在外面闯多大的祸，妖皇总能在后面给她一一摆平。

可是最近妖皇却再不似从前那样对她关怀备至，她以为只是因为漠沙族一事，妖皇过于劳累，无暇顾及她也是情有可原。毕竟这场内乱也是她任性妄为导致的，可这一次她的洞殿出了这么大的事，妖皇时至今日也依旧不闻不问。

她望了望洞顶，一阵失落堆积鼻尖，泛了酸："我就是觉得父皇最近的行径很奇怪，像变了一个人。"

"可能是因为漠沙族的事分心了吧。"屠泽却不以为意，可一提到漠沙族，就不得不联想到妖界这场内乱，“都怪我，娶了漠沙族那母夜叉就不会有这么多事了。”

这句话屠泽已经不知叨叨多少遍，漠沁懒得搭理他。如今漠沙族不仅有天旋锁，且坐拥妖界半数兵力。倘若真的开战，幻渊坤尚可一敌，倒也不足为惧，方思及此，风拂在漠沁小巧玲珑的脸上，她忽有所疑：“漠沙族这样猖狂，为何父皇既不举兵平反，也不合谈？父皇以前不是个置万灵于不顾的人，他如今，纵容漠沙族兴风作浪到如此地步，莫非幻渊坤……”

倘若没有幻渊坤，漠沙族百万妖兵加之天旋锁，妖界皇室这一仗岂不必败？

一丝不安掠上心头，她看着两个月前还与修澜几人其乐融融待的洞殿，转眼就只剩烧成残泪的蜡炬和昨夜的残香，只觉阴寒备至。

“你不是刚回来，又是要去哪儿？”屠泽见漠沁慌张离开，方跟上去追问，漠沁却一跃化为灵猫转眼便已消失在了洞殿。

不惊动一妖一灵地潜进妖皇寝宫，这于漠沁而言轻而易举。

妖皇寝宫的密室内有一条通往幻渊坤的密径，这条密径只有她和妖皇知道。

可眼前这冗长的密径不知何时已褪去了绚丽的光泽，变得潮湿昏暗，腐败不堪。

她的步伐从初入这里的小心翼翼，到此时此刻的一路狂奔，翻滚的黑暗从身后追上来，这条密径就像没有尽头和光明的甬道。

幻渊坤一定出事了。

强烈的直觉驱赶她的步伐，她几步一跌，心乱如麻，岑寂的甬道里回荡着她焦灼不安的呼吸。

“上次血梅出现在妖界本是天赐良机，岂料古曦好端端地不在神界做他的帝君，竟然亲临妖界缉拿区区逃犯！”粗犷的声音从黑暗深处传来，继而鄙夷道，“他们神界是无人可用了吗？”

漠沁一惊，起伏的胸腔骤然暂停，恰过拐角，一阵耀眼的盈盈星光霍然刺进眼里，她顿时瞪大眼睛，仿佛哪怕那光芒将眼睛割裂都不愿稍闭上。

她的面前是呈放幻渊坤的祭台，而那上面空无一物，术法所建的巨大溶洞中密布着的竟是龇牙咧嘴的凶兽。

那是散着光的天海凶兽！

星光迸裂开来，而在断石上面站着的是此刻该在神界赴宴的妖皇和池溟以及池溟的心腹粤珏。

粤珏站在池溟身后，脸色不及池溟那般难看，反而是有几分底气似的低着头道：“上次在菩提叠嶂上做手脚，引开擎瑜，虽终是给神界制造了方便，不过也不算毫无收获。”他抬眉看了看池溟的脸色，终才把目光停在凶兽身上，“我用锦囊兜将这些被血梅冰封的兽全部带回，果然不出我所料，它们悉数活了过来。”

“这件事，你做得极好！”池溟脸色稍稍舒缓些，虽旧伤未好，满腔阴谋诡计照样信手拈来，“不过这么多的兽，这一小小溶洞如何养得下？”

粤珏挑眉，阴笑的脸似乎已经猜到池溟所想：“那尊上的意思是？”

“擎瑜明知是本尊携她入的天海，可那日在邀月顶他却突然收手，转而古曦就立血梅为后，想来他们跟本尊一样，想保住这天地间最后一株血梅。可她若与古曦结合，那岂不是……”

池溟眯起眼摇头道：“必须阻止明日的立后大典。”

正如粤珏所想，他眼底闪过一丝得意的寒光：“几百凶兽可不是小数目，倘若将它们全部放逐人界必将大乱，天宫又岂能安生？”又思忖了一小会儿，“正好拥有修补幻渊坤魂泽的人也在人界。”

“是谁？”池溟有些讶然他的办事速度。

粤珏不慌不忙：“凡界大胤的赵楚贞。”

这句话如滔滔洪水灌入漠沁双耳，她惊恐万状，倒吸的凉气填满胸腔，寸步不敢动。

而他们二人定计间，身形魁梧伟岸的妖皇却是站在一旁面无表情，那张曾经能演绎一脸浮夸表情的面孔，如今却似溪水中干裂的沙石，苍白生硬，像魂魄离身般死沉。

幻渊坤已落池溟之手？她父皇已被幻渊坤所控？

赵楚贞……

漠沁一眨不眨的眼睛里映着这一巨大阵法中的数百凶兽，它们在溶洞中横冲直撞，禁锢它们的那层屏障吹弹可破，仿佛只要稍稍裂开一个口子，便会以摧枯拉朽之势覆灭大胤王朝。

神界这场突如其来的封后大典将仙婢仙官打了个措手不及，几日晕头转向通宵达旦的准备，各种仙法咒语都使上了，甚至还请了大罗神仙熬夜赶制，眼睁睁地看着天际泛白，才算布置妥当。

清晨，阳光普照下来，万物复苏。

修澜睁开眼，只见古曦坐在床头，剑眉入鬓俊逸出尘，抿唇一笑，仿佛花开遍野。

他道：“今日之后，你便是我的帝后了。”

她没什么表情，低颦淡然地回应了声：“嗯。”

话间，齐齐两排仙婢已捧着玉盘鱼贯而入，精致奢靡的巾栉漱盂，迤逦遍地的衣绸披纱，琳琅满目，衬得满室云蒸霞蔚。

古曦看着几日赶制下来的成果，十分满意，复又望回修澜，温声道：“想必四海八荒前来拜礼的诸神也陆续到了，待你梳妆完后，我便来接你。”话罢，又起身吩咐了仙婢一些事宜，才举步离开。

整个天宫宾客如云，摩肩接踵间或几句寒暄，或谈笑风生，渡渡缠在子捷身后，沾着他的光结识不少神龙见首不见尾的神仙，忙得她不可开交，偶尔多闲扯了两句就被子捷甩得老远，全然忘记她主子还在寝宫被奢靡的胭脂水粉掩盖。

修澜只听见衣绸上的璎珞相碰，珠玉相击之声，竟觉得有些悦耳……

兜兜转转，他们又绕回来了，可她真的做足准备了吗？

曾言永世不愿遇的人转眼却要让月老在三生石前为他们系上姻缘结，漫漫余生，她会与他走至哪一步？这个帝后之名她真的担得起吗？

在仙婢有条不紊的操持下，修澜审视着镜子中的自己，一袭透迤拖地的流紫裙，外披一层薄薄的烟纱，实在不及自己那件素雅的长纱来得别致。

一切准备妥善，朝阳已淹没半室寝殿，仙婢静候两旁，只等帝君云辇。

没等来云辇，却等来了从妖界仓皇失措赶来的漠沁。

漠沁亏得上次来过，惊慌下还能顺风顺水直接摸到修澜这处来，可见修澜盛装而立，心中一有顾虑，突然说不出话来。

修澜见她神色异常，询问道：“怎么了？”

漠沁精灵般的眼碰到修澜清澈的目光有些闪躲，素来舌灿莲花的她难得支吾了半天，才神色惶惶地盯着修澜的眼睛，将幻渊坤与凶兽之事与她一五一十地交代了，末了才补充道：“说是为了什么血梅阻止你的立后大典……”

修澜黑白分明的眸渐渐定格，几百头嗜血成性的凶兽，将之驱逐于人界，没有任何术法的凡人岂不成了它们大快朵颐的吃食？如此血腥的屠杀，怎能不叫人心惊胆战？

愣滞了半晌，修澜声音突然下沉：“他们现在在哪儿？”

漠沁诚实道：“还在妖界。”

还来得及，修澜暗自庆幸，伸手幻出玉笛便迫不及待地欲随漠沁而去，结果步子一提，雍容烦琐的一袭衣裳丁零脆响十分笨重，又捏个咒将衣服换了回来，行动间轻松了许多。

仙婢看着好不容易给她穿上的衣裳被她顷刻间换在了地上，全都一头雾水，见她要离开，这才慌了，立后大典可不能出任何差池，她们立刻放下手中的东西便“扑通”一声跪了下去：“时辰马上……”

“你们速去通知帝君。”修澜打断她们，嘱咐道，“此事关乎人界存亡，一刻也缓不得。”

仙婢斟酌间，再抬头时，人已经没影了。

整个天宫歌舞升平，拜礼的络绎不绝，古曦坐在紫晟殿神位上受着众灵朝拜，空寂的心在这一刻被填得满满当当的，而芙蕖苑，池中花已过花期，袅袅几朵半开半合，萎蔫半池。

赤帝女水袖携着怒火扫过梳妆台，各种各样的饰品碎了满地，脸上强撑的温雅之色褪尽，凄声道：“拿走，全部拿走。”

温婉大方的帝妃突然发脾气，仙婢战栗危惧跪拜出去。

赤帝女看着衣架上那件天海之水做的无上战衣已只剩褶皱的空壳，而桌上是用天海之水为修澜量身定做的法器，可是一点办法都没有。

修澜昏迷的整整两个月，古曦几乎昼夜陪伴，即便因公事离开也会让子捷留下，她一点机会都没有。

“帝妃——”一个灵巧的仙婢急急跑进来，边行礼边道，“清茗方说修澜天神突然跟妖界公主走了。”

赤帝女蓦然坐起，现已日过半山，这个时辰已快到吉时，帝君的云辇马上就会到寝宫，修澜怎会在这个节骨眼儿离开？

“她们做什么去了？”赤帝女的声音蓦然紧收。

仙婢连忙禀道：“说是池溟要将数百凶兽驱逐于凡界，她们前去阻止，还要救凡界一个名叫赵楚贞的男子。”

“凡界的男子？”赤帝女森寒的眉蹙起，“帝君知道吗？”

“已有仙婢前去通知了。”

帝君还不知道？倘若云辇接不到人……赤帝女灵光乍现："不管用什么方法，立刻拦下那仙婢。"

赤帝女逼急了般的疾言厉色，仙婢不由得一抖，领命退下。

外面丝丝竹弦入耳，赤帝女惨白的脸色霎时恢复了点颜色。

漠沁带着修澜再次通过那条冗长的密径，蜿蜒曲折，异常静谧，可是两人到了尽头，黑乎乎的溶洞空荡一片，什么都没有。

"他们走了？"漠沁回头来，脸色煞白，又怯又惊，"赵楚贞……"

修澜还没反应过来，漠沁已跌跌撞撞地急急往大胤王朝赶去。

而此时此刻，修澜托仙婢传的话已全被赤帝女截下。紫晟殿内诸神就位，外面神霄绛阙人满为患，个个心怀激动，远瞩着凤鸾云辇前往寝宫迎接古曦帝君的这位传奇般存在的帝后莅临神位。

时间一点一滴从诸神交头接耳间流失，从修澜足下腾走的云流失，从古曦的等待中流失……

可是大胤王朝仍旧闾阎扑地，接袂成帏繁华非常，没有丝毫异常。

修澜抬眼望了望四周，夏日热辣辣的日头照地下面一片云蒸雾起，入目处皆是一片安宁祥和，物盛民丰，不由得问道："你可确定？"

"绝没有听错。"漠沁惶惶不安，语气却是十分坚定，"我必须马上去找赵楚贞。"

人界的王宫宏图华构戒备森严，却对修澜和漠沁不好使，两人捏个隐身诀就目若无人地冲进了大胤王朝小帝王的寝宫。

赵楚贞端坐在一把金灿灿的龙头椅上，庸俗的颜色仍是遮不住他低眉看奏折时的雅人深至。

漠沁见他还好好的，情不自禁就落了两行泪，化作灵猫扑了过去。

须知彼时修澜与漠沁本是靠墙而站的，是以漠沁化作猫扑过去这一动作在赵楚贞眼里，它就是活脱脱穿墙而来的，手举了半天没敢抚它。

修澜汗颜，用的术法说话：“我且先回天宫，魔尊之事还得细查。”

而紫晟殿稠人广众，却是凄静一片，古曦衣冠楚楚，正襟危坐于神殿上方，精美绝伦的脸沉浸在一片琉璃色中。

他深沉的眼紧盯着空回的云辇，渐冷的心看着一地被扔弃的华丽衣服和跪了几排不敢开口不敢言的仙婢。

下立诸神从开始翘首以待到评头论足，再随着帝君黯然的脸色缄默一片，无人再敢言。

空气随着时间的无限延长，而无限凝重。

修澜返至神界，可飞甍碧瓦的寝宫已是另一番光景，只见四四方方的院以及迂回婉转的回廊皆跪满了仙婢，沉寂的空气使得她免不得一怔。仙婢抬头望见修澜回来，释然得泪如雨下，齐齐无声让道。

子捷亦在其列，手中端着从地上拾掇起来的喜袍，抬头瞧了一眼慌忙回来的修澜，手中木盘瞬间落地，破碎的声音迸裂开来。

“你……没有带着渡渡离开？”子捷声音缥缈。

子捷今日与一个上神寒暄几句转眼渡渡就不见了，正四处寻找，却听闻接修澜的云辇亦是空载而归。他突然意识到什么，抬头果然见到他主上脸色剧变，两人不约而同想到一处去了。可如今修澜好端端地回来了，子捷似恍悟什么，不会飞又路痴的渡渡想必是在天宫迷了路，遂一拍脑门道：“我去找渡渡。”

“古曦呢？”

“主上在里屋。”

推开门，满室酒香，修澜方踏进一步，他手中的瓶随着他冰冷的声音狠狠砸过来：“出去！”

避得开袭来的酒瓶，却避不开这窒息的沉默和他不可侵犯的威严，修澜怔了怔，继续提步进去。古曦并未感知身后来者是谁，想来这个时辰也只有仙婢无疑了，便不耐烦地转过身来预备呵斥，却蓦地站定。

万籁俱寂，一片云霞中，她渐红的长裙就像出水芙蓉般娇艳挺立。

“修澜……”古曦的声音极轻。

然而这片刻间，扇面的大门轰然关上，修澜手腕被术法一拽，一阵浓郁的木兰花香扑过来，她猛地撞进古曦的怀里，又一个辗转，再睁眼，眼前形势不容乐观，此时此景，跟那戏文中描绘的别无二致。

她被古曦抵在玉柱上，上面镌刻的纹理硌得背脊发疼，但她挣不开，正欲抬头瞧他的脸色，可一抬头便被他锁了唇，修澜本就迷糊的脑袋顷刻就如飓风刮过般，将所有情绪吹得分崩离析……

修澜正欲捏个诀，却似被他察觉一样，一个衣结解开后，他双手直接压上来，十指相扣，古曦整个人都贴在了她身上。

这种完全占有不容抵抗的姿势，修澜逃无可逃，只能别过头，将玲珑的耳送入“虎”口，道：“大典还未开始……”

像触及了古曦的痛楚，他神色一黯，用力咬住修澜的耳畔，因怒火而烧得灼热的气流直接注入她的耳中：“已经结束了。”

修澜显然没想到她不过离开一会儿便已错过了大典，稍怔后，又才道：“我方才去……”

“回来就好。”古曦打断她，“我以为你……”顿住，欲言又止的痛猛然袭上来顷刻又退下去，他的视线紧紧缠绕着她，这个他以为又彻底失去的人。

“回来就好。”古曦拥紧她，又道。

“帝君，帝妃在紫晟殿求见。”燥热的空气被急急进来的一个仙官打破。

古曦应了声，眉头微微拧起，似在思索着什么。半晌，他突然伸手给修澜理好衣襟，低沉的嗓音像在命令她：“跟我一起去。”

此时的紫晟殿宾客已散了一半，没有乐鼓喧天、歌舞奏乐，一切悄然无声，站在旁边的几位远道而来的仙上垂头叹气，并未说话，仍在静默以待。各界生灵本是满怀期待地来参加中央天宫立后大典，结果连帝后的面都没见着，不免唏嘘。

听到仙阁上预示帝君到达的三声鹤鸣响起，诸神立刻精神起来。

颔首朝拜的视线中踏入两双足，众神视线上移是紫金发冠的帝君，而他身边的女子身裹渐红长纱，美目流盼鬟绾乌云，淡雅的神泽不正是那个三千妙龄却位列天神的神女？

修澜踏着众灵惊疑不定的视线径直走向神殿上方，打量着面前的座位，鱼虫鸟兽的暗纹，倒也庄严大气得很。

她记着古曦的嘱咐，学着几分端庄大雅，慎重地坐了上去，下面高朋满座却顷刻鸦雀无声。

古曦立在一旁，修澜瞟了瞟他，见他一脸复杂，想来这张可以当榻的座可能是两人位的，便往旁边挪了挪，给他腾了点位置。古曦没有要坐的意思，修澜便又挪了挪，顺便敛好裙裾。

又过了好半晌，古曦才揉了揉额：“你坐的我的位。”不动声色地指了指旁边那座稍小一点儿的、稍朴素一点儿的、一看便是近来添置的新位，“那是你的。”

修澜：“……”

整个天宫满布绫罗绸缎，连屋前几树蓝花楹都是披罗带翠，对比下来，修澜虽着装素雅，但往那位置一坐，下方诸神已然明了，稽首拜礼。修澜这才觉着有些受宠若惊的飘然，不由得偏头看向古曦，而他的目光却已落在殿下的赤帝女身上。

“何事？”古曦不怒自威的声音响起。

赤帝女一身烟落纱站在玛瑙嵌玉的地面上，化得五彩纷呈的眼定定瞧着修澜，原本斟酌半晌的话此刻一句也说不出口。

“先处理魔尊之事吧。”修澜见赤帝女道不出个什么紧急之事，便提醒道。

古曦自是不知她所指何意：“什么？”

“你还不知？”修澜见他的模样似乎完全不知情，心徒生不安。

正说着，负责管制妖界的泊若司君突然从拥挤的众灵中亟亟撞进来，喘着大气禀道：“帝君，两月前您让我查的那几百头凶兽方在妖界边境找到，入天海的粤珏已经拿下，凶兽已悉数带回，但我们还是晚了一步，仍有部分凶兽流落人界。”

疾来的消息骤然截住诸神捕风捉影的议论，惊诧几乎要从他们瞪大的眼目中流出来，古曦正欲开口，修澜已觉不对，霎时拍案而起：“清茗！”

被唤作清茗的仙婢侍奉在殿下，忽听修澜在神殿上呵斥她的名字，她一个心虚立刻瘫跪在地：“帝后，小婢……小婢什么都不知道，帝后饶命。”

“我尚未开口，你便怕成这样了？”修澜怒极的声音响彻神殿，“为何没将我之前离开的缘由告知帝君？”

古曦眸子里闪过一抹异彩，只见清茗在修澜突然腾起的气势下声音颤抖得几近于无。

“是……”她瞟了瞟赤帝女，“是帝妃拦下我们，帝妃说……”

“妾方才本也是要说这件事。”赤帝女心中那点城府早已在见到修澜那一刻坍塌，虽心下慌乱，却还是灵机一动抢得先机解释道，“今日是册后大殿，可小绿却为了一个人界男子丢下整个神界，委实不太光彩。妾之所以拦住仙婢，是因先前各界生灵俱在，恐仙婢口无遮拦说错了话，让神界……”

赤帝女顿了顿：“和帝君失了颜面。”

古曦脸色一滞，修澜却是笑了：“好一个失了颜面？这会儿你便不怕了？”心头蓦地有些不悦，她继续道，“小绿这个名字乃四公主所取，如今我听着，总能忆起些不太顺心的东西来，三公主，你以为呢？”

极淡如水的话如冰凌一样激得赤帝女皎白的脸青白交替，她再端不出素常的端庄大雅，跪步移向古曦：“帝君……妾是中央天宫的帝妃，自是事事要顾及神界的颜面，今日……”

“清茗，你说。”古曦截了她的话，冷峻的脸辨不出喜怒。

清茗连头都不敢抬，伏在地上老实交代：“正如帝妃所说。只是除此外，帝后确然说过池溟要将数百凶兽驱逐人界之事，也曾交代过让我们通知帝君，但……帝妃的吩咐我们也不敢不从。”

竟是如此……古曦抿唇看向修澜，亭亭玉立两袖清风，腰际是自己尽兴之后系错的衣结，心底忽然滋生出无尽的懊恼和悔意，良久，才沉声道：“廉直大将负责缉拿纵容凶兽的魔尊池溟，而三公主，不分事情轻重缓急，酿成大祸，与泊若一同前往人界收复凶兽，将功折罪。”

赤帝女轰然跌坐。

神殿上方视野开阔，下面一览无余，修澜凛然看着她面如死灰的样子，大概很多年前自己也曾有过。

子捷还在熙熙攘攘的人群中找渡渡，忽见擎天柱后面一位满脸崇拜地朝着神殿上方挥手的蓝衣团子，不正是还全然不知发生了什么事的渡渡又是谁？

渡渡这是在这天宫这么多天来第一次见到传闻中的帝妃，曾经南方天宫蕙质兰心仙姿佚貌的三公主，中央天宫唯一的帝妃等诸多美誉砸得渡渡头昏眼花。

可今日终于见到本尊，想来约莫是因着自己常年跟着主子在素白的镜竹雪岭待得久了的缘故，只觉她姹紫嫣红的精致妆容，有一种让人发腻的感觉，而且一点也不如传闻中的善良。

她心里感慨：果然谣言不可尽信。

似察觉子捷的目光一样，她突然偏过头来，水灵灵的眼睛泛着光，两人目光相遇。子捷竟有些不知所措，眼睛刚放到别处，渡渡已兴高采烈地跑过来，沾沾自喜道：“我终于知道帝君为何立我主子为后了？”

子捷瞟了瞟她，倒十分想知道她的高见，问道：“为何？”

“威武啊！”渡渡胸有成竹，“看我主子一巴掌拍得多威武，我见我旁边的仙子连气都没敢喘。”

子捷黑着脸：“你觉得一个正常的男子喜欢一个女子，会是喜欢她的威武？”

呃……渡渡陷入了漫长的人生思考。

而在这漫长思考中，赤帝女已脱去雍容的华服，随着天昊去了凡界，诸神三五结群又陆续散了些。

新婚之夜，室内烛火幽微，清月的冷晖洒满紫晟殿，子捷与渡渡静候在帝君寝宫外，里屋沉默了很久才依稀传来他们二人的对话：

“今日是我冲动了……”

“小神乏了，帝君请回。”

“修澜……”

“小神乏了，帝君请回。”

残缺得几近破碎的语气，渡渡第一次觉得原来主子的声音可以冰冷至此，没听出任何端倪，见子捷似乎早已猜到般，并没什么表情，只照旧饮着手里的甘露。

渡渡突煞有介事地分析道：“这本来就是帝君的寝宫，主子这个‘请回’莫非是‘请进’？”

结果是子捷一口甘露喷了渡渡一脸。而里屋古曦难得与渡渡理解一致，开口直接问道：“你睡里边还是外边？”

终归是做了夫妻，修澜认命道：“我睡下边。”

“嗯？”古曦掀被的手一顿。

修澜指了指床沿下放着的盆栽：“我说这个。”

古曦不动声色地挑了挑眉，修澜无所适从地咳了两下，立刻化为原形在盆栽里找了个缝钻了进去。

黑夜里，玉榻上的男子像三月的暖阳，笑起来花开遍野，而一层床纱相隔的红梅沉浸在薄薄的月华里，无声静开。

几夜下来，古曦都以“影响不好”与修澜同房而睡，导致修澜睡得极其不好，偏巧在神界帝后还须得早早起来同帝君一道临朝，是以几次早朝，修澜皆是浑浑噩噩地瞌过去了，全然不知那一群花白的老仙在争执什么。

夜阑人静的神界，高高隆起的苍穹被凉风吹得只剩一片荒凉，此刻只有校场还有夜以继日的天将在训练。

天昊负着手在行列间来回巡视，心里除了揣着天海丢失的凶兽之事，还有一桩事更是叫他困惑得夜不能寐，免不得有些心不在焉，看见有一两个浑水摸鱼懈怠训练的便直接掷箭惩戒，哪知用力过了，重伤了一位。

中箭的士兵捂着大腿号叫，一旁士兵连忙去搀扶。

每位士兵都是曾与他一起出生入死的兄弟，天昊心有歉意，却不能过于表示，只好借此鼓舞士气：“一点小伤嚷什嚷？如今天下安邦，不比当年战乱，但训练是必不可少的，你们这些天将，如今真是越发懒散娇贵了，还不如一位小小的仙婢，你们可知当年有位仙婢中了黑铁腐毒……”

又是这个典故，士兵们最初听完颇感震撼，可如今几个千年过去了，耳根子都起硬茧了，自是再提不起兴致，但见天昊神将意气风发的模样又是要讲上一轮训练的时间，便拿起大刀继续操练。

天昊唾沫纷飞的嘴猝然停下。

仙婢，竹笛，突然被立为帝后的那位神女的那张熟悉桀骜的脸……

灵台天光乍现，天昊一拍脑门，终于知道了那日在斛川对修澜的熟悉之感是从何而来，连连招来火虎影往帝君寝宫而去。

古曦处理完公事，夜已经很深了。修澜睡得酣畅，他坐在床头，温柔的目光拂过她沉睡的轮廓，忽然想起胥明宫之时，她也总爱半夜幻成人形坐在床头端详他。第一次被他抓了现行，她目不转睛地瞪着他解释道：“我在分析你白日说的男女之别。”

第二次被抓到现行，她一本正经地扯谎：“我就是看你脸上有脏东西。”

第三次，她脸烧出一片红晕，却只心虚地东张西望：“我没看你，我在看天海。”

古曦回忆起来，只觉又好气又好笑，半晌，修澜忽然隐隐动了一下，古曦略怔，温声道：“我吵醒你了？”

修澜没睁眼，只眉头猛然蹙起，伸手一把攥紧他的袖口，身体轻颤，接着冷汗涔涔，像在黑暗中被梦魇缠身时才有的一种恐惧到了极点的形容。

“修澜。”古曦心头一紧，试着唤醒她。

可随着古曦磁朗的音色一声一声灌进修澜半梦半醒的梦境之中，她的手也跟着拽得越来越紧。

梦境是东海礁石，一只青鸟正用喙挠着她的手心，她痒得发笑。突然，一道彩虹横空凌驾在东海之上，古曦踏着七彩光色款款而来。

她瞬间收起笑容，目露厉色飞上彩虹，将手中的玉笛化为利剑，青鸟企图阻止，可她却毫不迟疑地刺向他的心口。

他落入东海，海水淹没他满眶的深情。

“修澜……”古曦温和的声音掺着满满的疼惜，在耳际响起。

修澜这才猛然睁开眼，微微偏过头。

梦里那张目若星朗眉入双鬓的颜清清楚楚地呈现在自己眼前，梦里涛声依旧入耳，只一瞬，她分不清梦境与现实。

她几乎是下意识地起身，腰间玉笛携了七分锋芒直穿他肩，他意料外地没避，笛尖入骨，血顺着洁白无瑕的长笛淌下来，洇开一片。

古曦目光……惊异？悲痛？愤怒？似乎都没有，他只深深地望着她，缓声问道："你就这么恨我？"

修澜慌了，那一刻，她的面容写满了无措。

片刻后，古曦只见门口一片裙纱遮住蜂拥进来的光线，不过一霎，门又被关上。

修澜施法离开了。

第十四章

曲 终 人 散 聚

适才踉跄一步踏出紫晟殿，修澜便迎面遇见不久前才在妖界交过手的天昊神将，修澜想来真是时局多变，之前还兵刃相见的两人，转眼便是君臣大礼相接。

修澜神情慌张地承了他的礼，而天昊炯炯有神的双眼却是毫不避讳地审视着修澜，方还循规蹈矩的他，一激动起来就立刻原形毕露，一口咬定道：“果然是你！你当年穿的是绿色衣裳，我说怎么这么眼熟。”

洪亮的声音突兀响起，修澜尚未来得及反应，他又继续道：“那一次你被观星池的异魔所伤，中了黑铁腐毒还御云万里抵达紫晟殿，实属不易。我在校场时还常以此为例，训诫那些娇生惯养的男儿，定然不会记错。”

修澜听到自己干巴巴的声音道：“大概是有这么一桩事。”

天昊见她承认，更加激动，细说道：“三千年前帝君平定仙、冥两界之战，向玉帝要了支亘古玄竹，帝君在屋里细细雕琢了整整十日，我当时以为他在造何神器，却是一支笛子，甚感诧异，不想在瑶台之时竟见那笛子系在你腰上，便晓得你与帝君关系绝非寻常。”

天昊未留意到修澜渐僵的神色，只滔滔不绝地继续补充：“那次观星池之事帝君命我彻查，确然是空间出现罅隙，且是一只灵狐所为。我素来以为能让帝君动怒的，必是什么天地浩劫，是以帝君那一次发怒让我有些莫名。若非当时帝妃心存善念，拖着遍身雷伤给那灵狐求情，怕是天下的狐狸都被宰得干净。

“再后来我收服沧夷八州回来后去南方天宫打探你的消息，却听说你犯了大过被葬无生崖。从无生崖跳下去的没见过活着回来的，但奇迹这种东西没想到还真叫你撞上了，我说帝君怎会突然立后，没想到，居然是你。”

游星切割着天海，冰冷的光笼罩着一座座迤逦的贝阙珠宫，修澜幻移加疾步，她在原路返回。

室内灯火依旧，古曦长身玉立，静矗窗前，幽紫色的夜光从窗牖投进来，他的俊颐收敛了些凛冽，投下长长一道落寞而沉重的影。

两人目光相撞，古曦这才露出难以置信的神色，而修澜的目光却开始四处巡逻，突然她双眸一亮，径直绕过一修竹屏风，在木架上取来了一瓶药过去，伸手预备剥开他的衣襟，清冷的声音不痛不痒：“玉笛是广寒宫的玉树所造，算是件厉害的法器，你这伤配上极好的丹药估计也须得养上十来天才能彻底痊……”

“为何还要回来？”古曦打断她。

屋里只有烛火偶尔烧得噼啪作响，少顷，修澜突然抬起眸子凝望着他，方道：“因为你答应了我，要重新开始。”

古曦脸色蓦然一凝，看着修澜，她秋水般的眸子是那样的宁静无畏。

“什么？”

“上次在天海为何推开我？”修澜声音略带了几分俏皮责问他。

古曦怔了怔，才反应过来，她这次是真的回来了，带着那颗险些被她弄丢的真心回来了。

“那时我以为你是……”古曦稍顿片刻，方才低声道，“我以为你是擎瑜的妻。”

修澜愣了愣，才着急解释：“我与擎瑜星君只是……”

“我知道了。”古曦倾身下去，封锁她的唇，温柔转辗间她亦跟从前般呆滞，抵在他衣襟的手不知是想推开还是抓得更紧。

他在她脸颊上停了停，又忽然道：“对不起。”

对不起……

外面云卷云舒，门前花开花落，窗牖俞尺的月光静静流淌一地，修澜听见心跳如鼓声般，却再没有打扰他一啄一饮的索求。

是以第二天上不了早朝成了必然的结果。

晨光依稀，惠风和畅，修澜坐在紫晟殿上昏昏欲睡，好在上方神座离诸神较远，光色又十分迷离，下立诸神只见帝后在上面摇头晃脑，似在苦思冥想，又忆起那日她一怒震慑满殿的威风，几乎无神怀疑她在睡觉。只是散朝后，素来都是帝君先行离开，今次帝君非要目送诸神全部离开，不免觉得新奇，诸神也倍感受宠若惊，挺直着背离开了紫晟殿。

见诸神走了，古曦这才施法轻手轻脚地将修澜抱回了床上休息，一路上全然未顾及仙婢仙官暧昧的眼神。

近来天宫琐事繁多，白日里古曦基本都有政务忙着，修澜也不好打扰他，自己在一旁玩着，偶尔翻翻书籍，还是跟当初胥明宫一样，全是清一色的公文，乏味得很，这才发现白日里不睡觉真是百无聊赖，实在不知以前都是怎么过来的。且近来竟多日不曾见过渡渡与子捷二人，时时去问，仙婢只说二人出去了。直到某日见着渡渡乘在九头凤凰上在云际间翱翔时，她瞬间明了，激动地跑回去跟古曦说了这个事，然而古曦就十分淡定，低头拂了拂杯中漫出的水雾，慢慢道：“本帝一手调教大的坐骑就这么被你仙兽拐走了，你怎么赔偿本帝？”

修澜愣了愣，适才一本正经地跟他算着：“别人都是姑娘家收聘礼，这份补偿该是我找你……”

话未说完，古曦已一把将她禁锢在怀，手臂擦过杯壁，茶水凝成寒冰，古曦温声道：“那就给你补偿一个孩子吧。”

修澜一时没反应过来，这个账是不是哪里算错了？

古曦轻勾嘴角：“怎么？”

修澜眼珠转了转：“那什么……天还没黑。”

方说完四面窗牖夜幕突然拢起，只有房中装饰的一些珠宝还亮着微光。

再醒来时，不知是晚上还是术法造就的黑夜，屋里灯火烛影，九重绡纱华幔外，古曦玄青长袍紧贴着俊朗的身姿，支额垂目，已在尺牍间劳神。

修澜瞟了瞟公文：“魔界之事？”

“嗯。”古曦点头，将她拉到怀里坐下。

“说起魔界，我有件事要与你说。”

古曦放下公文：“什么事？”

修澜自行在他怀里找了个好姿势枕着，慢慢道：“幻渊坤，被我失手毁了。”

古曦一怔，忆起什么：“那日东海之时？”

修澜抠着他衣襟的木兰花纹理，点了点头。

“修澜。”

“嗯？”她仰起头，双眸如秋水。

古曦心头一动，软玉在怀，岂能不畅饮？

缠绵后，古曦掺满疼惜的声音从头顶传下来：“我以后再不会让你一个人了。”

牵动心里莫名的酸楚，修澜道："那批阅完陪我去看凡界的星河。"

古曦刚想答应，便听有人叩门，修澜一瞧时辰，叹气道："看来是小九儿来了。"

说着施法整理好衣衫，三声敲门一响完，子捷便推门而入了。

修澜看着他手中又呈来的公文，倍感惆怅，郁闷道："小九儿！你真的是……"

未说完，子捷脸色已经剧沉，瞪了她一眼转身欲去，手方搭在门上，修澜便在后面喊道："你再敢摔一下门试试？"

子捷头也不回，痛心疾首地摔门而去。

修澜摇头："啧啧，还是这么傲娇，看来我得跟渡渡谈谈了。"

见古曦正在一旁好整以暇地看着她，遂虚心求教地问道："当初你是怎么驯服他的？我让渡渡学学？"

古曦不动声色道："斗法。"

修澜汗颜，掂量掂量渡渡那厢连飞都还不会的灵力，妥协道："算了，还是让渡渡自行琢磨吧。"

近来连飞都不会的渡渡也在为此努力，常常夜深人静了还在紫岩门习法。渡渡悬着一颗心趴在云头上瞪着眼往下瞅，但云飘得太高，觑着眼看一眼就心惊胆战。而子捷则悠闲地路过，远瞻着天海千变万化的星河图，叹了口气，才慢慢道："连这个都怕，你这一辈子都别想飞。"

渡渡心里打着小算盘似的，攒出一个不怀好意的微笑来，信口开河道："不就是飞嘛，给我一个动力，换我带你翱翔四野。"

"动力？"子捷不禁失笑，"难不成你飞还要助力？况且那也不叫飞了，那叫滑翔。"

渡渡顿时有些难以为继，勉强笑了笑，耐心解释道："我指的是精神动力，比如……"

"比如什么？"子捷扬眉。

渡渡随口道：“比如，我会飞了，你就娶我。”

子捷蓦地怔住，却突然想起他主上和修澜以前的事。那一百年，子捷看得比任何人都清楚，修澜是如何一步一步心念如灰的，他主上又是如何迫不得已的，一桩桩，一件件，没有一样是可以平淡无奇地提及的。可他看着渡渡，突然发现同他们比起来，自己可以有这么简单的喜怒哀乐，而不似他主上当年那般言不由衷，一言一行都要顾全大局。

好半晌，子捷才事不关己似的回道：“反正你也学不会，答应你又何妨？”

渡渡没想到他就这么随口答应了，四肢一蹬，突然欣喜地尖叫起来，正欲纵身一跳，忽见云雾下的紫岩门上有一双倩影走过。

“主子？”渡渡撑着额。

子捷瞅了瞅：“此时人界也是三更的天了，他们去人界作甚？”

渡渡白了他一眼：“幽会这种事儿当然要去人界啊！”

子捷：“……”

修澜和古曦越过天镜，浅灰色的人界像一幅泼墨画，朗月罄然于空，俯瞰下去，人界星星点点的灯火亦是一条静止的星河。

修澜感慨，三千年来一直不觉得美丽的东西，在这一刻，才感觉到它宁静的美意。

景未变，人未变，只是看景人的心变了。

离那片苍老繁荣的大地越来越近，光景便看得越来越清晰，直到大胤都城滔天的火光呈现于眼前，二人才猝然停下。

“天海凶兽？”修澜蹙眉。

凶兽麒麟身，猛虎头，身形庞大，修澜想来今日这星河是看不成了，看向古曦，却发现古曦已经不在原处。

修澜抬目四顾，只见凶兽的尾狠力扫过半座城池，一片星光破碎中，古曦流星赶月的身影穿梭在弥漫的硝烟之中，单手接住一个被凶兽震开的女子。

那女子紧罗玉衣，华裾随风，光芒照射拂过，她满脸尘埃亦遮不住那胭脂浓抹的妆容，不正是赤帝女又是谁？

古曦将她接回云端，云下扑来的是地动山摇的磅礴气流，大胤都城逃窜的人流堵满大街小巷，古曦脸色霎时冷冽起来："泊若呢？"

修澜立在一旁，余光中赤帝女紧攥着古曦衣襟处的木兰花，含泪回道："泊若神将在淮山北岸的茂林中收复凶兽，随妾而来的这些天将皆被凶兽所伤……"

昌荣的大胤已不复往昔安宁，凶兽闯进欣荣的都市，幢楼坍塌雷电齐鸣，它们身上的五彩鳞光成了这昏暗世界的另一个太阳，修澜将目光锁死在凶兽那双赤红的眼上，袖子一扬便朝凶兽飞去。

古曦见状，正欲起身，却见赤帝女吐出一口血来，气息微弱几近于无，只得先渡她灵力，暂缓她的伤势，而目光却始终留意着修澜身轻如燕的影。

而大胤朝堂之上混乱一片，赵楚贞坐在王位之上面色焦虑，灵猫藏在龙椅之下寸步不离。

前来复命的将士怯生生道："东城已毁，不足一个时辰凶兽便能抵达皇宫，请王上撤退。"

众人凛然，一片寂静之后是一片相争劝言的喧哗，白发苍苍的丞相进言道："王上，此乃妖物，非我等人力所能制伏，还请王上即可下令，即刻移驾。"

"移驾？"赵楚贞苦笑道，"移至何处？不顾都城，舍弃百姓，大劫之后，再心安理得地坐上王座，失去民心，又如何再做大胤的王？"

外面狂风大作，忽远忽近的嘶吼拍打着纸窗，群臣皆跪，满殿凄烈一声："王上，请王上移驾。"

赵楚贞心意已决，反是平静下来，慢慢道："凶兽再庞大终归也是血肉之躯，举全城兵力猛攻，总还是有一线希望。倘若我们都城的禁卫军都临阵脱逃，如何护佑百姓。”

“可是那兽残暴成性，平常刀剑根本入不得它的身……”

“轰！”

殿门被撞开，外面的雪白之色晃入眼里，只一瞬，殿门又关上了，将士连同外面的寒风暴雪一同扑进来，满目惊喜激动：“王上，大捷！”

高温未散的夏夜，将士身上沾的雪花一进屋便融化成滴滴晶莹的水珠挂满他甲胄，喜不自胜：“王上，神佑我大胤！”

众人还没反应过来，只见赵楚贞龙椅下的灵猫已猛地蹿了出去，撞开紧闭的殿门，赤红的火光掺着寒冬才有的白雪扑满大殿。众人瞠目结舌，纷纷挤出门外，只见远处身裹渐红纱绸的女子乘云而来，指尖波动，身边朵朵梅花萦绕，遥望间已听不见兽的嘶鸣，和足下大地的震动。

洪公公立在一旁瞠目结舌：“这不是那位……”

“备马！”赵楚贞忽然高声命令道。

雪飞扬，马奔驰，阵阵马蹄催促着赵楚贞，从大胤皇宫如一支箭矢一样冲向东城。

漠沁趁机藏在他袖袍之中，里面漆黑一片，她抱着爪子来回翻滚，只觉脑子里一锅糨糊，正欲发呕之际，赵楚贞突然停了下来，她便顺势一头栽了出去，四仰八叉地伏在地上感受着天昏地暗。

“国公大人有事？”赵楚贞平素温和的声音带了几分严肃。

漠沁摇了摇脑袋爬起来，只见赵楚贞骑坐在高大的骏马上俯视着突然拦在马前的宋梓霖。宋梓霖双目空洞，面无表情，正如她父皇一般模样，漠沁一惊，倘若他也已成幻渊坤下的傀儡，那么眼下赵楚贞……

赵楚贞未觉异样，抬头望了望东城的方向。雪下得越来越小，已不见修澜的影，宋梓霖迟迟不答复，他有些不耐烦地低眸看宋梓霖，却只这刹那间，宋梓霖五指成爪运风成术，一道掌风直面劈过来。赵楚贞呼吸猝停，惯性偏头一躲，灵猫却已猛地扑上去，宋梓霖的掌风切过赵楚贞左肩拉下一道长长的伤口，跌下马来。

宋梓霖没有任何思维，全然不顾死咬着他的灵猫一步一步逼向赵楚贞。赵楚贞这才察觉宋梓霖的异常，只能急忙翻身重上马，可手方触上缰绳，矫健的马如泄气的球一样猝然倒地，而宋梓霖已如幻影般直逼过来。

漠沁见情形不妙已顾不得身份，幻出人形来，一道长绫缠住宋梓霖正欲袭入赵楚贞天灵盖的手臂，用力一带将宋梓霖的攻势转向自己。

赵楚贞已是面色失尽，颤着唇道："漠……漠姑娘……"

漠沁用绫缎钳制住宋梓霖，但宋梓霖是无惧死亡的傀儡，不过片时那束缚他的绫缎便被撕裂成布片随风扬在盛夏的雪中，漠沁抬头间，宋梓霖已直锁命脖而来。

赵楚贞惊魂未定，而漠沁与宋梓霖斗法也已渐处下风……

修澜收复了凶兽未等古曦直接回了神界，惶惶地摇着步子，脑海里全是收复凶兽之后，对面高耸的楼檐，苍白的月光打下来，他将赤帝女护着的画面。

"主子。"

渡渡突然闯进她的视线，她愣了愣，适才牵出一个云淡风轻的笑来，将腰间系的法器递于渡渡："喏，给你抓的萤火虫。"

渡渡好奇接过去，打开盖子眯着眼往里瞧了瞧，果然见到一发着光的小不点在里面乱撞，惊叹道："真漂亮。"说着便一边端详着它，一边自头上取下一支发簪伸进去逗趣。

子捷见修澜脸色不太对，便抢过去瞅了一眼，脸色顿时一敛："天海凶兽？"

渡渡如闻惊雷，又抢了回去："天海凶兽怎么这么小……"

而两人争抢间修澜已经背身离去，浅红的纱裙成了这无边无际的夜色中唯一靓丽的颜色。

一抹沉重而忧郁的颜色。

然二人默立不过半刻钟，只见英姿勃勃的帝君破云而来，倜傥投足间却是满脸愁云密布，而他身后跟着素来仪容得体，此番却衣衫破旧的赤帝女。

古曦交代了一下芙蕖苑中的掌灯仙婢后，便匆匆地往寝宫而去。

回至久违的芙蕖苑中，赤帝女赤身入浴，吸收着月华穿透云海时最干净的灵气。

仙婢踏过柔软的云毡在梳妆镜前拿过药膏给赤帝女上药。

看着赤帝女身上除了今日添的新伤，还有这几日随着天昊神将四野逮捕凶兽留下的旧伤，仙婢心疼道："帝妃受苦了。"

赤帝女脸色没什么变化，只转而问道："帝君可有给她另辟新府？"

她？仙婢愣了愣，想来应是帝后无疑，遂诚实道："没有。"

见赤帝女脸色微变，自以为看出了什么，欢喜道："看来帝君还是极重爱公主的，一入中央天宫便给公主建立了芙蕖苑。"

赤帝女脸色却急剧下沉："果然！"从齿间咬出的两个字。

在人界追捕凶兽时，沿途时常有一两句小妖小仙的闲言碎语落入耳中，全是些帝君如何如何宠溺新立帝后的言谈。

他们说："新立帝后未新建寝宫，与帝君两人共居一殿，昼夜相伴，恩宠备至。"

赤帝女看着这奢华程度丝毫不亚于紫晟殿的芙蕖苑，当初以为是无上的荣耀，如今想来这与帝君寝宫隔了足足七个院的宫殿竟是孤独至此。

而此刻帝君那处寝宫中檀香袅袅，修澜浸在云被里的一隅黑暗中，心里的愁绪交织成了网，她努力挣脱，却只是将网扯得更糟。

莫名的情绪，混淆着失落与悲伤在窒息的胸腔中熬出袭鼻的酸意。

良久，古曦的声音响起："修澜，你其实也不是气我救她，对不对？"

修澜又往里面缩了点，冷道："救不救她是帝君的事，哪里轮得到小神来气？"

古曦磁朗的声音忽然溢出几丝笑意，一把将缩坐一团的修澜捞进怀里，难得清澈的瞳凝视着她倔强的眼，扬了扬嘴角："修澜，承认吧，你吃醋了。"

"我……"剩下的话再次被他强行吞下，修澜只觉自己分明是在气头上，却在他这一吻下来，有种拨开云雾见天明的错觉，心里那点小情绪便也一扫而空，想来，约莫自己当真在跟赤帝女吃醋？

修澜迟疑了一下，适才道："当年你一直瞒着我触水成冰之事，应知我是全然不知失手误伤了四公主的性命，但若非赤帝女从中作梗，四公主好端端的又怎会跌入东海……"

"赤帝女？"古曦淡淡道，"这中间可是有什么误会？"

"误会？"沉淀了三千年的悲伤与悲痛铺天盖地地袭来，修澜推开他，坐起身子来，目光急转清寒，"我爱你是真，失手杀害四公主也是真，世人道我因妒为之，我认了即是。可事到如今，你为何还是不肯信我？"

古曦正欲开口说什么，她又继续道："你可知风平浪静的东海，因何故掀起巨浪？你可知当时随同而去的仙婢仙官灵力皆失，为何独我一人运术自如？你又可知我在仙牢受尽酷刑，又是如何得知自己是血梅之事？"

逼问的口气不掺一丝情感，修澜话罢单手祭出一个遁身的术法，脚下朵朵梅花盛开，一流光缠上指尖，却在将离未离之际，那双温暖的手已像冰冷的铁链一样将她锁死，古曦的声音低沉得厉害："这么晚了，你去哪儿？"

修澜的眸静如止水："等你心里有了答案再来找我。"

"我不许！"

"你拦不住我。"

印伽在修澜足边继续生成，渐红的裙纱下一片亮光爆开，屋中烛影阑珊眨眼尽散。

顷刻间，只剩月下的阴影填满古曦空荡的怀。

已经数月不曾回过镜竹雪岭，修澜站在结界外举步不前，这个她待了整整三千年的地方，竟忽觉陌生。

方提步欲进，黯然的视线里出现一个人。

修澜无波无澜的脸攒出一个极淡的笑容，轻唤她的名姓：“漠沁？”

漠沁一身耀眼的黄衫在这炫白的镜竹雪岭越发像个小太阳，然今次却更像是倒映在秋水里的残阳，再不似以往那般明媚。

“修澜，我终于找到你了……”漠沁镇定的脸色下尽藏悲恸，连脸上的线条都因她的压制而发颤，“你之前说过，若漠沙族攻进我妖界皇城，你必助我，如今……如今我……”

修澜见她急得有些口齿不清，慢慢道：“我们先进去，你慢慢跟我说。”

“不。”漠沁拉住修澜，她已走投无路，一刻也等不下去了，“修澜，我没能护住赵楚贞，叫那傀儡宋梓霖取了他魂泽，父皇也成了池溟的傀儡。漠沙族日益猖獗，这场内乱总归是因我而起，所以……我想……我想让你助我平定妖界内乱。”

早知会有如此一役，修澜曾将此告知过古曦，为此神界也有所准备，因而并无太多惊讶，只是她还未来得及开口回答漠沁，漠沁已急急执了她的手：“漠沙族百万妖灵加之天旋锁，妖界皇室与之相比不堪一击。”

她迫切道：“这不仅是妖界的内乱，还牵连着凡界大胤王朝。胤都城一场灭顶之灾，赵楚贞身为大胤的王，如今却因失了魂泽长眠不醒，他若再不醒来，整个大胤或许会分崩离析。”

修澜轻轻眯了眼，问道：“为何不直接上奏神界？”

漠沁摇了摇头，怅然道：“于神界而言，他们只需要扶持一个妖皇即可，弄丢幻渊坤，本就是我妖界皇室之过，贸然上奏神界，届时他们出兵，是助我妖界皇室，还是扶持漠沙族，谁知道呢？”

漠沁顿了顿，又道：“我必须要用最快的速度将妖界的事处理妥善，再将自己的内丹精元渡给赵楚贞，续他性命，回到大胤。”

修澜这才震惊地看向她：“失去内丹精元，那你岂不是……”

“即便不能修成人形，我也可以在凡界陪他一世。”漠沁接过她的话头，目光灼灼。

镜竹雪岭的翠竹岸上，古曦挺拔而立，青竹锋利的叶在风中胡乱穿刺。

地面上覆盖的雪已不及以往来得厚，新落下的薄薄的一层遮盖着天将践踏过的痕迹，而那宁静的湖中依然是一片残垣断壁。

他唯一能做的只是将破损的冰宫夷为平地后再重新修葺。

他本打算在建成那天告诉她。

但显然，上苍没能给他这个机会。

日月星辰在眼前交替，不知多少天了，修澜再没有出现。

她不是闹闹脾气，这一次她是真的生气了。

思索间，古曦已踏入那冰柱横七竖八狼藉一地的冰宫之中，依然没有修澜半个影子，回头望去，整片镜竹雪岭安静得没有一丁点响声，一路走来也只有他这几日来留下的深浅脚印。

紫晟殿上，依旧雕栏玉砌珠光流灿，依旧只有帝君一人临朝。

文曰星君出列请奏：“帝君，妖界内乱越发不可收拾，漠沙族无退兵之意，妖皇也一直没有迎战平反的趋势，仍由他们再闹下去，妖界边境的妖灵难免趁乱混入人界，神界可要出兵？”

漠沙族是妖界古老的大族，实力浑厚，鸿钧老祖赐妖界幻渊坤就是为了压制漠沙族。漠沙族一直隐而不发，积蓄力量，如今漠沁与屠泽任性闹的这一出戏，令漠沙族长公主沦为笑话，漠沙族以此兴事，也算出师有名。

古曦沉思了一会儿，下立诸神已开始七嘴八舌地争论。

“妖皇有幻渊坤，凭他一把天旋锁能掀起多大的风浪？”

“妖皇不出兵，是因有恃无恐，神界贸然插手他们内政，他们还不一定领情。”

众说纷纭间，一位从妖界回来的小仙使徐徐进殿，拜施一礼后道：“帝君，妖界皇族近来整兵欲出。”

古曦眉头不动声色地合上奏折，没有幻渊坤，没有妖皇，妖界皇室怎敢率先起兵，他扬了扬眉，问道：“谁率的兵？”

下立小仙使有条不紊地回禀道：“是帝后和漠沁公主。”

古曦面露三分震惊，而朝堂已是轰然乍开，月余不曾临朝的帝后竟在妖界率兵平反，实在令人匪夷所思。文曰星君再次出列道：“既然帝后已经涉足，神界是否要出兵增援？”

古曦沉默了，幻渊坤已被修澜所毁之事还尚未公之于众，若是神界出兵，这件事定然瞒不过，届时三清殿顺藤摸瓜往上查，难免不会因幻渊坤的丢失而查出修澜是血梅之事……

“神界可出兵？”得知妖界情况，赤帝女抓着方从紫晟殿打探消息回来的仙婢急急询问。

仙婢不曾见过赤帝女这般急，遂音量也不自觉扬了几度，道：“不出！”

两个字，足以让赤帝女欣喜若狂，她终于等来了机会。

屏退左右后，赤帝女让狐狸将一铜色的彝樽拿了过来，她审视着它，外面丝丝竹弦入耳，赤帝女的脸色终于重拾了昔日的光芒，道：“我要去趟妖界。”

赤帝女说得极其风轻云淡，狐狸圆溜的双眼却骤然瞪大，一个哆嗦扑在地上：“公主，您这是拿自己的性命做赌注，过于冒险，小狐不许您这样做。”

赤帝女恍惚的眼底闪过一丝坚定：“这数月，本宫已经受够了，若本宫非要赌这一次呢？”

“公主……”

“若败露了，就找池溟。”她釉色的唇紧绷，“天宫是我的嫁妆，古曦是我的夫君，我若得不到，便将一切都毁尽。”

狐狸愁眉锁眼，身体伏得更低，贴着白玉地板的胸前一片冰凉，而上方赤帝女扫视来的目光更是寒心透骨。

此刻，妖界皇城已是流云飞卷，煞气沉沉，暗集的妖兵正向漠沙族徐徐趋近。

滔滔冥火仿佛在逐渐升温膨胀，吞噬着妖界多姿多彩的大地。

修澜双瞳剪水，低头看着这月余来精挑细选的妖灵，他们肃整的方阵举戟一震，仿佛能踏破云霄。

兵，已经集结，如今妖界皇城已是壁垒森严。

众将士多年不曾征战，这场战乱妖皇迟迟不表态，他们早已按捺不住，此番天神莅临，突然集结兵力，他们顿时信心倍增，热血沸腾，全部整装待发，只等这位天神一声令下，他们将如洪水一样奔涌战场。

漠沁颔首立在一旁，扫视着下方身强力壮的妖兵和奇门遁甲，不由得担忧道：“他们若是知道父皇身死，幻渊坤已毁，怕是……”

“那就别告诉他们。”修澜道，“既然这一战避无可避，与其告诉他们徒增烦恼，倒不如让他们信心满满地上战场。”

漠沁点头，这一战，避无可避。

斛川冥火将妖界的天烧成青色，准备迎战的漠沙族早已整装待发，他们的族长一袭灰白的衣衫紧盯着雾蒙的远方，等着妖皇那支不自量力的军奔涌而来。

“报——”小妖童马不停蹄地跑上楼台，跪下通禀道，“中央天宫的帝妃说有要事找族长商议。”

族长松弛的脸皮拧起，半信半疑：“天宫的帝妃？”

小妖童点头：“是。”

赤帝女候在下面简陋的石殿之中，眉贴莲纹花钿，饰紫玉璎珞，脸绽芙蓉，一派闺阁大雅之美，这种只能在谣传中瞻仰的风姿，令一旁侍奉的小妖都忍不住多瞅她两眼。

不一会儿，族长裹着一袭灰白的大袍来了，小妖们立刻敛容，端正姿态，而族长还在门口便开始捧着笑意，拱着手谦虚地走过来：“帝妃，有失远迎，正是临战之时，不知帝妃所为何事？”

“自是来助族长一臂之力。”赤帝女盈盈笑道，“想必族长也知道妖界皇室请了位天神，本宫这儿有件法器，可借族长一使。”

“法器？”族长顿时大惊，神界善用法器，若得帝妃相助，他自是不胜欣喜，但他与帝妃素无交情，不免心生疑虑，“可帝妃为何要助我？”

赤帝女手间幻化出那件铜色的彝樽，打量着这件为修澜量身定做的法器，道：“本宫自是有意提拔你们漠沙族，以后还要多多关照；其次嘛，这位天神行为不甚检点，本宫也想让她吃点教训。”

族长头发已半白，混迹世间这么久，对这些事见怪不怪，立刻明白了赤帝女的意思，想来无非是借刀杀人，而他们也是各取所需罢了。

族长正欲接下，一个小妖惶恐的嗓音摔进殿中：“族长，神界出兵了。”

“什么？”族长和赤帝女几乎同时开口。

赤帝女的脸色顷刻吓得煞白，神界兵临城下，漠沙族如何能敌？莫说她的行迹会败露，眼下难保族长不会为了自保，挟持自己与神界谈条件，方想到此处，族长果然一声令下：“用天旋锁将她捆在祭台之上，我看神界哪支军敢攻上来！”

族长全然未料到此时神界居然会毫无缘由地干预妖界内乱，若神界出兵，有意偏袒妖界皇室，哪还有半成胜算，又问：“神界多少兵马？”

小妖道：“只一人。”

“一人？”族长只觉被呛得吐血，一人何足为惧？正想收回命令将赤帝女放下来，小妖又才迫不及待地道出重点：“但那人，是神界古曦帝君。”

满川冥火将妖界的天烧成青色，云层翻动，萧风阵阵，色彩形态各异的妖军大阵列队前行，宛如一瓶打翻的颜料流进冥火，洇染半川。

漠沁看着茫茫的大军，目光却有些闪烁不定，即便有修澜助阵，可没有幻渊坤和父皇，她心里总是没底，张望间，只见穿着一身光芒可鉴人的甲胄的男子乘云而来，白衣出尘与妖界浓艳的颜色形成鲜明对比。

漠沁还在细究他的容貌没出声，待他更近时，才震住。

但见那人神泽浑厚望之俨然，正是在人界遇见的那位脑子不太好使的天神，也是在妖界如光矢般越过五千神骑欲直取修澜性命的男子。

“是他……”漠沁突然有些担心修澜，却见那男子已向修澜走过来。漠沁拉了拉修澜的衣袖，企图让她回头看一看，可是修澜却只望着漠沙族渐显的轮廓暗暗出神。

漠沁只好硬起头皮拿出几分底气准备拦下那名男子，却听修澜头也不回地开口道：“帝君来，可是有答案了？”

漠沁猛然一颤，义薄云天的她这才震惊地往后趔趄几步：“帝……帝君……”

谣传中的帝君？漠沁怎样都无法将他与之前在人界撞见的那傻大个儿联想到一块儿去。

古曦同修澜一起站在大军前，衣袂飘飘，似要乘风而去。

“三千年前的事，我会给你一个交代，但……”

他没再说下去，当年在胥明宫，古曦为了掩住她血梅的身份，连水都是禁忌，莫说赤帝女那时因服用裂天兜而法力尽失，她甚至连修澜触水成冰都不知晓，又怎会利用修澜冻结东海戕害女娃？

思索间，已过城关，而漠沙族的领域安静得诡异，不似迎战的气场，反像是被弃的空城。城堡上旌旗猎猎，空无一人，直到铅色的祭台上用天旋锁捆住的一女子撞入视线，浩浩荡荡的大军才停下来。

赤帝女一身华服被撕得稀碎，方才在挣脱间因天旋锁留下的遍身伤痕也晾在风沙中侵蚀，唯有头上的玉莲簪好端端地插在发髻里。

修澜扭头看了看古曦，而他的目光却始终留在赤帝女身上。

修澜突然清冷一笑，帝妃为质，攻城人是帝君与帝后，传扬出去，委实可笑。见他二人遥远而漫长的对视像十月的秋风，凄凉而不露痕迹，修澜幻出冰雪弓箭，身裹渐红长裙拉弓开弩柔美而英气。

十月的风刮过漠沙族的边境，漫天飞沙打在明晃晃的铠甲上吱吱作响，像是战争一触即发的讯号。

箭在弦上。

修澜幽幽道：“本想让她光明正大地给四公主一个交代，眼下看来是没有这个机会了。”

硝烟墨染的天空下亮着一排排刺眼的剑戟，所有妖兵蓄势待发，只等银箭射出，便一鼓作气剿灭漠沙族。修澜蓄好力，意在放箭时，却被一旁的古曦斩断了弦丝。

早知他会如此，修澜笑了笑：“那么帝君打算如何？今日我们可没有请神界支援，若要因她而让我们退兵，告诉你，想都别想，大胤王朝等着他们的王上，妖界也渴望安定，月余的准备若因此而功亏一篑，小神并不觉得她担得起这么大的责。”

古曦不动声色地叹道：“你已是中央天宫的帝后，是我的妻，你为妖界平反，怎可能不惊动神界？”

他的妻……

别样的滋味绕上心头，而古曦深沉的眸子却落在漠沙族祭台上用天旋锁吊起的赤帝女身上。

修澜再次幻化出一把晶莹剔透的长弓，这一次，她却将弓箭递给了古曦："你不是说要给我一个交代？"

不是逼迫，而是冷静地嘲讽。

古曦沉默良久，终才动了动唇齿，吐息沉稳，道："我以为，你一直在生气。"顿了顿，"你变了。"

三千年说长不长，说短不短，可等她终于熬过这三千年，他却道：你变了。

她扯扯嘴角，带着满腔的酸涩，浅浅一笑："苍天垂怜，让我从无生崖捡了一条命回来，自然不能似从前那般懵懂无知，任人欺凌。"

这句话像是触碰到了古曦心底的柔弦，良久，才开口："我以为你只想要个答案，但你要的还有她的命……"

修澜失笑："帝君莫不是以为是小神故意安排的？"

她扯扯嘴角，带着满腔的酸涩，叹笑道："当初你说立我为后，是因爱我，可你从不曾信我，又谈什么爱我？"

语毕，一支布满寒气的冰箭蓄力而出，直直飞向被天旋锁吊起的赤帝女……

空气中不知是谁倒吸了口凉气，只见前面白影一掠，箭已被古曦徒手截下，他的瞳孔深处分明有一股子怒火，却什么也没有说。

而修澜神色淡淡，再无拉长弓的举动。

大军原地驻守，古曦只身去了漠沙族。

第十五章

共 老 水 云 间

赤帝女弱不胜衣地跪在祭台之上，面色失尽，困住她的天旋锁像在汲取她的灵魂，噬心蚀骨的痛遍布周身。

她知道，到了如今，已经什么都瞒不过古曦了。

那个法器，是用天海之水为修澜量身定做，古曦见到，不仅今日之事她难逃其责，就连三千年前的事也会被连根拔起。

赤帝女突然忆起许多事，想来，实在造化弄人。

不记得是多少个年头前，那时的赤帝女也跟其他小女孩一样，天真烂漫，憧憬着美好而又炙热的爱情，送来拜帖的不计其数，可四海八荒又有谁能入得了南方天宫三公主的眼。

也是那个时候，赤帝女虽待在闺阁中，却常常听人提起一个人——中央天宫的储君，古曦。

他们说这位储君履险如夷能征惯战，说他怀瑾握瑜明德唯馨，可她只是淡雅一笑，道："他呀，听帝父说我们还曾被指腹为婚，怎奈母妃同时生了我与妹妹两人，正好，这般荒唐的婚姻本公主可不喜欢，不如让妹妹嫁吧。”

鸿钧老祖的生辰上，她终于看到了传说般的古曦，他与鸿钧老祖并肩同行，生来就有睥睨万灵的英姿，淡定自若地接受着诸神的朝拜。

“小小少年正如昆山片玉。”她曾这样赞叹过。

也是那一刻，她骄傲的眼里出现了从未有过的柔情。

年少的她心高气傲，倘若早些时候见到他，又怎会拒绝那纸上古婚契，让帝父将四妹许给他？若非鸿钧老祖寿诞上的惊鸿一瞥，她怎会对他深情不悔，如此机关算尽。

可她不甘，不甘从三千年前，她知道胥明宫里帝君有个昼夜相伴的修澜开始。

取次花丛懒回顾，半缘修道半缘君。

修澜，真是个好名字。

后来，一步错，步步错，从她开口要除去女娃的那一刻，她便注定走上了一条无法回头的不归路了。

洞殿和谈后，漠沙族族长将赤帝女身上的天旋锁撤了下去，古曦拿着铜色彝樽，走至她的面前，审视着她这张温婉贤淑的脸。

那夜修澜的三个问题无一刻不在他脑子里盘桓，让他揣测不定，寝食难安。所有想不通的事，终于明了。

古曦化开一道屏障，隔绝外界，他看着她，沉声问道：“三千年前，胥明宫里的《血梅之源》上卷是你盗走的？”

赤帝女的呼吸轻且短促，声音颤抖着：“帝君，我……”

“东海之时，你的伤早好了，是你掀起的巨浪，利用修澜害死女娃？”古曦继续质问。

“帝君……”赤帝女惶惶不安，声音小得几不可闻。

“如此说来，当年狐狸也是受你指使故纵异魔重伤修澜？”

赤帝女抖着手拽了他袍裾一角，嘴张了半天，说不出一句话来。

“《血梅之源》上卷现在在哪儿？”古曦睨她一眼。

赤帝女惨白着一张脸，声如蚊蚋：“我不知道……”

她确实不知道，当时她生怕被古曦发现，遂并未将书带回桑华宫，而是随便找了个地方销赃，却发现那竹简水火不侵，百折不断，慌乱之下便将其抛至云霄，再无踪影。

古曦冷漠地牵了牵嘴角：“在池溟手上。”

话罢，他一袖甩开她，默立良久，终才冷声命令道：“押入天牢，不入审，不判刑，永世囚禁。”

赤帝女滚珠似的落泪，心如刀绞，凄声道：“帝君为何要如此处决我？是害怕三清殿入审，我会将她的身份说出去？你，就这么护她吗？”

“护她血梅的身份是我作为帝君的责任，至于护她这个人……”古曦回头，目光越过术法，外面四方昂首肃穆的大军前已经没有了修澜的影子，他眉目一落，道，“是我作为她夫君的责任。”

赤帝女面如死灰，却挂起了一抹诡异的笑容，护她吗？呵。

一场战事被古曦帝君兵不血刃地解决了，漠沙族缴械投降，可妖族漠沁公主为救赵楚贞修为散尽，下落不明。神界诸神合议后，另封了新的妖皇，由二十四位长老辅佐治理妖界。

待赵楚贞醒来时，他已经回到了皇宫。龙榻下跪了几排文公大臣，一见王上醒来，激动得老泪纵横，可赵楚贞忘了很多事，只记得一件事：“孤的那只猫呢？”

洪公公连忙应道：“王上前些日子昏睡着，老奴便将王上的爱宠留在后院命专人看守，王上可要命人将它送来？”

赵楚贞点了点头，宫女行动也是极快，转眼就将通体曜黑的一只猫抱了过来，那猫一见赵楚贞，四肢一蹬便钻进了他怀里。赵楚贞极爱惜地抚了抚它的额，依然想不起任何事。

漠沁将内丹精元补给他的同时，将他脑海里的一些记忆也一并夺去，她很清楚，有的事记得不过徒添苦恼，不如让他忘了好。

而昔日天宫里门庭若市的芙蕖苑，如今已是无人问津的冷殿，帝妃赤帝女因勾结乱党蓄意伤害帝后而被押入天牢，芙蕖苑一干上下虽然没被发落，但失去了主子，处境便艰难许多。

狐狸一人待在幽冷的空殿，多日寒风扫过，将神殿扫得一片空荡寂寥，了无生机。

她抱着赤帝女的琴，落泪击弦，声声凄迷。主子被囚禁，任何人不得见，而狐狸作为满手沾满罪孽的灵宠，只能终日惶惶不安，猜测着什么时候会有什么处罚等待着她。

越这样想着，她心中越是瑟瑟，回头看见九天娘娘的那件战袍还剩着一些天海之水，忆起那日赤帝女前往妖界说过的话。

她说："天宫是我的嫁妆，古曦是我的夫君，我若得不到，便将一切都毁尽。"

无边的黑暗中只有冥火散着幽幽的光，池溟失去心腹之后，夺取天海之心的谋划，便艰难许多。幻渊坤虽已修补好，但如何再拿一次修澜，成了他多日来思不得法的心事。

正愁苦着，他突然听说有一神界来的仙兽能助他完成大业，便忙不迭地将神兽叫到了大殿之中。

凹陷的褐瞳审视着有些眼熟的女子，池溟在心中掂量着，突然灵光一现，不是上次东海被他重伤的狐狸又是哪个？

也就是说……池溟连忙将满殿魔卫魔女遣退下去，眯着深壑般的眼："你来找我，所为何事？"

狐狸谨小慎微，对上次他出手伤她一事还心有余悸，怯道："小狐能助魔尊得到天海之心。”

池溟正愁计无所出，一听她这话，立刻站起。狐狸见他如此过激反应，想必对她所言很感兴趣，便也有了几分底气：“但尊上完成大业后，可允小仙两件事？”

她未开口，池溟就猜到几分：“第一件是救赤帝女？第二件呢？”

“帝君薄情，误我主子终身，现竟将她关押天牢，可怜我主子自小锦衣玉食，何曾受过这种苦？”狐狸心底戚戚然，顿了顿，又道，“他二人，不能留。”

对于赤帝女入狱一事，诸神猜测不定，每日朝堂皆是一片争执，有说为顾忌神族颜面，不宜大肆传扬的，也有说赤帝女素来温婉，此次不明不白入狱必有冤情的。

但古曦对此却不置一词，仿佛此事在他心中已有定案，没有寰转的余地。

回至寝宫，银丝绲边的长靴在门槛处顿停，与她日夜相处的短短数月时光在他这漫长的一生里显得如此微不足道，可是那短短数月在他心中，早已胜过千年万年。

习惯了听她一曲长笛，奏尽繁华，看她亭亭站立，风迎于袖。

习惯了低头索求一吻，拥她入怀，看她明眸氤氲，不胜娇羞。

须臾，古曦才推开门，殿中灯火如昼，却无人为他等候。

她会在哪儿？

心头一动，他转身急急离了天宫。

蔚蓝的东海无边无垠，而修澜躺在一隅寒川之上，看着每日的晨曦割破天际，看着每日的海水湮灭落阳，她已不知在这里待了多少时日了。

“以后再不会让你一个人了。”

他的每一句话她都记得这样深刻，可是他现在又在哪里呢？

“重新开始？谈何容易。”修澜望着啾啾鸣啼的青鸟轻声喃语，“我是不是很没用？”

当然没有答案的。

如果女娃还能应她的话，女娃一定会说“曦哥哥是三姐的，对曦哥哥动歪心思的，一人一碗七月兰”的吧？

“呵……你一定会这样答，对不对？可是他们却又是如何待你的？你最敬爱的甚至到死都在维护她声誉的那人可曾来探过你一次？”风穿裳，人断肠，修澜揪着胸前的衣襟兀自低语。

“修澜……”

修澜睁开眼，清澈的天海轻柔地流淌，碧空如洗，青丝裙纱在寒冰上铺开。她微微偏过头，只见突然出现的古曦眼睫里蕴含了几分暗泽，他情意绵绵道：“我找了你很久，我早该想到这儿的。”

修澜站起身来冷冷地看着他，片刻后，转身便欲走，他却突然抓住她，声音轻轻颤抖：“你还会回来吗？”

修澜仰头用力地吸了一口咸咸的海风，压下了心底隐隐的挣扎。挣开了他的手，修澜淡然道：“立后大典因小神缺席半日帝君便一人办了，今次回去，废后事宜也劳帝君自己操持，从此，你我各不相欠。”

“修澜……”

“别再来打扰我。”

寒彻入骨的声音像是利刃斩断了最后的温情，他知道，她经得起千转百回，却容不得一点质疑，是他没有信她。

兜兜转转，又只剩自己一人了，修澜想，或许该重新觅个谁也找不到的好地方。

往后没有了帝后的身份，再入天海就难了，修澜略略思忖，还是决定去与擎瑜作个别。

菩提叠嶂比以往要结实得多，修澜方踏进去，早有所察觉的擎瑜已等在她面前。

擎瑜眼底似有波光流转，他冲修澜明媚一笑，道：“初识你还无官无职，现如今已是帝后，这可谓平步青云啊，还以为你在高位待得如痴如醉，早早忘了我这故交好友。”

修澜勉强攒出一个笑容，将两壶浊酒往他面前一提，一副无可奈何的样子：“确实是穷途末路了，才想起你这酒肉朋友。”

擎瑜立刻提起幸灾乐祸的兴致追问道：“穷途末路？什么意思？”

修澜莞尔一笑，到了昔日那间青玉雕琢的玲珑居室，找了个位置坐下，擎瑜幻出酒杯来，将酒汩汩倒入杯中。

“我要走了。”悠悠荡漾在杯中的酒，倒映着修澜平静无波的脸色。

擎瑜蹙蹙眉，瞟了瞟修澜，一脸不悦道：“酒都没开始喝，你就要走了？说是来看我，一点诚意都没有，实在令人寒心啊！”

修澜沉默了一会儿，才徐徐解释道：“我的意思是，从今以后，我不再是帝后了，自然不能再来天海找你喝酒，今日这遭，算是与你道别。”

一席话，不需推敲而出，让擎瑜蓦地震住：“古曦他弃了你？”

修澜一碗酒下肚，没回答。

“他虽心里没你，终归一直护着你，其实他身为帝君，能做到如此地步，已经算是……”擎瑜看她的样子沉默了一会儿，突然小心问道，“那你心里可有他？”

见修澜还是埋头饮酒，擎瑜顿时想给自己一鞭子，问什么不好，偏偏问这个！他立刻转移话题道：“不就是伤个情嘛，没必要搞得这么伤春悲秋的……”

“我也时时问自己，我心里可有他……”

擎瑜正觉气氛怪异时，修澜却忽然牵出一个惆怅的笑，开口道：“不，是我何时心里开始有他的，那时候，我究竟是把他当作我的依赖，还是把喜欢他当成了一种习惯，我也不清楚。后来，我才明白，哪怕我恨他入骨，决意执剑杀他，我都愿陪他共赴黄泉，同他待在一处。我想，这大概就是我的心意了吧。”

擎瑜怔了怔，定睛瞧了她半晌，却无言语。

日头过半，上好的琼酿修澜默默畅饮，擎瑜静静陪她，但擎瑜极少饮酒，不过半壶，便已脸泛红潮。

修澜踏着轻柔无比的云一步一步地走出了天海之境。

从来到这世间的孑然一身，到三千年后的一无所有……修澜失笑，她这一生真是失败得彻底，可她告诉自己，古往今来，从没有哪个生灵用三千年就能荣升天神的。

这是代价。

暗暗想得出神，修澜下定决心，正欲捏诀离开，一个彝樽突然风驰云卷直面袭来，她一惊，旋身险险避开，彝樽刺溜一声划出一阵疾风蹿到修澜上方。

修澜的弱处是水，但见那彝樽微微一倾溢出水幔，她立刻将长剑化回玉笛，盛光一绽直击樽脚，四周浓雾翻滚，风鸣如雷。

却在玉笛触碰水幔的那一刻，雷霆之势顷刻熄灭，玉笛掉落修澜手中，彝樽泄水成瀑，瀑分流成笼，罩住修澜。

池溟见修澜已被困住，这才不慌不忙地从迷障中缓缓飘了出来，眼中蓄起精锐而胜利的光泽。

修澜半分术法也使不出，诚然这个彝樽是普通的彝樽，可这水却是天海之水，修澜无法捏诀遁身，又不能似常人那般穿水而过，因为一旦她触及水帘，流水便立刻凝成坚冰，如同作茧自缚。

如此精密之作，就像为她量身定做。

狐狸跟在池溟后面，一脸轻蔑地看着修澜：“当年瑶台你大难不死，无生崖竟也侥幸活了下来，今日，且看你如何应对？”

水牢里，修澜束手无策，而此时此刻，神志迷糊的擎瑜察觉菩提叠嶂的异动，捏了个诀，竟是醉醺醺地出现在池溟面前，几个回合便被池溟祭出的幻渊坤捆住。

因为修澜，前赴后继的天海凶兽全部冻成冰雕，方一跃入天海，池溟便将连着云岸的三尺寒冰断开，他看着渐远的云岸和无限向天海之心蔓延的寒冰，笑得踌躇满志。

擎瑜用神力化开酒劲儿，待清醒了，却始终破不开这被魂泽加固的幻渊坤，而眼前寒冰被断，谁能阻止池溟？

三十六重天离天海很近，从无风霜雨雪。只是今夜，老有极寒的风阵阵刮过。

常常约出来赏夜散心的几位神君都打道回府，将门窗关了严实，在屋中闲聊叙话。外面突然传来小仙官们的惊呼声，几人心下好奇，纷纷闻声出去察看。

殿门打开，忽地一股寒风袭来，一个寒战后，几位资历高深的老神都不由得被眼前景象震住。

紫晟殿的仙官仙婢自是比其他地方的端重些，生怕惊动帝君，压在喉咙里的惊呼声闹出的动静不大，却还是惊动了里屋一直坐立难安的古曦。

寒风连同那些不知是因何缘故发出的诧异声从窗牖涌进来，吹得案桌下的书纸哗哗作响。

这风中似有冷梅淡淡的香。夜幕微微泛蓝，仙婢的手伸进外面的夜色中，有冰凉的东西如羽毛般覆在手背，仙婢定睛一看，当场怔住。

“怎么了？”古曦见她神色异常。

仙婢将手从夜色中收回来，摊开，惊诧道：“雪？神界……下雪了？”

笔尖下的墨大颗滴落，烦躁了一晚的心突然沉寂下来，古曦一个幻术移至门外，漫天的大雪扑面而至。

大片的雪花从无边无际的夜色中降临，下得凌乱张狂，一层复一层，落满古曦的肩。

古曦举目，大雪纷飞，天海的星再不是有条不紊地游走，而是成了一片静止的星河。

猛然意识到什么，可待他和诸神赶至天海云岸，眼前豢养着万千凶兽的天海已成了一片无望的冰原。

天海之心，不知所终。

古曦子夜的黑瞳里那一川冰湖仿佛要融化成水，从木滞生硬的眼眶中溢出来，解除幻渊坤后，他便一手抵住擎瑜的衣襟，颤着低沉的音："修澜呢？"

大雪吸纳着万物的声音，擎瑜垂目："被池溟带走了。"

天海之心被夺，六界人心惶惶，魑魅魍魉群起附庸池溟，神界大雪不止，不过数日，五宫连成一片雪域，神宫结界的银河皆被霜雪冻结，无法缔结跨界之雷，天地秩序沦为废纸，五宫生灵混乱一片，趁乱暴起的势力各种杀掠抢夺。

神界议会，尚未有一个定论，神界信使已经一个个兵荒马乱般接踵而来：

"池溟一夜间荡平北海和九幽冥界。"

"冥界恶灵全部追随池溟。"

"池溟自诩尊帝，说是明日便要攻上神界，重建天地秩序。"

"什么？"西方白帝瞠目结舌，猝然站起，又霍然跌坐下去。

翌日，大军阵前的池溟，无惧地扫视着前面的天将，以及天将身后那些不自量力的生灵，便是曾在洪荒凶兽中摸爬滚打长大的渡渡见了这场面也不由得往子捷身后一缩再缩，而池溟精锐的目光最终停在与他对峙的古曦身上。

古曦从未惧过什么，可是这一刻，他心慌到了极点："修澜呢？"

池溟无所谓地笑了笑:“天海之心本尊已经得到,还留着她做什么?”

神界的大雪依旧疯狂地吞噬着每一片瓦，每一寸云，而万物却是归栖般的沉静，仿佛惊涛骇浪前的风平浪静。

最先反应过来的是渡渡，她用尽全身的力气扑过去，一副欲与池溟决一死战的样子。子捷还来不及拦下她，只见池溟披风轻扬，排出一阵强大的气泽直直将渡渡劈退数尺，连同她身后若干仙使纷纷震开。然而那气泽未散，聚拢又是一击，子捷见状，双翅一展，投下一片巨大的阴影笼罩着已受重伤的渡渡。

渡渡双目血红，那一霎，听得一声铮铮有力的凤凰鸣叫后，天地间便再也没有了其他的声音。

子捷断翼，宛如箭矢一样，直坠云端，渡渡遁入云海，疯了似的追了下去。

那一场战局,史神司君在名册上率先画去的便是子捷和渡渡的名字。而神界战后退守两宫，大创，堪堪打平。

可是这一切，修澜都不得而知，她被困在暗无天日的地牢里，已经数不清过了多少日子。

其间狐狸来见过她一次，修澜问狐狸：“池溟如若成为尊帝，你又能得到什么？”

狐狸似觉得她这个问题问得好笑,嗤道:“自然是让公主重获自由。”

“然后呢？”

届时天地乱了秩序，池溟也断不会放过神界的任何生灵……狐狸愣了愣，迟疑了一下，方才道：“不助他，我与公主再无重逢之日；助他，或许什么都得不到，但是你们却失去了一切。”

修澜心头有些震怒，冷笑道：“你从来都是对他人唯命是从，依附他人而活，却从不知自己真正要的是什么，何其可悲。”

“你如此这般境遇，还与我说理，若非神界尚未攻下，魔尊留你些许用处，我早早便取了你的性命。”

狐狸话罢，愤然离去。

修澜略略舒了口气，她被关押在此，外面情况不得而知，池溟得到天海之心理应将她除之，可他没有杀她。修澜想来天海之心固然厉害，兴许池溟未能全然参透天海之心的焚天神力，如今他攻不下神界，自己就是他钳制古曦的筹码。

只要池溟留她一日，就说明神界尚在，他也无虞……

如是想着，她多被困一天，外面的世界也就安然一天。

这算不算与天地共存亡？修澜失笑，心底却是空落不已，看着石岩罅隙处透进来的光束，不知是外面出太阳了，还是石壁后燃起的烛火，只觉那光束里跳动着白色的尘埃，就像她的心一样，飘浮不定，惶惶不安。

忽然有一片软烟罗的衣角遮住那角落里唯一的光，修澜抬目，只见狐狸眼睛流光溢彩，轻蔑地看着她，嘴角还有未尽的笑意。

自从上次狐狸愤然离去，就很少再来了。

狐狸问：“三千年的事，公主在天牢给过你一个说辞，如今我想再与你说一个，你听不听？”

修澜目光幽冷，默不作声。

狐狸却是兴致极好，玩着胸前的发，悠然道：“当年瑶台之案，若非古曦帝君拿出了裂天兕亲自为公主养伤，赤帝怎可能消气，饶你一命？不过公主也算别有收获，裂天兕的角骨若无能与之抗衡的灵力助其服用便会被反噬化为灰烬，且七七四十九日不可断饮，如此公主竟阴错阳差换来了与帝君单独共处的两个月时间。大闹琼华宫是公主命我做的，那些传言也是公主放出去的，目的就是逼你去桑华宫，你果然来得很快……”

这些修澜早已猜到七八分，再听她说一遍也无所动容，而狐狸却清了清嗓子，柔荑拂上喉结，发出一个低沉的男音，修澜这才回头诧异地看向她，这个像极了古曦的声音正是当初在桑华宫听过的。

“还记得你听到这个声音落荒而逃的情形吗？”狐狸笑出了声，半晌，又才继续问道，“你可知魔界圣女，甄烁？”

狐狸说的这桩事已过去整整九千年，那时六界混乱，战火不休，一些古书籍上着墨最多的就是神魔一战。

当时甄烁乃魔界战神，在战场上对古曦帝君一见钟情，那一战魔界自是败了。战停后，甄烁几番袒露心声而不得帝君回应。

古曦虚岁不足三百便登帝位，而那时的甄烁脱下战袍穿起绫罗绸缎的花间裙也是六界数一数二的美人。

可这战场上下来的美人也是不拘小节的烈女子，当即站上神魔之井逼古曦做出选择，要么娶了她，要么她殉身神井，让人界与神界永远不能相通。

可是那一天，古曦并没有出现，甄烁不堪受辱跳下去后让池溟救了。池溟用血肉之躯为她炼药，四肢俱废，可惜再好的药救不活一颗一心求死的心。

池溟没办法，只能放下魔尊的身段去求见古曦，而古曦却去了北冥寒界，回来遍体伤痕，像缕游魂飘落在紫晟殿，昏迷了九十多天，待他醒来时，甄烁已死。

“公主容不下你，池溟焉能容得下古曦？”狐狸又轻声道，“前几日神界一场大战，子捷断翼与渡渡不知所终，而这还只是个开始。”

狐狸话毕，修澜的脸色已震至煞白一片，身体僵如塑泥，被风一吹，便能轰然坍塌一地般。

她看着狐狸越发得意的脸色，最恨的不过是她们为了自己的私欲轻而易举地毁掉别人的一切。

一股气流直冲天灵盖，修澜惯性祭出腰间玉笛，可玉笛方到指尖，却无法引动灵力，适才忆起自己被困的无可奈何。

狐狸尚未来得及嘲笑她不自量力的行为，便被突如其来的神力直直击退，一足方垫着石子站稳，接着一道异光从她体肤下迸裂开来，她很清楚，那是内丹精元破碎的样子。

她抬头，对尘世最后一瞬的记忆是一轮孤月的光华。

可这里是九层地牢，何处来的月华？哦，原来是擎瑜星君的衣袍……

四面光色依稀，擎瑜端立在一石崖上，目光透着惊喜之色，朝悬空而困于水牢之中的修澜移了几步，不知是不是光线的原因，修澜看见他眼中有一抹水光闪过，他忽地笑道："那鼠妖，诚不欺我。"

池溟招兵买马，首当其冲的必然是妖界，小舒等妖自然而然归顺了池溟。小舒虽不是个深明大义的妖，却也不是恩将仇报之徒，幽州城一事，是修澜的宽恕才让他们能重返妖界，漠沙族一事也是修澜调兵平息妖界内乱，这些恩情他一直记在心上，从不曾忘。

知道修澜被困于此，想来便是报答的时候，可是神界乱成一锅粥，别无他法的他想起了天海的擎瑜星君。

神界大雪，是血梅再世的征兆，加之池溟之言，外界尚未被修澜乃是血梅一事所憾，中央天宫帝后的死讯就已传遍五宫六界。

那时候，擎瑜对此也深以为然，直到小舒冒死找上天海……

"方才……狐狸所言，可是真的？"修澜小心翼翼地开口询问。

擎瑜正施法为她解开彝樽的手一顿，他自然知道她问的什么，可眼睛却不敢看她，点了点头："子捷为了救渡渡，没能承下池溟的那一掌。"

"古曦呢？"

"他当时被池溟绊住了，所以也没能……"

修澜合目，只觉心脏被人狠狠地揪成一团，她打断他道："我是问……"

"只是轻伤。"擎瑜这才将目光放在她身上，沉静地答道。

困着修澜的牢笼连加数层封印，一时半会儿根本解不开。在外面放风的小舒等得有些焦急，从石壁外探进半个头，说话时嘴边两撇青髯飞速扭动，小声催促道：“二位天神，还请抓紧时间，我底下的小妖们已经将逃生的路子凿好，解开牢笼后可以避开外面把守的重兵直接出去。”

方说及此，只听外面冗长的石道中传来一阵兵荒马乱般的声音，术法的震动声、生灵的求救声，还有幼鼠吱吱吱的声音瞬间灌满了这寂静的溶洞。

三人顿时惊住，小舒暗叫不好，转身回看，却不过这一错愕间，一道罡劲的力迎面扑过来，同小舒一起被砸在地面上的还有外面那些放风的小妖灵。

适才还生龙活虎的妖灵们不过弹指间便横七竖八地躺了满满一地，而其中大多数与修澜不过是在幽州城有过一面之缘而已。

乍开的气流就像滚烫的潮水铺开，就连悬空的修澜也倏然被震开，仿佛身后有一个巨大的钩子将她用力扯去，不过一个天旋地转，修澜便很轻巧地冲破了禁锢她的牢笼。

她穿水而过，周身淋漓。

可她什么也没想，擎瑜重伤倒在一片旖旎的色彩中，那色彩似烧出的岩浆还有白雾氤氲，修澜疾步跌过去，裙纱上的水泽溅了擎瑜一身。

擎瑜脸色痛苦，不过一瞬，又恢复如初，他压制着伤口的剧痛道：“早知你……”

他突然猛咳了几声，修澜慌了，正欲为他疏通经络，却被擎瑜一个挥袖推开。

修澜让开的位置，全是擎瑜大口大口吐出的血。

“今日八荒魔人聚集神界，擎瑜星君却不在神界与那群冥顽不灵的神并肩作战，来我这阎罗殿作甚？”

池溟未带左右侍从，冷冽的目光审视着眼前的情景，蓄起深不可测的幽光，道：“血梅竟不惧水了？”池溟狂笑，“幸好上苍眷我，先一步得到了天海之心。”

修澜未理他，擎瑜似乎咳不动了，他若无其事地擦了擦嘴角的血，看着修澜竟牵出一个笑来，道：“修澜，恭喜，你有孕了。”

毫无征兆的四个字犹如晴天霹雳，炸响在修澜耳边，接着是整个世界的寂静蜂拥袭来。

她有孕了？

薄薄的一层水泽在体肤上流淌，原来水是这种感觉，轻柔透凉，很是舒服。修澜低头，看着与往常并无不同的小腹，可那里面已经不知何时住了一个隔绝着外界的混乱，躲在里面悄悄成长的小生命。

可是她却不知道这个小生命来得是巧还是不巧？

“如今只有一个办法了。”

擎瑜的声音很小，听得出来他周天已乱，气息不稳，可他眸中却突然亮起了点点星火，他说：“我去封他命门，你趁机移花接木夺取天海之心。”

修澜怔住，却还不等她道出“不行”时，擎瑜似已知她心中所想，又苦笑道：“修澜，你不是一个小气的女子。”

这句话像风一样刮过修澜的耳朵，待她反应过来时，擎瑜已如光矢般飞身而去。

封命门，那是以灵祭灵，同玉石俱焚无甚区别。

不！

不能……

可是又能怎样？

她既不能在一旁无动于衷让擎瑜枉送性命，又无法阻止这一切的发生，擎瑜根本没有给她选择的机会。

别无选择，修澜指尖玉笛一引，溶洞平地起风。

池溟错愕间，只见眼前红梅白雪交替而现，命门已被擎瑜所封，电光石火间修澜如疾影划过眼前，在他灵力最为薄弱之时，趁机夺取了命门间蕴藏的焚天之力，他就如泄气的皮球一样轰然倒地。

修澜却只听得轰然一声，擎瑜与池溟撞击的术法在这昏暗的世界烧成一团火，那刺眼的光将擎瑜身上的月华之色一点点地吞没干净……

修澜扑过去，什么也没有抓到，只看见池溟一双黝黑的瞳不敢置信地盯着被神光护体的她，说了句：“这不可能。”随后便同擎瑜的神体一道随风尽散。

白光乍开，那光灭了，世界也跟着暗了，那人那笑都不见了……修澜心底像卡了根刺，吞不下吐不出……

擎瑜死了。

修澜看着经脉中肉眼可见的灵力，她才知擎瑜的用心良苦。

其实他早知移花接木可以与天海之心合为一体，但是他却不知这灵力过于雄厚，这样毁天灭地的灵力突然灌进修澜体内，就会像一泓混浊的水在她身体内四处逃窜，撞得修澜头疼欲裂，周天全乱……

而此刻的天镜，数不尽的恶灵如约破云而来，等着拥有天海之心的人带领他们开创新纪元。

两军对峙，黑白鲜明。

众魔人捋臂张拳蠢蠢欲动，但是发起这场战局的池溟却迟迟未现身，对面是神界之人，没有池溟下令他们尚不敢轻举妄动。

神殿之中急性子的青帝负着手来回踱步，焦头烂额：“这群小喽啰聚多年怨气而生，杀气腾腾，已是难以招架，若那池溟来了，天海之心的焚天之力又有谁能与之抗衡？”

北方天宫已失守的玄帝颛顼幽幽长叹：“无人能战，这一仗神界必败。”

“那血梅一物我也还是在一些古籍中见过，以为是书写者道听途说随手写的，岂料却是真的存在。”

“这个血梅老朽倒是略知一二。”一个见多了世面的老者颇为沉得住气，不似诸神那样急不可耐，反而不缓不急地娓娓道来，“说是当年鸿钧老祖为了六界安危用幻渊坤将天地间所有的血梅化作人族。从此生老病死再无血梅特性，至于帝后……”说到这儿，老者抬眸看了看古曦，掩了掩嘴没再说下去。

诸神心底都明亮，只那心直口快的廉直大将不懂察言观色，愤然接话道：“帝后身为血梅，我们却浑然不知，如今帝后殉身了，天海之心也没了，一切都毁了吧。”

青帝的小妹楼兰公主拽着裙裾瞅了瞅古曦也跟着说着酸话：“当初帝后进入天海必是蓄意为之，后不知古曦帝君怎么想的，非得立她为后。早知如此，倒不如当初将她押上那荒寂星，一了百了，哪有这许多事。”

“不得无礼。”青帝怒斥了一声。

“我说得又不是不对！”楼兰公主不依不饶，“依着星君所言，那血梅本就是危害世间之物，连鸿钧老祖这般仁慈之人都要对其赶尽杀绝……”

“啪——”

神殿上方传来茶具碎地的声音，可古曦神情清淡，就像他刻意打翻的茶杯一样无波无澜，轻声命令：“重斟。”

一旁仙婢应声照做，但满殿却再无人敢言。

又是良久，外面的躁动已经传进了神殿，古曦又问道：“局可布好了？”

天昊出列一五一十地禀道：“西南角，北兵部皆是炙火所炼玄箭；混沌钟、盘古幡、九黎壶和玲珑塔由其主坐定四方，七万甲士攻前，诸神为后，各路散神相辅之，上下天界由天机镜罩住。如此一来，那些邪祟之物胆敢踏进结界一步，便会在顷刻间化作齑粉，只是……”

“池溟？”

古曦挑了挑眉，道：“池溟尚未与天海之心合为一体，神界姑且能与之一战。”

“是。”

诸神见古曦已完全做好准备，脸上全然没有那日听闻帝后殒身、见子捷断翼时的痛色，反而镇静自若，也都纷纷不由得放心些。

可他们却不知道，古曦沉静的脸色下，是背水一战的决心。

胜了，他会寻遍八荒六合，找到让修澜重生的方法。若找不到，就如这仗败了般，神体羽化，从此神界与他何干？九幽冥界、黄泉路上形形色色的灵魂何其多，他总是能找到她的。

“外面怎么突然安静了？”一神君忽然问道。

诸神方警惕起来，一仙官急急进来，大难当前，但五帝之前却还是不敢失了礼数，正行礼跪拜，青帝已急不可耐地大步跨到他跟前：“池溟来了？”

小仙官却连连摇头：“不是，是帝后。”

“哪个帝后？”殿中诸神往上一望，只见三方帝后或面容典雅，或惴惴不安皆端坐在神位的珠帘后。

青帝疾言厉色，道：“本帝尚未立后，如今三位帝后皆在此处，你说的是哪个……”

话戛然而止，后知后觉的青帝这才将目光同诸神一道投向了古曦。

而此刻外面，黑压压的魔人乍开一条道来，修澜一步一步往前走，她周身神泽强大到让人无法靠近。

众灵一头雾水，却也知道，萦绕在修澜身上的是天海之心的力量，就连古曦出来见到修澜那一刻，也不由得木滞了片刻。

修澜一点都没变，一头青丝垂下，一袭流袖绸纱，远山黛眉间，皆是桀骜之色。古曦见她提步正要越过结界，他心口一紧，突然叱咤道：“站住！”

修澜果然停下，蹙眉看着他。古曦知道那是询问的意思，但他来不及解释，因他知道，她一旦踏破那层结界势必触动事先备好的神器。岂料这时，云间一双钴蓝的羽翅破云而现，被称为鸟族耻辱的渡渡终于在这一天光宗耀祖了一回，不仅在失踪的这几日在绝境中展开了双翅，且还将鸟族最骄傲的凤凰驼在了背上，双双回归神界。

渡渡见到修澜喜极而泣，一声“主子”唤得惊天动地，而修澜也忘形地往前准备接住朝她风风火火奔来的渡渡，可是她万万没想到，又有一个彝樽朝她直直飞来，漫开的水牢迫使修澜停下了脚步，更万万想不到，祭出彝樽的是古曦。

渡渡也被他用术法拦住，怎么都挣脱不开。

可修澜不同，修澜再不惧水了，这水牢于她而言自是再无作用，可她却还是迈不开脚步，似被莫名的东西紧紧缠绕，捆得她浑身都疼了起来，从不曾这样疼过，比方才在九层地牢独自承受焚天之力的反噬之痛还要重千百倍。可她只静静看着他，从口中吐出的还是三千年前在瑶台之时问出的那两个字：“为何？”

楼兰公主抢话嘀咕道：“我就说吧，什么池溟尚未与天海之心合二为一，这天海之心分明是叫她夺了，也不知她用的什么手段一边坐上了帝后之位，另一边又与擎瑜星君牵扯不清，怕是早就蓄谋已久。”

这话说得不轻不重，却像这漫天的大雪一样轻轻地覆盖着大军，又轻轻地落进每一个人的耳朵。

修澜似觉得好笑：“你莫不是信她所言？”

古曦注意着她足间与结界的方寸之距，正准备说什么，修澜已冷冷地笑出了声，截住他的话头：“我与四公主不过主仆之谊，可她既用了我就从不曾疑过我；我与一群小妖不过结一面善缘，他们却因点滴之恩以性命救我；我与擎瑜星君不过萍水相逢，他却为我一次次伸以援手直至魂飞魄散。唯有你，天上地下我最信的便是你，可唯有你，从不曾信过我。”

诸神的注意力皆放在了“擎瑜星君魂飞魄散”这一消息上，宛如平地惊雷让众灵怔住，而修澜却只是仰头，一滴泪慢慢滑过眼角，落在地上时凝成了寒冰。

她说：“古曦，我是疯了才会将你放在心上任你这般蹂躏。”

修澜话罢，转身而去。古曦神情难喻，看着她远离那一道结界，却又一步轻巧地踏过了水帘，他眉头猛然蹙起，心里仿佛有一点火星如逢春风般猛地燃烧起来。

众魔人见修澜背离神界，心中甚是得意，想来正如那楼兰公主所言了，现如今神界已经退守两宫，如此不堪一击，此时不攻，便再无翻身之日。

穿水而过的窒息感再一次加深了修澜伤口的疼痛，她再也没有回头，只是余光中，如山如海的魔人运风成术，不过须臾间，天地失色，神界七万甲士与魑魅魍魉宛如势不可当的洪流冲击，生死一瞬，眨眼便是湮灭。

修澜想恍若未见，可她还是在刀光剑影中很轻易地捕捉到古曦身轻如燕的身影，除此外，她还听到渡渡哑着声音一遍一遍地喊她……

修澜终于停下，依旧不曾回头，只是转动指尖，漫天鹅毛大雪转眼就是夺命的利刃，身后嗜血成性的魔人魂飞者、魄散者不计其数……

待这一切平息，世界只剩漫天大雪依旧。

反上神界的妖邪被一一处置了，天海逐渐融化，神界大雪停了，可这一场冰封，五宫界线的银河再无跨界之雷，神界五宫得以合为一体，古曦几乎是众望所归，成为第一任天帝。

可他守住了六界却没有守住修澜。

如今修澜血梅的身份已经是世人皆知之事，他又重新翻了当年四公主女娃的案子。

坤阳神殿下，赤帝女终于万念俱灰，接受着诸神各种惊诧鄙夷的眼神，其所问所答与那日在妖界无甚区别。三清殿一笔定案，她被人押上圮绝六界的荒寂星之时，又忽地冷冷笑了两声，问道：“事已至此，我只有一个问题想问帝君。”

她抬目看着古曦：“她分明从无生崖跳了下去，为何会活着回来？”

古曦浓眉轻轻一拧，却没再答她。

而她似是已经猜到什么，还能为何？总归是古曦想了法子，保着她罢了。

这一刻，赤帝女发现，她后悔了。现下她竟是如此地想念着一个人，那个人眼里总是流光溢彩，声音清脆如铃，那个人总是傻乎乎地将自己最好的都给她，不管得到了什么稀世珍宝都乐颠颠地往桑华宫跑，可是她却舍弃了那个人，毫不犹豫地杀了那个人。

“四妹……”赤帝女喃喃唤了声，三千年未曾唤过这两个字，竟觉有些生疏了。

神界早朝，人界又已入了夜。

八街九陌的大胤都城在夜里，街道十里红装，软红香土，迎来一年一度的花灯节。

重新修葺过的城池焕然一新，修澜看着河里浮浮沉沉的花灯，又看着水镜里面的自己，仿若做了一场梦。

她将手放进湖中，碧波荡漾，夜里凉凉的水在指尖下比渡渡的绒毛还让人舒服。

水里自己的倒影聚了又散，散了又聚，层层叠叠的甚是有趣，修澜玩累了，又去茶肆吃了点东西。是一些西域传来的点心，修澜从前倒没吃过，正吃得津津有味，忽听前方醒目一拍，一位老人操着字正腔圆的嗓音开始说书。

想来真是来得早不如来得巧，修澜又点了一盘西域的葡萄干做好洗耳恭听的准备。

岂料，老人所言却是天海凶兽误闯凡界一事：“……就在世人束手无策之时，八月的天突然下起了鹅毛大雪，身缚长纱的女子自天而来，转袖翩飞间，凶兽顷刻便被风雪凝结，却在众人低头参拜的瞬间，神女与凶兽消失得杳无踪迹……”

修澜觉得他讲得好生无趣，便半路跑了场，临走前还回头看了看那盘还没吃完的葡萄干深表惋惜。

茶肆旁边便是怡春院，所谓怡春园，无非是商贾官家交易、文人们听曲吟诗、浪子们寻欢作乐之地……总而言之，是个趣味横生的地方。

只是里面声乐呕哑嘲哳实在难听，修澜一时技痒，很轻松地就找老鸨借来了个席位，笛音响起，叫人如痴如醉，流连忘返。

这一天老鸨得了不少收益，于是在她的苦苦哀求下，修澜答应做这儿的笛手。修澜觉得这里有吃的有喝的还有很多有趣的人，倒是桩划算的买卖，可她心里清楚，只是因为她无所事事，百无聊赖罢了。

几日下来，老鸨待她极好，好到无微不至，一见到她就跟见到白花花的银票似的眉开眼笑。修澜看着她，真觉得有时候能在这长脸上长着一颗黑痣、涂着红唇谄媚至极的女人身上，找到渡渡的影子。

不知道渡渡知道后会不会不开心？

子捷曾承诺过渡渡，待她会飞翔时便会娶她为妻，想来子捷应该不会是像他主子那样食言的人吧。这个傻姑娘啊，真是不叫人省心……修澜奏着平调的曲子，想起了很多曾经只有自己和渡渡两人时的趣事，不由得曲调也欢快了些。

修澜一曲作罢，窄袖蓝袍的玉面书生已在帷幔外微微失礼，颔首而立：“姑娘笛音传遍大胤，小生慕名而来，略识音律，可否向姑娘请教一二？”

如此熟悉的谈吐举止，修澜不用拨开帷帐也知晓是赵楚贞，可是他似乎已经不再记得修澜，不过他怀里的猫记得。

只听赵楚贞方说完，那灵猫已从他怀里“噗”的一声蹿进来爬到修澜的身上。

“终于你还是做了他的宠物。”修澜摸着它耳边的绒毛，若有所思地顿了顿，“人和妖从来不得善缘，你们这样，也好。”

灵猫也似乎很可人，舔了舔爪子，又蹭了蹭修澜的衣襟。

赵楚贞在外面笑了笑：“小生这猫素来脾气怪，连小生贴身的丫鬟都不让碰，与姑娘却是亲近得紧，倒是奇了。”

修澜道：“你许它三餐，它陪你一生，猫通灵性，还请善待。”

赵楚贞微微一笑点头应是，又因求音而来，修澜便又随便给他点拨了一些皮毛，据说临走时他给了老鸨不少钱。于是老鸨为了挣钱，由此生出一个主意，别家姑娘抛绣球觅郎君，老鸨另辟新径，折腾出一条清新脱俗的挣钱法子：抛绣球求天籁之音。

老鸨也是行动力惊人，前脚将话一放出去，后脚就着人搭台子，不过三天就安排利落下来了。

日头有点大，修澜坐在凉棚之中看着下面蜂拥的人顶着热辣辣的日头等她抛手中的绣球，修澜又开始觉得无趣，看了看下面竟也有个溜到凡界来吃花酒的小神君。修澜便冲他笑了笑算是打个招呼，怎料小神君一看到阁楼上的修澜，手上的酒抖了半天，送到嘴边时就剩垫底的一小口了。

修澜觉得有趣，瞧着他那张细皮嫩肉的脸盯了半晌，怎么看都是她不曾打过照面的。修澜正想用术法问个一二，岂料那小神君最后一口酒也抖得洒到了地上，搁下空杯便撒丫子跑了。

她有这样可怕吗？修澜心中揣摩，不知不觉日头摆正晴空中央，下面等候的男子越来越多，个个脸露喜色，争先恐后地涌来。

修澜突然有些反感，却在一旁老鸨和姑娘的催促下，她背对着身子两眼一闭，随便扔了。

可是没有谁得到绣球的欢呼声，亦没有争抢时的打斗声，修澜猜想这些人该不会对她的绣球避之不及，让老鸨在市场上精挑细选的绣球落在地上吧？联想到方才见到她便落荒而逃的小神君，她觉得这太有可能了，不过如此一来她倒也松了口气，不过怡春院怕是要丢面子了。

修澜一边自个儿胡乱揣测，一边转过身……

风和日丽，淡淡的微风卷着漫山遍野的花香徐徐吹来，当空烈日投映着万物的影子，古曦的脸色也沉浸在那样浓黑的阴影里，逆着光的轮廓被耀眼的日光雕琢得更加俊美。

他拿着绣球悬空而立，身量颀长自带风华，下面仰望他的人个个目若呆鸡，无人喧哗。

“你……”修澜还未说完，古曦已压迫过来，他行动极快，力道极大，将修澜手腕一带转眼便回到了紫晟殿。

雕梁画栋的紫晟殿纹丝未变，修澜自行坐下，轻声慢道：“帝君在人界这般招摇，也不怕影响人间秩序，落人口实？”

古曦似乎在压抑着胸腔里的盛怒：“帝后都去人界烟花之地抛头露面了，我还惧什么名声？”

“原来是这事。”修澜不以为然地笑了笑，“我早说过废后事宜……”

“你身体里的焚天之力呢？”古曦极少会如此生硬地打断她的话。

修澜也微微愣了愣，诚实道：“如今的天海之心养着擎瑜星君的神体，我将全部的焚天之力用来聚拢他的灵泽，在他醒来之前，我会替他守护天海。”

焚天之力从她身体里渡出来，有身孕的修澜根本无法承受，古曦的声音突然变得那样急迫，却又是那样小心：“我们的孩子呢？”

修澜沉默了一会儿，而这短暂的沉默里，古曦仿佛等了一个世纪，却只等来她风轻云淡的一句：“若孩子生下来跟我一样的命运，我宁愿他从不曾来过这个世间。”

天海的风，不温不凉，打在体肤上，说不出的舒适。修澜来到擎瑜那间青玉房，又将刚从神界过来时采的花插在花瓶里，阳光从镂空的缝隙透进来，暖玉生香。

这几日折腾得有些累，想睡会儿，可一闭上眼，脑子里全是适才在紫晟殿时古曦的脸色，修澜一直觉得是自己看错了，他可以是震惊、愤怒、痛恨或者不在意也好，可他偏偏是满脸的追悔莫及，那样的神情实在让她难以捉摸。

而另一边，从子捷口里得知了修澜与古曦一切前因后果的渡渡经过整整九日的苦思冥想后，终于在今日这个艳阳高照的四月天以蓬头垢面的形象出现在了子捷面前。

渡渡眼睛一眨不眨，问道：“你想看见你家主上夜夜以酒消愁吗？”

子捷觉得她莫名其妙，可看她一本正经，便老实巴交地摇头。

渡渡又问：“你想看见你家主上一生形单影只吗？”

子捷又摇了摇头。

“那你想看见你家主上爱而不得吗？”

子捷继续摇了摇头。

渡渡满意地点了点头，郑重其事地拍了拍子捷的肩，道：“那你就立刻、马上娶我吧。”

话头如此一个峰回路转，子捷有些措手不及，咽了咽口水，汗颜道：“这两者有何关系吗？”

渡渡神情郁郁：“主子现在谁也不见，可若是你我大婚，主子是一定会来的。”

子捷和渡渡的大婚办得很急，举行当日，这对新人的仪式却是一拖再拖，可是一整天过去，演奏声乐歌舞的都换好几拨了，修澜也始终没有出现。直到夜里渡渡等得伤心失落就要哭出声来时，一直默默关注着整场婚宴的修澜这才现身出来，用玉笛敲了敲她的头，调侃道：“新婚之夜哭花了脸，等会儿子捷掀开盖头还以为自己娶了个小花猫。”

渡渡听到修澜的声音，却也不管什么礼节，自己便掀了盖头猛地抱住了修澜，委屈巴巴道：“主子，我还以为你连我也不要了。”

“傻丫头，你以后是有夫君的人了，老跟着我也是不行的。”修澜将她牵到床边坐下。

两人絮絮叨叨说了些体恤话，以前修澜不是这样婆婆妈妈的人，但渡渡出嫁就跟她嫁女儿一样，忍不住又多嘱咐了几句，便已到夜深。眼瞅着这个点子捷也该回新房了，修澜正欲走，子捷便被一堆人围着推了进来，门又立刻锁上了。

他二人洞房花烛，如今修澜觉得自己站在这里十分不合适，但是反观新人，他们二位淡然得多。

修澜也学着当初漠沁一样，冲子捷两手一摊：“礼轻情意重。”

子捷道：“你虽未带贺礼来，我却要回你一个礼。”

“我什么都不缺……”修澜摆手。

子捷摇头：“这个礼，你只要准备耳朵就行了。”

子捷说的这件礼，是些修澜从不知道的过去。

子捷为修澜斟了一杯酒，缓缓说来：“天地混沌之初，鸿钧老祖借助血梅的力量得到天海之心，平定六界。从此世态开明，直至上古末世老祖临近应劫之期，他恐六界为争夺天海之心再次陷入混沌，便将天海设下神障，让座下童子擎瑜永护天海，并用自己的毕生神力造出神器幻渊坤，将世间的血梅化成人族，《血梅之源》也封印在太虚之境。可鸿钧老祖唯独留了一株赠予帝君。

“帝君十来岁时，南方天宫的帝后临盆，得来两个女儿，因当年指腹为婚之事让两方颇有为难，最后只问帝君更喜欢哪个妹妹。帝君端详一番，最终将目光留在手里那株翠绿的幼苗上，说的是‘都不及师尊送我的这个小家伙讨喜’。

“后来伏羲大帝退位，帝君少年之时便继中央帝君之位，开凿神魔之井，手头事务烦琐，又惧血梅一事败露，便降伏了南方天宫镜下北冥寒界的九头五荒神兽，将血梅种植在北冥寒界。可待帝君处理完天宫之事时已是数千年过去，等他再去北冥寒界取回血梅时，血梅已经历万年光景修得人形，因其无法承受跨界之雷，帝君便留在南方天宫的胥明宫助她，也就是你修行。

“裂天兕本是帝君取来助你的，可无奈之下给了赤帝女，后又为了给你寻增灵之法，帝君在太虚之境取回《血梅之源》，回来时遍体鳞伤，甚至还祭出了自己的一魂一魄。后来发生了那样多的事，帝君时时懊悔，自责没有早些告诉你真相。”

子捷从怀里拿出一本泛着银光的书递给修澜，说：“这是《血梅之源》下卷，上卷前些日子也在魔界找到了，现在在主上房中，这本你先看看。”

修澜接过，上面一行字刺痛了眼：创世之神造神木血梅，与天海相生相克。血梅者，尽其血，犹可存，万千戾气不伤；若腹有孩，凝形三月，可解触水成冰之效。

尽其血，犹可存，万千戾气不伤……

她从不曾问他一句，无生崖吞噬万灵，为何唯她能完好无损地活下来？

她从不曾问他一句北冥寒界初见时，五荒兽为何不伤他分毫？

原来他一直在默默护她周全，可他为何什么都不说，任由她如此误会他、错恨他？

朗月罄然于空，夜色寒凉如水。

修澜沉浸在这样的月色中，漫无目的地走了很久，最终还是不知不觉摸索到了紫晟殿。

对这里一切都很熟悉的她轻车熟路地摸到了古曦的寝宫，今日子捷大婚，古曦喝了点酒，睡得比往常沉一些。

修澜用目光一点点描摹着他的轮廓，她这才知道那个荒诞的梦并不是梦，独自驯服五荒兽的小少年，那个还在她只有两片叶子时便将她护在掌心中的小男孩，原来就是古曦。

原来从来都没有什么奇迹、巧合、上苍垂怜……从始至终，是他竭尽全力地，在护她周全。

这个人啊，她以为他从未爱过自己，却不想其实是自己一直负了他的深情。

修澜正看得出神，古曦却已经醒了，他勾了勾嘴角，低沉着嗓音问道：“看够了吗？”

修澜摇头道：“没有。”

古曦没想到她居然没有躲开，支起身子来，认真凝视着她：“怎么了？”

“来借本书。”

“嗯？”古曦被她弄得有些糊涂。

修澜抿了抿唇，方道：“《血梅之源》上卷。”

古曦一怔，突然笑了，伸手化出一把折扇，学着登徒子的模样挑起她的下巴，劝哄道：“亲一下就给你看。”

修澜犹豫片刻就撑着床沿快速地在他下颌吧唧亲了口，可亲完后修澜才发现古曦看她的那模样分明是看扶不上墙的烂泥时的样子。

果然不等修澜开口，古曦已悠悠道：“怎么教你这么多遍还是不会？”说罢便将修澜一把捞过去禁锢在怀里，唇齿相覆继而辗转厮磨，末了还得意地扬了扬嘴角：“这才叫亲。”

饶是体内没有血液了，不然修澜一张脸估计红得没地方搁了，而古曦温热的吐息还挠得她耳畔发痒，修澜不由得反握紧他的手，十指相扣。这一小小的回应，古曦的星星之火立刻就势如燎原，得寸又进尺丝毫不留余地，正准备攻略城池，修澜立刻清醒过来，推了推他："差点忘了，这儿还有个小储君。""

古曦浓眉微蹙，既惊讶又惊喜："孩子不是……"

"骗你的。"

"修澜……"

"嗯？"

古曦将呼吸埋进她的颈窝，沉默很久，才道："往后万年，你再也不可丢下我一个人。"

修澜淡淡笑开，盈着两袖花香紧拥住古曦，在她温热的吐息飘至耳畔时，古曦听得她轻且坚定地应了声："好。"

《血梅之源》上卷记载：血梅，六界至寒之物，可幻化人形，可触水成冰。与天海之心相生，又与天海之水相克，移花接木可得焚天之力。

番 外

妩 澜

自打成为天帝天后，莫说古曦，就连修澜白日里也是政事颇多，两人只有夜里才有独处时间，偏偏某位小公主以怕黑为由死皮赖脸地霸占着她的床榻，不仅如此，她还非要跟古曦躺在一个棉枕上才能入睡。

所以修澜大多时候都只能一个人默默地裹着被子，缩在墙角心想着罢了罢了，自己生的，再气也得忍着！

但是那两位毫无察觉，父女两个黏黏腻腻：“父君，为什么娘亲叫修澜，我叫妩澜呢？”

古曦从修澜那边抢了点被子过来给妩澜搭上，耐着性子道：“你娘亲年轻的时候爱折腾，我们就希望你这一生无波无澜罢了。”

“娘亲怎么又不说话了？”

古曦笑了笑：“你娘亲啊，她在吃醋呢。”

“吃醋？”妩澜似发现什么新奇玩意儿一样，一边问还一边翘起食指戳了戳修澜，“娘亲，醋是什么？”

古曦抢话道："是个好东西。"

是可忍，孰不可忍。修澜踢开被子站起来，气不打一处来："你才在吃醋，你全家都在吃醋！"

父女二人早对她这样阴晴不定的脾气司空见惯了，不仅很是淡定，还不约而同地叹了口气后，古曦才道："我们家啊，只有一个大醋坛子。"

"父君所言极是。"小丫头趴在她父君怀里，补充道，"还吃独食！"

修澜觉得欲哭无泪，当娘多年，她不懂何为"贤妻良母"倒是将"忍气吞声"领悟得无比通透！

遂又好脾气地绽出一个笑来，古曦记得她上次对妩澜露出这个笑容时，是将妩澜送到了渡渡那里待了整整半个月，直到修澜自己都忘了自己还有个女儿流落在外时，妩澜才自己哭着找了回来。

就在古曦觉得她这一笑来者不善时，果然听见修澜殷切开口问道："你要不要再去渡渡那里玩几天？听说你子捷叔叔的羽翅已经快好了呢！"

妩澜："……"

古曦："……"

谷雨，丙夜，四周树影婆娑。

神界无月，只有璀璨的星光从穹苍之顶笼罩下来，妩澜一个人踢着地上平铺的石子，嘴里嘟囔的全是埋怨她娘亲的坏话。

"我堂堂天界的公主怎就摊上如此小气的娘亲，委实可悲，可悲……

"臭娘亲！臭娘亲……"

妩澜越说越来气。

本来在她再三请求下，她父君都答应了要带她去人界了，岂料娘亲使诈，硬是钻得空子将她支开了，然后自己悄悄将她父君拐下了人界。

"又不是没去过，谁稀罕啊！"妩澜闷闷不乐，"人界的星河哪里有神界的好看，就是比神界多了一个大糯饼而已！”

不对……她父君说过那不是饼，是月亮。

那是一轮非常漂亮皎白的月亮，圆圆的、大大的，就像蟠桃宴上好吃的软糯饼，咬一口都能流出香甜可口的甜汁来。

妧澜望了望星河密集的天海，神界的月亮是不是被这些会移动的星星藏起来了？

如是想着，妧澜便自己爬上了天海之境，来到她娘亲每天都会去的那间青玉屋。

青玉屋里面格局甚小，东西却是一应俱全，只是略显陈旧了。

玉瓶里今日换上的鲜花也还凝着夕露芬芳四溢。

妧澜左右打量着这间屋子，怎么看它也藏不住那样明亮的月亮啊，正准备失望而归，可一出玉扇的大门，星河之中突然射出一抹月白一样的光芒让她眼前一亮。

那光色很远，很小，可是它在蓝莹莹夜色下显得那样耀眼，那样明亮。

妧澜心头一喜，直直朝着天海之中的那束光芒奔去。

荡漾的天海之水在她的足尖下凝结成冰，靠近过来的凶兽相继化为冰雕，她无所畏惧，只一步一步靠近那若隐若现的光。

那光越来越强，吞噬着她目所能及的一切色彩，突然，眼前一阵炫白闪过，再睁眼时，眼底只剩下茫茫白色。

她看见一个男子，那男子躺在白色的树冠下，那树干白得透亮，飘零的树叶也是纯白无瑕的，甚至连那男子身上都散着月白的光华。

妧澜觉得好生奇怪，又好奇地凑近，只见这男子面如冠玉，生得真是秀色可餐。

秀色可餐……妧澜狡黠一笑，抓起他的胳膊就一口咬了下去。

“你做什么？”

许是她力道过大，男子竟醒了过来，他的声音有些喑哑，像是许久不曾开口说过话，他的眼睛看上去也已经很久没有睁开过了，因为在白光射进他眼底时，他竟下意识地闭了闭后才紧紧盯着妩澜。

妩澜有些难为情，默默地将他袖子上的口水擦了擦："你不是月亮吗？我就是想尝尝月亮是什么味道的。"

擎瑜微微一愣，却看见了她身后凝结的天海。

天海恒久不变，这是他最熟悉的地方……

良久，他目光重新落在眼前这个明眸皓齿的女孩脸上，似已经猜到了什么，摸了摸她的头："你叫什么名字？"

她眼底水灵剔透，天真笑答："妩澜。"

(全文完)